닥터 윤주헌 이야기

정상 코 상피세포 최초 배양 의학자

닥터 doctor 윤주헌 이야기

문형렬 글

도서출판 북인

짧지만 긴 생애, 의학자의 길을 걸으며

정년을 앞둔 시점에 어떻게 교수 생활을 마무리하면 좋을지 하는 생각이 자주 들었습니다. 이런저런 상념 속에서 배운 사람으로서 해서는 안 되는 일을 결코 하지 않고 고지식할 정도로 의학 연구에 몰두하느라 후배들을 너무 엄격하게 대하지는 않았는지, 그리고 작은 재주로 환자를 진료하면서 그분들의 고통을 얼마나 깊이 느껴왔는지 하는 미안함과 아련함도 함께 밀려옵니다.

연세대학교 의과대학 이비인후과 강사 시절인 1990년, 나는 대한비과연구회의 17명의 발기인 중 가장 젊은 발기인으로 참여했습니다. 이후 나의 연구활동은 전부 선배들과 동료들의 도움에 힘입어 새로운 의학적 관점을 이론적으로 확보해서 한국에서 비로소 출발하는 '비(鼻)과' 학문이 국제학회에 학문적 존재감을 인정받고 앞서 나가기 위해 무던히도 노력하는 길 자체였습니다. 교수로서 교수다움을 유지하고자 했고, 또 후학들에게는 좋은 선생님으로서의 역할에 최선을 다하고자 했습니다.

그러나 이제 순식간에 지나온 듯한 먼 길을 되돌아보니, 내 힘으로만 이루어진 것은 하나도 없었고 모든 좌절과 실수의 길목마다 하나님의 인도와 아무런 대가 없이 나를 도와준 수많은 인연들이 있었음을 알고 깊이 감사하게 됩니다.

부모에 대한 효성이 지극하고, 학문을 이루기 위해 뜻을 굳게 세워 물욕과 사사로운 이익을 물리쳤던 조선 전기의 문신 정여창 선생의 호인 '일두(一蠹)', 즉 세상 속 한 마리 작은 벌레처럼 살아온 나의 짧지만 긴 여정이 과연 다른 사람에게 도움이 될까 하는 우려와 두려움도 생깁니다.

1976년 대학 입학 후부터 최근의 팬데믹 상황까지 급변하는 시대 상황 속에서 크고 작은 실수와 좌절을 반복하고 회복하며 지나온 날들을 되돌아보면서 앞으로 비슷한 삶을 살아갈 사람들에게 도움이 될 수도 있겠다는 희망과 의학자의 길을 가는 후학들이 세계적인 인재로 성장해가기를 바라는 간절한 마음에서 어쩌면 단순하기만 했던 삶을 기록한 책을 펴내게 되었습니다. 또 평범한 의사로서의 길을 가고자 하는 청춘들에게도 나의 작고 작은 경험이 이정표가 되기를 바라는 마음입니다.

의학자로서, 교수로서, 아버지로서, 자식으로서, 남편으로서 정신없이 바쁘게 살아온 삶에 대한 소박한 이야기가 시절인연이 닿아서 문형렬 소설가와의 대담을 통해서 나오게 되었습니다. 아름다운 것이 과학이고 아름답지 않는 것은 과학이 아니라며 바이오와 인간의 노화, 작별의 과정에 관심이 깊은 소설가의 질문과 나의 대답 속에서 나온 한 개인의 기록이 생로병사, 비슷한 삶의 여정을 가는 분들과 공유되기를 또한 바라봅니다.

정말 맨발로 달려온 듯합니다.

이제 가르침의 짐은 후학들에게 넘겨주고 몸이 허락하고 마음이 이르는 데로 일생 훈련하고 연구했던 경험을 세상과 공유하는 의학자로서의 길을 자유롭게 가고자 합니다.

2022년 초가을, 정년 퇴임을 앞두고

윤주헌

차례

제3장 멘토와의 운명적 만남

제4장 의과대학 학장시절

제5장 생로병사를 지켜보며

제6장 코의 새로운 좌표

제7장 새로운 의학을 위한 열정

제8장 모든 시간이 모이는 곳

제1장

새벽 3시에서 밤 9시 30분 사이

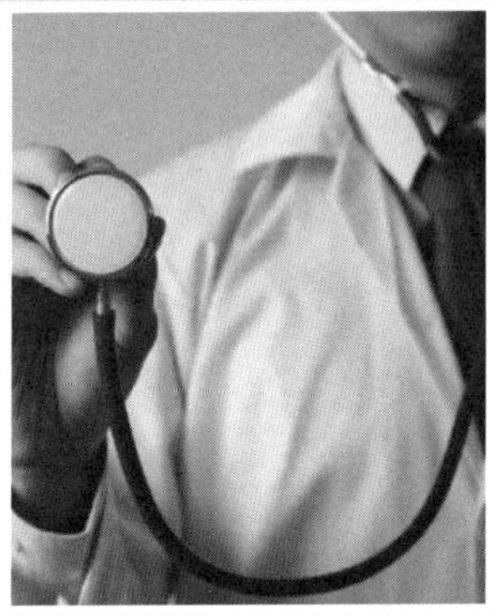

푸른 꿈의 날짜들
외길로 걸었던 시간
아내가 싸준 아침 도시락
처음으로 참석한 딸의 졸업식
하나님과의 아주 작은 약속
기도점액연구소의 기초
월급쟁이의 고민
어머니의 편지

푸른 꿈의 날짜들

새벽 3시.

그는 일어나서 병원으로 출근할 준비를 한다. 지난 밤, 외국에서 온 메일을 확인하고 진료 일정과 하루 일과를 파악한다. 수술이 있는 날은 환자를 위해 수술이 잘 되기를 가슴 속으로 기도한다. 새벽 3시에서 일어나 밤 9시 30분에 잠드는 규칙적인 일과는 그가 1992년 의과대학 조교수가 되면서 지금까지 해온 습관이다. 수면시간은 5시간 30분.

그는 예순이 넘어가면서 생각이 조금씩 많아졌다.

그는 이렇게 말한다.

"인생에는 두 가지 강력한 날이 있습니다. 하나는 자신이 태어난 날이고 다른 하나는 자신이 이 세상에 태어난 의미를 알게 되는 날입니다."

아침 5시, 그는 집을 나선다. 문득문득 되돌아보는 시간도 더 많아졌다.

백구과극(白駒過隙).

흰 망아지가 달리는 모습을 문틈 사이로 보는 것처럼 빠르게 달아나버린 시간이 자주 눈앞에 펼쳐지곤 했다. 어려서 그는 초등학교나

중학교 선생님이 되고 싶다는 꿈을 가졌다. 그 꿈을 이루지는 못했지만, 의과대학 교수가 되어 또 다른 '선생님'의 길을 걸어왔다.

그는 교수가 되고 난 후 남들이 인정하는 좋은 선생님이 되기 위해 남다른 노력을 기울이면서도, 남에게 신세지는 것을 지극히 싫어했다. 부끄러움이 많아서 앞에 나서기도 싫어했다. 두려운 마음도 많아서 해야 할 일을 꼭 하고, 하지 말아야 할 일은 최대한 하지 않고 지내려 나름대로 애쓰며 살아왔다.

그는 병원에 도착할 때까지 생각에 잠긴다. 환갑이 넘으면서 든든하게 믿었던 다리도 힘이 떨어지고, 운동을 해도 배가 나와서 조금이라도 빨리 걸으면 숨이 차기 시작해졌다. 시력은 날이 갈수록 약해져서 작은 글씨를 보기가 어렵고 젊은 날보다 집중력도 떨어졌다. 성했던 이빨도 여기저기 문제가 생겨 임플란트를 했다. 아직 가야 할 길도 남아 있고 써야 할 논문도, 연구해야 할 과제도 눈앞에 기다리고 있는데 말이다. 언제나 익숙해지지 않았던 컴퓨터 자판은 아직도 독수리타법이다. 2017년 어느 날에는 한번도 없었던 돌발성 난청과 이명이 갑자기 찾아와 애를 먹었다. 그 이듬해 겨울에는 대퇴골에 골수부종이 뜬금없이 찾아왔다. 무릎이 아파서 두 달을 지팡이를 짚고 다닌 때도 있었다.

외길로 걸었던 시간

생각이 깊어지면 눈빛도 깊어진다.

그는 알고 있다. "인생에서 나에게 주어진 날도 점점 사라져가고 있다. 그렇다고 남은 날들을 어영부영 허송세월할 수는 없다"고. 기억력이 흐려져도 판단력은 더 깊어간다. 오래된 나무처럼 생각의 그늘이 깊을수록 생의 여행자들이 쉬어갈 곳을 마련해준다. 한길을 오래 걸어온 사람은 때로 말 없는 나무와 같다.

그는 이른 아침 신촌 세브란스병원 이비인후과학 교실에 나와 지난 시간을 간추리며 앞으로 다가오는 날들을 새벽 일찍 일어나고 밤에 일찍 잠드는 오랜 습관처럼 사용해야겠다고 다짐하는 자신을 발견했다. 무엇보다 그는 젊은 의학도들에게 오직 연구에만 바쳤던 시간, 의학자로서, 교수로서, 그리고 환자를 진료하는 의사로서 여기 제한된 인생의 시간 속을 어떻게 걸어왔는지 가만히 들려주는 게 자신의 임무라는 생각도 들었다. 의과대학으로 진학하려는 고등학생과 의대생, 젊은 임상의들과 악조건 속에서도 의학자로서의 길을 가고 있는 후배들에게도 자신이 걸어왔던 길을 들려줌으로써 기회와 동기부여, 새로운 지식을 탐구하려는 열정의 시간이 어떻게 해야 일관성을 유지할 수 있고, 그 과정이 어떻게 이루어지는지 스스로 실천해온 모습을 보여주고 싶었다.

"누구에게도 좀처럼 보이지 않는 이 흔적이 이 길을 걸어가고자 하는 후학들에게 한 걸음 더 새로운 세계를 향해 나아갈 수 있는 데 도움이 되게 하고 싶은 소망이 있지요. 지금까지 걸어온 길처럼 앞으로 그 시간이 얼마이든 남아 있는 길을 호젓이 걸어가고 싶습니다."

정년을 앞두고 그는 지난 시간을 정리하고, 지금까지 살아온 시간이 그 이후 새롭게 펼쳐질 길을 밝히는 이정표가 될 수 있다면 하는 희망에 생각이 많아졌다. 삶은 생물학적으로는 쇠퇴하지만, 그러나 정년이 오면 오히려 지금까지 해온 일에 가장 많은 시간을 바칠 수 있는 온전한 기회가 주어진다. 천계만사량 홍로일점설(千計萬思量 紅爐一點雪)이라고 했다. 천 가지 계획, 만 가지 생각도 오직 뜨거운 난로 속에 떨어지는 한 점 눈송이가 아닌가. 그는 오로지 한길을 걸어왔다.

아내가 싸준 아침 도시락

새벽에 일어나면 아내는 그때쯤 잠들기 시작한다. 아내는 갱년기 무렵부터 불면증이 찾아와서인지 그가 일어날 무렵 잠들기 시작해 아침 8시 무렵까지 곤히 잔다.

식탁에는 지난 밤 아내가 싸둔 보온도시락이 있다. 그 안에는 밥과 반찬통, 국통, 과일이 담겨 있다. 그는 학교 교수실에 와서 보온밥통을 열고 아침을 먹는다. 콜레스테롤이 높아서 반찬은 거의 무무침, 김치, 오이 등 채식 중심이다.

보온밥통에 아침 도시락을 만들어주기 시작한 때는 아내가 40대 후반에 들어서이다. 그 무렵부터 아내는 잘 입지 않는 옷, 핸드백도 교회 바자회에 내놓기 시작했다. 그가 싸주지 않던 아침 도시락을 갑자기 왜 싸주느냐고 묻자 아내가 대답했다.

"갑자기 당신이 불쌍해 보여서요. 당신은 늘 곧은길로, 그리고 자기 고집대로 살아왔는데 어느 날 보니까 흰머리도 나기 시작하고 젊었을 때의 기력이 떨어진다는 게 눈에 선하게 밟혀서요…."

아내는 그보다 세 살 아래다.

그는 의사로 일하면서 한번도 아침을 먹은 적이 없다. 워낙 아침 일찍 집을 나서니까. 의사가 되면서 아침은 늘 커피 한 잔으로 때웠

으므로 아침 생각도 나지 않는다.

아침 도시락용 보온밥통은 일본에 동행했던 아내가 동네 마트에서 사온 것이다. 그 무렵부터 그는 가급적 외식을 하지 않기 시작했다. 아내의 원래 전공은 동양미술인데, 연세대에서 상담학위과정을 한 다음 자격증을 따고 파트타임으로 15, 16년 전부터 고등학생들의 상담교사를 하기 시작했다. 아들 하나, 딸 하나가 자랄 무렵이었다. 이른바, 고등학생 최고의 문제아들이 상담대상이었다. 조금 일하다가 그만둘 줄 알았는데, 아내는 환갑까지 상담교사 일을 계속했다. 이제는 그만두고 싶어도 그만둘 수가 없다. 학교에서도 계속 해달라고 부탁하고 학생들이 아내를 찾기 때문이다. 문제아였던 학생이 무사히 학업을 끝내고 사회인이 되어 아내를 찾아올 때도 많다. 학생들로서는 치기 넘치던 사고뭉치 시절에 따스하게 그들의 이야기를 들어주던 상담선생님이 잊히지 않았을 것이다.

"우리 집사람은 학생들에게 듣기 좋은 말로 하는 게 아니고, 사랑은 담겨 있지만 꾸짖기도 했답니다. 욕쟁이 할머니처럼 하는데 그 학생 가운데 그렇게 혼나고 나서도 취직했다고 찾아오면 아내는 거기서 보람과 성취감을 느낀다고 합니다."

아내와의 결혼은 인생 최고의 행복이었다. 아내는 1남 2녀의 장녀로 아내의 집안은 매우 화목하고 장인어른 내외는 좋은 분이었다. 장인어른은 사업을 하기 때문에 세상물정도 잘 모르고 평생 공부를 하는 사위가 마음에 들지 않는 부분이 많았을 텐데, 한번도 내색하지 않고 그가 하는 일을 묵묵히 지켜보고 언제나 응원해주었다. 아내의 외숙모와 그의 외숙모가 같은 반포 아파트에 살았다. 두 외숙모 간의 소개로 만난 아내 강신원의 첫 모습은 단정하고 간결한 얼굴이었다.

그는 흰 머리가 늘어나는 아내의 얼굴을 바라볼 때마다 처음 만나서 결혼하던 신혼 때의 젊었던 모습을 동시에 본다. 연구에 빠져 살았던, 열정에 가득 차 있던 자신의 모습도 보인다.

연구에만 빠져 있던 자신을 소스라치도록 깨우치게 했던 아내의 목소리가 지금은 더 그립다. 1995년 4월, 그가 의과대학 조교수로 임용된 지 3년이 지난 뒤 미국 국립보건원(NIH)에 연수를 갔을 때였다. 그로서는 새로운 첨단의학 지식과 연구방법론을 배울 수 있는 소중한 기회였다.

2년이라는 제한된 기간에 최대한 새로운 의학 지식과 연구방법을 배워야 했으므로 그에게는 주말이 너무 아까웠다. 미국인들은 주말에 철저히 쉬니까 주말이면 실험장비들을 예약할 필요도 없이 원하는 시간에 충분히 쓸 수가 있었다. 그는 토요일 종일, 그리고 일요일 오전 한인교회를 갔다가 다시 연구실로 갔다. 두 아이를 학교에 데려다주는 일도 데려오는 일도 아내에게 다 맡겨둔 채 정신없이 1년이 지난 어느 날 아내가 말했다.

"나를 가정부로 데려왔어요? 애들과 같이 서울로 돌아가겠어요."

그제야 그는 '정신없이 연구에 빠져 자신만 생각하고 살았다'는 사실을 알았다.

"그 말을 듣자 정신이 확 들었습니다. 내가 잘못했다고 바로 대답했지요. 우선 토요일 실험을 줄이기 시작했습니다. 마음은 가고 싶은데 눈치를 봐야 하고, 늘 단아하던 아내가 갑자기 그런 말을 하니까 혼자서 얼마나 속이 탔는지 미안하기도 하고 처음에는 너무 당황해서 어떻게 해야 할지 갈피도 못 잡았습니다."

그는 그래도 그때가 그리운 듯 빙그레 웃었다. 미 국립보건원으로 연구를 하러 가족과 함께 갔던 그때, 아들 성현은 초등 5학년, 딸 성아는 초등 2학년이었다. 성현은 중학교 1학년까지 미국에서 다녔다.

"성현이는 서울로 돌아와 중학교 2학년에 바로 들어갔습니다. 어휘력이 가장 많이 늘어날 때가 초등학교 5학년부터 중학교 2학년 때라고 하는데, 이 시기를 미국에서 보냈으니 귀국해서 아들은 교과서에 나오는 단어를 이해하지 못했어요. 한창 어휘력이 민감할 때 영어로만 배웠으니까요. 예를 들면 캘리포니아 주도가 어디냐 물어보면 로스엔젤레스라고 바로 아는데 충청도가 어디 있느냐고 물어보면 그곳이 어딘지 모르는 거예요. 윤리시험에 나오는 단어를 이해 못하니 고민도 많았어요. 그래서 아내와 상의해서 고등학교 끝나자마자 휴스턴으로 유학을 보냈습니다. 아들이 서울에서 공부할 동안 학원은 필수적인 것만 보내고 과외는 따로 시키지 않았습니다. 거기에 드는 비용을 아껴서 유학비로 모아두었어요. 큰 애는 휴스턴 약학대학에서 대학생활을 했는데, 군 입대 나이가 되어서 한국에 잠시 와서는 도저히 약대가 적성에 맞지 않다고 했습니다. 그래서 대답했지요. 아버지 원하는 바를 따르려고 여기까지 공부해온 것만 해도 고맙다고. 지금 생각하면 그래도 나쁜 짓 안 하고 착하고 성실하게 살아가고 있는 게 고맙지요."

그는 애들 둘 중에 하나는 의대에 어렵지 않게 들어올 거라고 기대했다. 둘 다 의사가 되지 않고 다른 길을 갔다. 아비로서야 자식 하나라도 의사가 되었으면 하면 바라는 마음이 왜 없었겠는가. 하지만 그는 더 이상 아들에게 권하지 않았다. 그는 "네가 어떤 선택을 해도 괜찮으니 가고 싶은 길을 가라"고 했다.

아들은 군 복무를 끝내고 미국으로 건너가 전과를 해서 스포츠과학과 스포츠매니지먼트를 전공했다. 아버지가 아들에게 상처주고 싶지 않았다 해도 아들은 아버지가 바라는 길을 가지 않았으니 기대에 부응하지 못했다는 자책감도 있었을 것이다.

"아들은 부담을 엄청 가졌나봅니다. 오히려 제가 미안하지요."

성현은 스포츠과학과 스포츠매니지먼트를 복수전공한 뒤 휴스턴 영사관에서 5년 일하다가 시애틀 영사관으로 일자리를 옮겨갔다. 지금은 영사관에서 나와 미국회사에 취직해 있다. 영사관 사무직으로 들어가는 것도 경쟁이 심했다. 휴스턴은 히스패닉서부터 온갖 인종이 너무 다양하게 살았다. 그러니 뉴욕식 표준 영어는 물론, 각종 억양의 현지 영어를 접할 기회가 많아서 성현이가 취직하는 데 도움이 되었다. 약대를 다니느라 휴스턴에 오래 살았으니 복잡한 현지 영어에 능숙해져 있었다.

"그런데 휴스턴은 여름에 너무 더워서 시애틀 영사관으로 자리를 옮겨갔어요. 제가 열심히 살고 아이들을 사랑하는 마음은 깊었지만, 좋은 가장은 되지 못했습니다. 부모님께 좋은 아들도 되지 못했고…."

그는 한번도 아이들 학교 졸업식에 참석하지 못했다. 졸업식이 대부분 평일에 하니 그날은 진료 아니면 수술이 늘 있었다. 지금은 조금 비는 시간이 있지만 조교수, 부교수 때에는 아이들 졸업식에 참석하려면 진료를 없애고 수술도 연기해야 한다.

2019년 12월에는 시애틀의 하나교회에서 성현의 결혼식이 있었다.

하나교회는 40여 명이 다니던 아주 작은 한국인 교회이다. 아들의 결혼식은 2018년 교회가 생긴 이래 처음으로 치르는 결혼식이었다. 이국 땅, 아들의 결혼식장에서 아들이 신부와 함께 걸어들어오는 모습을 보니 무덤덤하게 감정을 추스르고 있는데도 저절로 눈물이 났다. 딸이 결혼식 때 울면 벌금으로 100달러를 내야 한다는 말을 들었을 때 그는 "내가 울긴 왜 울어" 하고 대답했다.

막상 결혼식이 시작되자 그와 아내는 흐르는 눈물을 소리 없이 닦기만 했다. 심성이 곱고 활기차면서도 생활력이 강한 신부를 맞이하는 아들을 바라보는데 흐르는 눈물 속에서도 아들의 어렸을 때의 모습이 환하게 다가왔다.

처음으로 참석한 딸의 졸업식

그는 아이들이 성장할 때는 수술이 워낙 밀려 있었으니까 아이들 졸업식에 갈 엄두를 못 냈다. 아예 당연히 못 간다고 생각했다. 수술을 기다리고 있는 환자들이 있고, 지방에서 수개월 전에 미리 수술 예약을 하고 기다리다 온 환자들도 있는데 그걸 취소하고 갈 수는 없었다. 아이들이 대학을 졸업할 때까지 그는 한번도 졸업식에 참석하지 못했다. 딸 성아가 컬럼비아대학원을 졸업했을 때 그는 졸업식에 처음으로 참석할 수 있었다.

"딱 한번, 그게 처음이자 마지막이었죠. 딸아이의 전공은 간호학입니다. 컬럼비아대학원에서 암 분야와 노인의학 분야에서 NP(Nurse Practitioner) 자격을 취득했지요."

미국은 의사가 부족해서 정식 간호사자격을 가진 사람 중에 2년 특별 대학원과정 교육을 시켜서 환자에게 처방할 수 있는 자격을 주고 의사와 한 팀으로 일하게 하는 제도가 있다. 우리나라에도 이 제도가 있으면 의사에게도 환자에게도 도움이 되는 좋은 제도인데 아직 없다.

"없는 이유가 의사들이 의사의 고유권한을 침해한다고 생각하는 것 같아요. 미국은 의사라는 직업과 간호사라는 직업이 서로 전공 분야가 다른 전문가로서 동등하게 일합니다. 한국은 간호사가 의사의 말을 따르는 상하관계로 되어 있어서 아직도 이런 제도가 안 되어 있어요. 제가 보기엔 필요해요. 그래서 우리나라는 PA(Physician Assistant)를 외래 혹은 수술실에서 가르쳐 자격을 줍니다. 전문적인 교육 없이 하는 거죠. 그때 딸 졸업식에 간 게 처음이자 마지막이었지요. 아이들에게 수고했고 축하한다고 따뜻하게 안아주었어야 했는데… 지금은 굉장히 후회됩니다."

아이들이 한창 자랄 때는 휴가도 맘대로 갈 수가 없었다. 과장이 휴가를 5일 적으면 부교수는 3일 적고 밑에 조교수는 2일 적고 하던 시절이었다. 1990년대는 그런 눈치를 봐야 하는 시절이었다.

"졸업식 하니까 생각나는 일이 있어요. 제가 레지던트 때 석사학위를 빨리 끝내고 바로 박사과정에 들어갔어요. 그 당시 대학원 입학 경쟁이 심해 대학원에 많은 선배들이 입학을 못하고 있었어요. 제가 위 연차 전공의보다 대학원을 빨리 들어가게 된 것이지요. 석사학위 졸업식 때, 부모님이 오셨어요. 그런데 졸업식 날 전공의 선배가 저를 수술실에 들어가도록 배정을 해둔 겁니다. 제 졸업식인데…. 제가 못마땅한 것이겠죠. 그래서 제가 졸업식에 갈 수가 없는 상황이 된 거죠. '스크럽'이라고 하는데 수술방에서 교수님을 도와주면서 수술을 배우는 일이지요. 결국은 대학원 석사졸업식에 참석을 못했죠, 부모님도 오셨는데…, 그런 시대였어요. 그렇게 해도 전혀 다들 아무도 문제제기를 하지 못했지요. 그때가 1988년이었거든요. 나라 전체가 여전히 군대식 사고나 수직적 사고에 굉장히 익숙해져 있었어요. 그런 풍토가 오히려 제게는 좋은 선배, 좋은 선생이 되려고 노력하는 계기가 되었습니다. 저는 좋은 선생이 되고자 후배들한테는 시간을 배려하고 상담도 자주 해주었는데, 정작 자식들한테는 그걸 하나도 못했어요."

그가 처음으로 졸업식에 참석하니 딸은 덤덤하게 받아들였다. 그는 딸 졸업식에 참석하기 위해 휴가를 내고 아내와 함께 뉴욕으로 갔다. 그렇지만 아들의 졸업식은 가지 못했다. 시간이 잘 안 맞기도 했지만, 아들이 아빠가 바쁜데 굳이 오기를 원하지 않았다. '졸업식 때 잠깐 오지 말고 여름에 휴가로 길게 오시라'고 했다.

"큰애는 저한테 대한 애증이 있거든요. 이제는 서로 다 이해하지요. 큰애가 고등학교 들어가서 보니까 아빠가 엄청나게 공부를 잘했다는 그 자체가 큰 부담이었나 봅니다. 제게 이야기는 안 했지만 자기는 아빠의 기대에 부응하지 못할 것이라는 미안함이 있었겠지요. 저는 정신없이 바쁠 때여서 그걸 생각하지 못했지요. 그래도 큰 애가 텍사스 휴스턴 약대를 들어가고, 거기서 잘 견디면 졸업할 수 있겠지 하고 생각했었습니다. 한국에 돌아와 군대에 갔다온 다음 휴스턴으로 건너가서 저한테 긴 편지를 보낸 거예요. 아빠가 원하는 이 길을 가려고 나름대로 최선을 다했는데 이 길은 제 길이 아닌 것 같다는 고뇌를 제게 설명하는 내용이었습니다. 전과를 준비하면서도 나름대로 고민이 너무 컸나봅니다."

그는 성현이가 아들로서 아버지의 체면도 생각해야 되고 그동안 들어간 학비도 생각해야 하고 나름대로는 혼자 고민이 많았을 것이라고 생각하니 미안하고 안쓰러워졌다.

"큰 애는 돈 들여서 오랫동안 유학생활을 했는데 여기서 졸업을 못하면 정말 큰 손해라는 생각을 했던 거죠. 아들은 미국에서 쓴 돈이 아까워 미국에서 돈을 벌어가지고 가겠다고 했어요. 결국 대학을 졸업한 후 미국에서 안정된 직업을 가지게 됐지요. 아들과 딸은 세 살 차이입니다. 딸은 지금 코넬대학 뉴욕 프레스바이테리안병원에 있어요, 딸애도 아빠가 자기한테 거는 기대가 커서 굉장히 힘들었다고 이야기해요. '아빠가 언제 너한테 큰 기대를 했냐?'고 그랬더니, '무슨 말씀이냐고. 아빠, 엄마 때문에 자기가 얼마나 힘들었는지 아시냐?'고 하더군요. 자식의 마음을 너무 이해하지 못했습니다."

둘째는 공부도 잘했는데 입시 운이 없었다. 간호대를 졸업하고는 갑자기 어느 순간에 시키지도 않았는데 미국 대학원 입시 준비를 하더니 컬럼비아대학원에 들어갔다. 그곳은 한국간호사 자격증을 가지고 들어가기가 어려운 대학원인데 덜컥 입학을 해버렸으니 할 수 없이 유학을 보낼 수밖에 없었다. 부모의 마음은 어디서나 똑같다. 자식을 이기는 부모는 어디에도 없다. 딸은 기숙사에 들어가서 2년간 제 나름대로 죽기살기로 했는지 딱 2년 만에 모든 과정을 끝냈다.

"엄마한테 전화해서 자주 힘들다고 하소연했지요. 제가 2014년 7월, 의대 학장직을 마친 다음 6개월 안식년 휴가를 내서 아내와 함께 뉴욕을 간 거예요. 딸이 뉴욕에서 대학원을 다니면서 먹을 시간도 제대로 없고 맨날 정크푸드로 끼니를 때우니까 건강이 많이 나빠진 것 같아서 엄마가 밥도 해주고 심리적으로 편안하게 해주러 간

거지요."

컬럼비아대학원은 기숙사가 있는 같은 건물에 대학원생 가족이 방문했을 때 묵을 수 있는 방을 따로 빌려준다. 시설은 낡고 보잘것없지만 딸이 학교에서 돌아왔을 때 바로 따뜻한 밥을 해먹이려면 거리가 가까워야 하기 때문에 일부러 거기로 들어갔다.

"그래서 남들이 보면 너무 허름한 데서 사는 걸로 보이지요. 딸은 3층에 있고 우리는 1층에 있었습니다. 저희 부부에게는 딸아이가 좋아하는 밥과 반찬을 해놓고 딸을 기다리는 것 자체가 행복이었습니다. 딸은 오자마자 따뜻한 밥을 먹고 3층으로 올라가 공부하고…. 미주 세브란스 총동창회장이셨던 홍준식 선생님이 뉴욕에 살았는데 그분이 저를 굉장히 잘 봤나봅니다. 학장 할 때 일을 많이 했다고…. 그분이 저희 부부 저녁을 사주시고 기숙사에 태워주면서 기숙사 패밀리 방이 어떤지 안다며 어떻게 여기서 지내느냐고 그러시더군요. 딸아이 밥해주러 와서 견딜 만하다고 했지요. 딸이 취직 면접을 보는데 미국 대학 출신 간호사와 경쟁을 하거든요. 무슨 운이 닿았는지, 딸아이가 면접을 잘 보았던지, 취직이 어렵다고 생각했던 와일코넬 대학병원에 합격했습니다."

코넬대학이 컬럼비아대학보다 평가가 높고 학생들에게 인기가 더 많다. 뉴욕에서는 와일코넬 대학병원을 맨해튼에서 가장 좋은 병원으로 평가한다. 딸은 NP 자격으로 와일코넬 대학병원에서 일을 시작했다. 담당 의사에게 모든 환자에 대한 첫 상태 보고를 NP가 한다. 딸은 혈액암 전문 NP이다. 뉴욕은 인간시장처럼 모든 종류의 인종이 모여 있다. 영어 악센트가 다 달라서 처음에는 무슨 말인지 알아듣기 어려울 때도 많았다.

"첫 일 년은 굉장히 힘들어했어요. 영어를 잘했는데도. 지금은 베테랑이 됐죠. 병원에서도 완전히 자리를 잡았지요. 그러고 보니 며늘아기는 시애틀에 있는 워싱턴 주립대학병원에 있는 간호사이고 딸은 뉴욕에 있군요. 뜻하지 않게 가족 모두가 의료인이 된 것이지요. 코로나바이러스가 창궐하는 도시에서 며느리와 딸아이가 모두 환자를 보고 있습니다. 집사람이나 저나 맨날 아들 내외와 딸아이를 위해 기도하고 있습니다."

그는 노스캐롤라이나로 미국 연수 갔을 때 딸을 스쿨버스에 태워주고 걱정이 되어 차로 뒤따라갔던 추억을 떠올렸다. 아직 아이가 어리고 영어를 잘 못하니 버스에서 잘 내리는지, 학급반은 제대로 찾아가는지 하는 걱정이 들었기 때문이었다. 스쿨버스 운전기사가 학교에 도착하더니 그의 차로 다가와 뒤따라온 이유를 묻고는 웃으면서 "책임지고 학생들이 찾아갈 수 있도록 하니 걱정하지 말라"고 했다. 그런 장면들은 문득문득 어느새 훌쩍 자라서 자기의 길을 개척하고 있는 딸의 모습에 겹쳐 보인다. 딸은 기억하고 있지 않지만, 그가 간직하는 그런 순간들은 잔잔한 즐거움이었다.

하나님과의 아주 작은 약속

그가 미국 연수를 앞두고 아버지와 어머니를 두고 가는 게 가장 마음에 걸렸다. 그는 2남 1녀 중 장남이었다. 남동생은 뉴질랜드에서 치과의사로 일하고 있었고 여동생은 미국에 살고 있었다. 어머니, 아버지 두 분만 서울에 두고 가는 게 그는 불안했다. 마침 같은 아파트에 사는 홍대 미대 교수가 교회를 같이 다니자고 하며 마포감리교회에 그를 데리고 갔다.

"제 마음이 너무 불안한 거예요. 경제적 여건도 좋지 않은 상태에서 남동생과 여동생 모두 해외에 살고 있으니 두 분만 남게 되니까요. 그때 제가 처음으로 교회에 가서 기도를 했어요. 처음 교회 왔다고 담임목사님한테 소개를 하기에 그냥 인사를 하고 들어가는데 목사님이 뭘 받으십시오, 그랬어요. 저는 교회를 처음 나왔기 때문에 아마 성경책을 주시는가보다라고 생각을 했죠. 그런데 아무것도 안 줘요. 그래서 목사님이 뭘 받아가라고 하셨는데 내가 뭘 잘못 들은 것 같다고 했더니 저를 데리고 간 교수가 막 웃으시더군요. '은혜 받으십시오' 그랬는데 '은혜'라는 말을 못 들어서 그런 것이라고. 그렇게 해서 교회를 가게 됐습니다. 출발 날짜가 다가오면서 불안해서 제가 교회에 가서 기도를 했습니다. '제가 부모님만 두고 미국 연수를 가는데, 갔다올 때까지만 부모님의 건강을 지켜주면 제가 평생 교회를 다니겠습니다' 하고 서원기도를 했지요."

그는 미국 연수 2년 동안 한인교회에서 성경공부를 했다. 일요일 아침마다 2시간 일찍 가서 담임목사 사모에게서 1시간씩 구약과 신약 공부를 배웠다. 그리고 연수 끝나고 들어오기 직전인 1997년 4월, 부활절 주간에 노스캐롤라이나 한인교회에서 세례를 받았다.

"지금이야 미국을 가더라도 다시 한국에 들어왔다 나갔다 할 수 있지만, 그 당시는 연구할 시간도 부족하니 마음이 조급하고 돈도 없어서 부모님께 급한 일이 생겨도 미국 연수 중간에 잠시 한국에 들어온다는 것은 생각도 할 수 없었지요."

그의 서원 기도 덕분인지 연수가 끝나고 돌아올 때까지 어머니와 아버지는 건강하게 그를 기다리고 있었다.

기도점액연구소의 기초

미국 연수에서 돌아오면서 그는 두 가지 염려가 있었다. 하나는 자신이 공부해온 연구를 얼마나 더 깊이 있게 발전시켜 나갈 수 있을지가 걱정이었고 나머지 하나는 부모님 걱정이었다. 당시 이비인후과학 교실에는 분자생물학을 연구할 수 있는 실험시설도 연구 인력도 갖추어지지 않았을 때였다. 미국 환경건강과학연구소에서 그의 지도교수였던 폴 네테샤임(Paul Nettesheim) 교수가 한국으로 돌아가면 미국에서 하는 연구를 계속할 장비가 있느냐고 물었다.

"전혀 없다고 말씀드렸더니, 1997년 당시 1만 달러 정도의 실험장비를 구입해 선물로 주셔서 그 장비들을 가지고 귀국했습니다. 학교로 다시 돌아와서 강의와 수술, 진료로 하루하루가 바쁘게 흘러갔지요. 연구 인력이 필요했지만 교실에서는 자신의 연구이지 교실이 추구하는 연구가 아니기에 연구 인력을 도와주기 어렵다고 했습니다."

그 무렵 그는 자신이 후배 전공의들의 전문의 시험을 도와주기 위해 수년간 후배 전공의들을 해마다 9월부터 3~4개월간 매주 토요일 오후에 가르쳐왔다. 그때 그의 도움을 받았던 홍성수, 김지우, 조남훈, 엄주현, 박한규, 김진우 원장 등 개원의들에게 도움을 요청했는데 그들은 그 자신이 깜짝 놀랄 정도로 도움을 주었다.

"그 후배들이 정말 고마웠어요. 지금도 만나면 절 더러 사부님, 사부님하고 농담삼아 그러지요. 비슷한 연배인데도. 그들이 2년 동안 연구원 2명의 인건비를 지원해주었습니다. 그 당시 개원의 원장들에게 기부금을 받았다는 영수증을 발급해주고 기부금의 투명성을 유지하고자, 성남에 있는 홍성수 원장 병원 수술방 하나에 '코질환연구소'라는 비영리법인을 만들어 간판을 달고 2년간 운영을 하기도 했지요. 연구 인력을 지원받으면서 그때부터 제가 여러 국제 잡지에 영어 논문을 발표하기 시작하는 계기가 됐습니다. 2년이 지나고 3년이 지나면서부터 그 연구 실적이 쌓여서 정부에서 연구비를 받을 수 있게 되었습니다. 그게 점차 발전되어 지금의 '기도점액연구소'가 만들어졌습니다."

기도점액연구소는 2004년 9월 설립되었다. 그는 초대 연구소장을 맡았다. 기도점액연구소가 설립되는 데는 오래 전부터 몇 가지 중요한 계기가 있었다. 대학 동문인 미국 오하이오 주립대학의 임종재(David Lim) 교수가 이비인후과를 방문하면서 "미국에서는 임상학교실의 교수도 연구를 못하면 명의가 될 수 없다. 여기 이비인후과교실도 이제 연구를 할 수 있는 준비가 필요하다"고 조언했다. 그의 은사 박인용 교수가 일본 가고시마대학의 오야마 교수와의 학술교류를 기획하고, 해외 대학과의 활발한 국제학술대회를 개최하면서 그는 해외의 새로운 의학 연구를 만날 수 있었다.

1990년대, 거의 대부분의 이비인후과학 교실의 연구는 면역염색과 전자현미경을 통한 형태학 위주의 연구였지만 박인용 교수가 해외학술 교류의 중요성을 강조하면서 그는 사람의 점소유전자(mucin gene)를 연구하고자 코점막 정상상피세포의 계대배양법을 세계 최초로 완성하면서 국제적인 수준으로 올라서게 되었다.

특히 그에게는 미국 연수 당시의 지도교수인 폴 네테샤임 박사가 기증해준 분자생물학 실험장비가 큰 도움이 되었다. 이와 함께 수련동기인 김형옥, 현승재 원장의 교실연구비 기증과 전공의 과정을 함께했던 개원의들, 홍성수 원장 수련동기들이 연구 인력에 대한 인건비 지원이 정부 연구비를 받을 수 있는 연구 실적을 쌓게 하는 근원이 되었다. 이비인후과학 교실 출신으로 50여 명이 넘는 오공회 회원들이 연구소 설립을 위해 기부한 약 1억6천만 원의 기금을 발판으로 연세대 의과대학 부설 '기도점액연구소'가 세워졌다.

그는 연구소가 뿌리내릴 때까지 8년간 소장직을 맡은 뒤 후배 김창훈 교수에게 물려주었다. 그동안의 연구업적으로 기도점액연구소는 임상의학계에서는 매우 선정되기 어려운, 과학기술부에서 선정하는 우수연구센터(SRC, Science Research Center)에 '생체방어연구센터'로 선정되어 2007년부터 매년 10억 원씩 9년간 지원받는 쾌거를 이루었다. 드디어 좋은 연구를 안정적이고 지속적으로 할 수 있는 여건이 마련된 것이다. 그는 생체방어연구센터에 전임교수로 장래가 기대되는 유지환 교수를 발탁해 임용했다. 기도점액연구소는 사람의 코점막 상피세포배양과 상기도 질병을 규명하는 국제적인 수준의 연구소로 자리잡았다.

월급쟁이의 고민

미국 연수에서 돌아오면서 또 다른 걱정은 가까이 모시고 있는 부모에 대한 일이었다. 그는 장남이었고 어려서부터 두 동생보다 더 많은 부모의 모습을 기억하고 있었다.

“제가 대학에 입학하면서 경제적으로 힘들어졌던 집안을 생각하게 되면 개업해서 돈 버는 길로 나섰어야 하지만 월급쟁이 길로 나선 거예요. 의학자로서의 길을 걷고 싶다는 욕심 때문에. 항상 부모님을 경제적으로 좀 더 도와드리고 좀 더 편하게 살게 해드릴 수 있었다는 죄송스러운 마음이 있었으니까요. 가끔 부모님에게서 전화가 오면 걱정스러운 마음이 앞섰어요. 아버지는 표현을 잘 안 하시고 웬만해서는 전화를 안 하셨어요. 제게 전화하실 때는 정말 큰일이 터진 거거든요. 갑자기 아프거나 다치셨거나, 뭔가 경제적인 문제가 생겼거나. 다급한 전화가 오면 그만 가슴이 철렁합니다. 제가 늘 연락도 하고 자주 가곤 했지만 늘 두 분이 걱정이었어요. 제 직업이 겉으로 보기에는 화려하게 보일지 모르지만. 부모님은 큰아들을 의사, 작은아들을 치과의사로 만들어놓고도 그 혜택을 별로 혜택을 누리지 못하셨습니다. 부모님에 대해서는 후회되는 일이 많아요. 어머니는 아버지가 쓰러지신 뒤 간병인을 쓰긴 했지만 6년간을 직접 대소변을 받아냈습니다. 아내도 많이 힘들었지요."

그가 성장했던 시절에는 자식이 부모의 노후보험이었다. 아무도 이런 사실을 의심하지 않았다. 부모는 등골이 빠져도 자식을 공부시키고 싶어했고 자식은 노후의 부모를 봉양하는 일이 당연한 의무로 받아들였다.

그는 젊은날 연구에 빠져 제대로 부모님도 모시지 못하고 자식들이 자라는 모습에 함께하지 못했고, 아내의 힘든 시간에 함께해주지 못했다고 자책하곤 했다.

"그래서 후배들이 해외연수를 가면 젊은날, 다시는 없는 소중한 추억을 많이 만들어오라고 당부합니다. 제 자신이 연구에 빠져서 그 기회를 놓쳐버렸다는 아쉬움이 크기 때문이지요. 충분히 일과 가정의 균형을 맞출 수도 있었는데, 국내 이비인후과에서는 분자생물학 연구기반이 없는 때여서 마음이 급하기만 했습니다. 그게 부모님과 가족들에게 내내 미안하지요."

해외연수 때 외에는 좋은 추억을 만들기가 쉽지 않다. 의대 교수라는 직업은 젊었을 때 낮에는 수술과 진료를 해야 하고, 밤에는 응급실 환자도 도맡아야 한다. 주말에는 입원 환자 회진도 돌고 연구도 해야 하니 도대체 여유를 즐길 수 있는 시간이 없었다.

"저는 저대로 바쁘고 그 사이 아이들은 아이들대로 어느새 다 성장을 해버리지요. 서로 성장하던 시절이 다르니 같이 이야기를 해도 대화가 잘 안 됩니다. 애들이 필요한 시점에 제가 옆에 못 있어준 거지요. 많은 부모들이 그런 것 같아요. 결혼해서 아이가 태어나면 애들이 기억하지 못할 시점에서는 사랑을 주고 귀여워하지만, 문제는 아이들이 그 시절을 기억하지 못한다는 거예요. 사춘기 시절이 시작되면 아버지는 아이들이 다 컸다고 무관심해지기 쉽습니다. 아이들이 기억하지 못하는 시절에 충분한 사랑을 주지만 정작 사춘기가 찾아오고 불쑥불쑥 성장하면서부터는 자녀들에게 부모가 필요한 시점인데 오히려 신경을 덜 쓰는 거지요. 제가 그랬습니다."

그는 추억이란 욕심인 것 같다고 했다.

자녀들은 추억이라고 생각하지 않는 일도 부모는 추억이라고 생각한다. 아버지로서 가장 기뻤을 때는 애들이 깔깔대고 행복하게 웃는 모습을 봤을 때이지만 문제는 아이들이 그때를 거의 기억하지 못한다는 사실이다.

아버지의 욕심은 무엇일까.

"제가 애비로서 아들한테 어떻게 살아야 하는지 한번도 조곤조곤하게 가르친 적도 없고 가르칠 필요성도 못 느끼고 살았다는 사실을 뒤늦게 알았습니다. 아들이 잘못했다고 해서, 아버지의 욕심에 따르지 못했다고 화를 내고 있구나 하는 자책감이 들었지요. 그 일이 큰 아이를 키우면서 가장 미안한 일이었고 후회스러운 일이었어요."

어머니의 편지

그는 아들이 어려서의 모습을 생생하게 기억하지만 그 기억이 그의 아들에게는 유효할 수 없는 일임을 안다. 물결이 바다로만 흘러가듯이 기억도 언제나 앞으로 직진하기만 하는 것일까. 부모는 자식의 어린 시절 모습을 기억하지만 자식은 어린 시절에 보았던 부모의 모습을 다 기억할 수는 없다. 하지만 그에게는 특별하게 어렸을 때 부모의 모습이 동그마니 자리잡고 있다.

"저는 부모님 고생하는 모습을 봤어요. 그 기억이 언제나 새롭게 다가서곤 합니다. 어머니는 대구 시내에서 전국을 대상으로 하는 수예점을 하셨어요. 수예 담당 학교 선생님을 가르치고 여중생, 여고생들이 수예작품을 만들 때 본이 있는 그림판을 만들어 파셨어요. 물감으로 쭉 밀면 선이 그려지는 수예밀판이 나오고 그 그림을 따라 학생들은 실을 떠가지요. 그걸 두 분이 하시는데, 학교에서 주문이 들어오면 학년마다 몇 백 명씩 동시에 준비해야 하니까요. 직원들이 있었지만, 그걸 두 분이서 작업하는 모습을 보기가 힘들었지요. 제가 초등학생 때였습니다. 동생들은 기억이 별로 없나봐요. 왜냐하면 둘 다 일찍 외국으로 가버렸기 때문인지 모르겠어요. 중·고등학교 때는 제가 공부에 파묻히느라 바빴지요. 뉴질랜드에서 치과의사하는 막냇동생은 학생 때 전 세계 배낭여행을 다녔어요. 그때도 막내는 자기는 뉴질랜드 아니면 캐나다 가서 살 거라고 하더군요. 막내가 치과를 개원하더라도 집에서 도움을 줄 형편이 안됐기 때문에 스스로 살길을 개척해나간 거예요. 뉴질랜드 이민 1호가 되었지요. 지금은 오클랜드에서 가장 큰 치과병원을 하고 있습니다."

어머니는 절에 가서 세 남매 이름을 적은 연등을 켰다. 어머니는 불심이 깊었다. 빈자일등(貧者一燈), 가난한 사람이 켜둔 등은 아무리 비바람이 몰아쳐도 꺼지지 않는다. 그는 기억한다. 어머니는 그에게 한번도 성공하라는 말을 한 적이 없었다. 어머니는 그에게 늘 이렇게 말씀하셨다.

남한테 해로운 일을 하지 마라.
남에게 폐 끼치는 일을 하지 마라.

어머니는 절에 열심히 다니셨다. 그도 어릴 때 어머니를 따라 절에 갔다. 집안이 서울로 옮겨서는 경기도 포천에 있는 절에 다니셨다. 기와에 세 남매 이름을 쓰는 기와불사도 하고 4월 초파일 등에는 세 남매의 이름을 나란히 적어두었다.

어머니 덕분에 세 남매는 잘 살아왔다며 그는 지난 시간을 돌아본다. 그는 동시에 문득문득 떠올려보는, 미안해하는 아버지의 모습과 그도 포함된 어린 세 남매의 얼굴들은 동시에 안타까움이기도 했다.

"아버지는 평생 어머니를 옆에서 도와주셨어요. 아버지가 해방

후 세무공무원이셨어요. 6·25전쟁 당시 낙동강전투를 위해 젊은 사람들을 차출했는데 그때 차출을 피했어요. 전쟁이 끝나고 난 다음에 그때는 군대를 안 갔다온 사람들을 공무원에서 다 내쫓아버렸습니다. 그래서 더 이상 공직생활을 못하게 되어서 어머니가 하는 일을 같이 해왔습니다. 아버지의 그 모습이 어릴 때는 상처로 다가왔습니다. 아버지 대신 집안의 생계를 어머니가 꾸리셨으니까요. 아버지는 화를 거의 내지 않는 온화한 분이셨어요. 어머니 일을 옆에서 돕는 일로 평생을 살아오셨습니다. 어머니가 생계를 꾸려가는 모습을 보아서 그런지 저는 결혼하면 절대로 직업을 가진 여자와 결혼하지 않겠다고 마음먹었습니다. 바쁘게 생활해야 하는 전문직 여자와 결혼하지 않고 정말 평범한 여자하고 결혼하고 싶었어요. 그게 아마도 아버지와 어머니를 바라보는 애틋함에서 비롯되었을 겁니다."

그는 초등학교 1학년 때 대구교육대학 부속초등학교를 다니다가 서울로 전학했다. 당시 외할머니와 이모들 모두 서울로 이사를 가 있었다. 어머니는 삼 남매 교육 문제로 서울로 집을 옮겼다.

어머니는 당신 스스로 고생한다는 말씀을 한번도 하지 않았다. 현실에서 일어나는 모든 일을 가만히 받아들이셨다. 어머니에게는 일어나는 무수한 일들이 길고 긴 삶을 품어야 하는 소중한 절차였다.

"저는 잘 몰랐지요. 제가 어머니를 잘 모셔야지라고 생각했던 때는 인턴 과정을 마치고 군의관으로 갔을 때입니다. 훈련소에서 처음으로 어머니의 편지를 받은 거예요. 어머니는 이화여대 국문과를 다니다가 중퇴하셨어요. 그때는 결혼하게 되면 학교를 못 다니게 했으니까요. 지금은 그 편지를 찾을 수 없지만 내용은 생생하게 기억하고 있습니다."

그는 훌쩍 시간을 거슬러 군의관 시절로 되돌아가 어머니가 보낸 편지를 담담하게 떠올렸다.

— 지금까지 살아오면서 네가 나한테 큰 기쁨을 줬다. 순간순간 너희들, 자식들이 준 기쁨 때문에 엄마가 잘 버텨올 수 있었다. 너희들 과외도 안 시켰는데 시험 보면 성적이 좋게 나왔으니 그것도 큰 기쁨이었다. 엄마는 행복한 사람이다. 늘 너희들이 생각하지 못했던 기쁨을 계속 가져다주니 세상에서 내가 제일 행복한 사람인 것 같다.

군의학교 훈련시절 어머니는 편지를 2주마다 한번씩 보냈다. 그 전에는 한번도 그런 적이 없으셨다. 그는 일과점호가 끝난 뒤 담요를 뒤집어쓴 채 어머니 편지를 보면 저절로 눈물이 솟구쳤다. 시간이 스치는 강물이라면 어머니의 편지 글을 떠올리는 그의 모습은 거대한 강물의 전부를 마주보고 있는 듯했다. 그의 하루, 새벽에 일어나 잠들기까지, 새벽 3시에서 밤 9시 30분 사이의 여정처럼.

제2장

의사, 교수, 의학자의 길에서

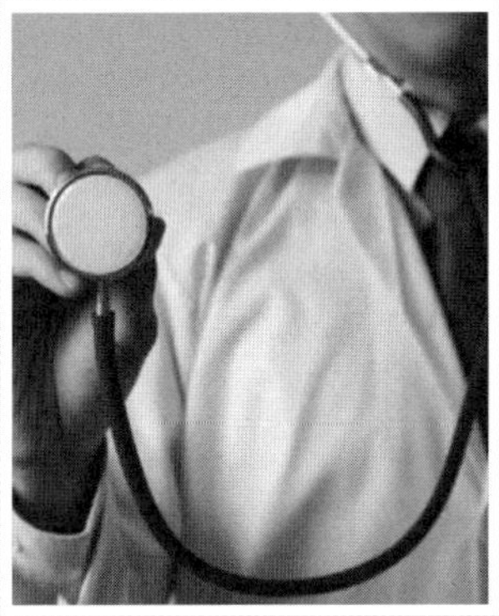

의과대학에 들어가다
이비인후과를 전공한 이유
교수로서 지켰던 약속
너무 몰랐던 세상, 무서운 사람들
고마움을 잊어버리는 얼굴들
의학자의 길로 나아가다
코 수술기구 개발
안전하고 정확한 새로운 코 수술법을 정립하다
기존 가설(one airway one disease)을 뒤엎은 논문

의과대학에 들어가다

"저는 어릴 때부터 남한테 폐 끼치지 말라는 어머니 말씀을 충실히 지키려고 해왔기 때문에 의도적으로 남한테 나쁜 이야기를 하는 일은 제 기억에 전혀 없어요. 피해를 보면 제가 피해를 봤지요. 제가 피해를 주려고 한 것은 한번도 없어요. 물론 모르죠. 저도 모르게 남에게 폐를 끼쳤는지 알 수 없지만 늘 경계해왔습니다."

그에게 새겨져 있는 가장 안타까운 모습은 아버지 얼굴이었다. 중풍이 온 아버지를 너무 오래 고생하게 해드렸다. 명색이 의사인데 어리석고 어리석었던 시간을 거슬러가면 그의 어린 시절이 더 잘 보인다.

초등학교 다닐 때 집에 자가용, 냉장고, 티브이가 있는지 표시하는 가정환경조사서에 아버지 직업란에 쓸 게 없는 게 그는 늘 마음에 걸렸다. 그래서 아버지 직업란에 사업이라고 적었다. 그 무렵은 담임교사가 집집마다 가정방문을 다니던 시절이었다.

중학교에 들어가면서부터는 아버지의 직업을 적는 일이 상처로 다가왔다. 그때 그는 자신이 결혼해서 자식을 낳으면 자식한테는 마음놓고 쓸 수 있는 직업을 가지겠다고 속으로 다짐했다. 그게 어쩌면 의과대학을 진학하게 된 동기가 되었는지도 모른다.

"그때 '나는 절대로 내 자식들한테는 지금 느끼는 이런 고뇌를 느끼지 않게 하리라. 내가 아빠로서 떳떳하게 내세울 수 있는 직업을 가지리라'고 다짐했어요. 무슨 직업을 가져야 할지도 막연했지만. 그때는 아버지 직업을 적는 게 큰 걱정이었어요. 집이 가난하지도 않았지만, 그렇게 부유하지도 않았지요. 제가 뭐 인물이 잘나지도 않았고, 키도 작고 허우대가 좋은 것도 아니었습니다. 내가 남들보다 잘났다는 것보다 열등하지 않다는 모습을 보이고 싶었지요. 그 길은 공부밖에 없었습니다."

그는 고등학교에 입학하면서 다짐했다. 중학교 때는 놀기도 좋아했다. 그는 서라벌중학교에 진학했다. 중학교 1학년 열 반 중에 우수반인 두 반 안에 든 뒤부터는 별로 공부를 안 해도 성적이 너무 잘 나왔다. 그래서 지금 생각하면 자만에 빠져 고등학교를 들어가기 위해 그렇게 노력하지 않았다. 결국 고등학교 1차시험에 경복고등학교를 지원했지만 떨어졌다. 그때 그는 성적이 좋아서 조금 낮춰서 원서를 냈는데도 불합격이 되었으니 충격이 컸다. 2차로 대광고에 진학했다.

중 3때, 테이블 축구게임기가 처음 나왔을 때였다. 그는 고교 입시를 앞두고 학교 수업을 마친 뒤 어머니에게 학원에 간다고 하고는 친구하고 축구게임기를 하고 놀았다.

"그게 참 재미있었거든요. 어머니는 몰랐죠. 고등학교 1차 입학시험에 떨어졌을 때 처음으로 어머니가 소리 없이 눈물을 흘리시는 모습을 보았습니다. 그때 속으로 맹세했지요. 다시는 눈물을 흘리시게 하지 않으리라고. 수예품을 팔아 학원비를 대줬는데 나는 그 돈으로 공부를 한 게 아니라 축구게임을 하러 다녔으니까요. 그래서 더 마음이 아팠습니다. 어머니를 속였으니까요. 대광고 1학년 때 학생들이 단체로 보던 문화교실 영화 〈언제나 마음은 태양(To sir with love)〉을 보았습니다. 그때 공부를 해야겠다는 결심이 섰어요. 훌륭한 선생님이 되고 싶었습니다. 대광고 2학년 1학기 때부터 1등을 하기 시작했어요. 1학년 때는 겨우 성적이 올라가다가 2학년 1학기 때부터 졸업할 때까지 계속 1등을 했죠. 더 이상 어머니가 눈물을 흘리게 하지 않으리라는 다짐이 가장 큰 계기였습니다. 문화교실 영화를 보며 자신을 살펴보았지요."

1970년대 그 시절 고딩들에게 최고 음식은 짜장면이었다. 친구 중에 부잣집 아들이 있었다. 학교 수업이 끝나면 중국집에서 짜장면을 사먹곤 했다. 다른 학생들은 짜장면을 사먹을 돈이 없으니 우르르 그 친구를 따라가서 짜장면을 얻어먹으며 어울리던 평화롭던 시절이기도 했다.

영화 〈언제나 마음은 태양〉은 1972년 추석 특선으로 개봉된 영화로 시드니 포이티어가 주인공 흑인교사로 나온다. 그는 런던 빈민촌 고등학교에 갓 부임한다, 학생들은 그를 괴롭히는 데만 관심이 있다. 그는 반항기 많고 사고뭉치인 학생들을 꾸짖고 윽박지르는 기존 교육방식과 달리 학생들의 마음을 이해하고 품으면서도 원칙을 가르치며 학생들에게 사랑과 희망과 용기를 북돋는 청소년 성장영화로 세계적인 인기를 끌었다.

"정말 기뻤던 때가 있었다면 바로 의과대학에 입학했을 때였습니다. 아 내가 뜻한 바를 이뤘구나, 내가 열심히 한 보람이 있구나, 했지요. 오로지 제 이름만으로 살아가던 때의 최고의 기쁨이었지요. 무엇보다 부모님이 그렇게 행복해 하셨으니까요. 제가 어머니, 아버지를 기쁘게 해드렸으니 제 기쁨은 더할 나위 없이 커졌어요. 더 세월이 가서 할아버지가 되면 손자를 바라보는 기쁨이 있겠지요. 언젠가 아들과 이런 이야기를 한 적이 있어요. '우리가 어떤 일을 해야 기쁠까…?' 라고. 결혼을 하고 아내와 아이가 있을 때는 책임감을 가지고 살아가는 시기인데, 가장 기뻤던 순간은 딸아이가 처음 마일리지로 비즈니스 좌석에 타고 올 때였어요. 애가 거기 앉아서 너무 좋아하는 모습을 보니 흐뭇해졌습니다. 제가 무슨 도움을 주어서 상대방이 굉장히 기뻐하면 그게 너무 즐거워요. 선천적으로 제가 그런 걸 굉장히 좋아하는 모양입니다. 거기서 보람을 느끼고 행복감을 느끼는 것 같아요. 아내와 여행을 가면 아내는 제가 배려하는 것을 부담스러워합니다. 제발 당신이 좋아하는 것을 하라고 합니다. 제가 사회생활을 많이 해보고 자주 병원에서 환자들의 죽음을 직면하는 경험을 많이 해서 그런지 그렇게 기쁜 게 없을 줄 알았습니다. 어떻게 보면 제 스스로 감정이 많이 무뎌져서 그렇게 기쁜 것도 없고 그렇게 슬픈 것도 없는 상태인 줄만 알았지요. 그런데도 기뻤던 순간이 문득 찾아옵니다. 봉사 가서 고아원에서 수술이 필요한 아이들을 데려와 수술한 다음 다시 고아원에 데려다주면 수녀님들이 너무 고맙다고 인사할 때 가슴이 환해져요. 그런 성격 때문에 의사가 되었는지도 모르지요. 제가 뭔가 상대방을 위해서 해주고 그들이 기뻐할 때 감정이입이 가장 잘 되었나봅니다. 환자를 치료하고 나서 환자와 가족들이 고마워할 때 참 기쁘죠. 새로운 것을 배우면서 자신이 성장해가는 것을 느낄 때와 주위 사람들에게 도움을 줄 때 느끼는 기쁨이 저를 일관성 있게 이때까지 살아오게 만든 것 같습니다."

그는 좌절 없이 사는 사람이 어디 있겠느냐고 되묻는다. 그는 1982년 의과대학을 졸업했다. 그 무렵에는 부정부패방지 캠페인이 많았다. 그래서 그는 무언가 청탁하기 위해 윗사람이나 선생님을 찾아뵙는 행동을 하면 절대 안 되는 것인 줄 알았다.

"제가 본과 3학년 때 120어 명 가운데 10등을 했어요. 그 정도 성적이면 제가 원하는 과에 레지던트로 갈 수 있었습니다. 그 당시 임상과는 인턴/레지던트를 선발할 때 4학년 성적이 안 나온 상태에서 평가해서 선발하기에 보통 3학년 때 성적을 제일 중요하게 봐요. 그런데 저랑 동시에 지원한 다른 학생 성적이 저보다 나쁜데 그 친구가 학교에 레지던트로 남고 나는 군의관으로 가게 되었습니다. 레지던트 과정에 들어가지 못하고 입대를 했습니다. 그때 세상을 처음 알았어요. 아 이게 내가 곧이곧대로 믿었던 세상이 아니구나 싶어서 굉장히 좌절했죠. 고등학교 떨어졌을 때보다 더 좌절했어요. 이게 무슨 일이지? 내가 뭘 잘못한 걸까? 난 나쁜 짓을 해서는 안 된다고 배운 것을 따라했을 뿐인데…. 그 무렵에는 이비인후과, 안과, 성형외과를 지원하려면 빽이 있어야 한다고 학생들 사이에 소문이 돌았던 시기였지요."

의과대학을 다닐 때는 '좋은 의사가 될 수 있을까?' 하는 걱정과

'환자를 잘 볼 수 있을까?' 하는 일에 대한 두려움이 있었다. 그리고 성적이 충분한데 레지던트 수련을 받지 못하고 입대하면서부터는 또 다른 고민이 생겼다. 그는 여러 과목 중 이비인후과 성적이 제일 좋았다.

"인턴 과정이 끝나고 이비인후과를 지원했을 때 저와 경쟁했던 선배가 있었어요. 제가 성적이 더 좋았어요. 그 선배의 부친이 이비인후과 과장님과 잘 아시는 분이었다고 했습니다. 과장님이 저한테 그러시더군요. 자네는 성적이 괜찮으니 군대 갔다오면 어떤 과라도 할 수 있지 않느냐고. 그때 나름대로 인맥과 혈연, 지연, 학연으로 얽힌 사회를 알기 시작한 거죠."

군의관 시절, 전방에서 틈틈이 그는 의학대학원 입학시험 과목이었던 의학 독일어 교재 자습서를 만들었다. 그렇게 했던 이유는 전공의 생활을 시작하면서 동시에 대학원에 바로 입학하기 위함이었다. 고등학교 때, 그는 독일어 공부를 열심히 해서 비교적 독일어를 잘하는 편이었다. 많은 전공의들이 의학대학원 입학시험에서 의학 독일어 과목 때문에 낙방을 했다. 의학대학원 입학을 하고 못하고의 차이는 의학 독일어에서 거의 결정이 났다. 그가 만들었던 의학 독일어 교재 자습서는 한동안 의학 독일어 시험 준비를 하는 전공의들에게 지침서가 되었다.

또 제2공병여단 의무실장이던 시절에는 『직업군인의 건강관리』라는 책도 만들었다. 책 출판으로 군단장 표창을 받아서 친구들이 군대 체질이라며 군대에 말뚝박아야 한다고 놀리기도 했다.

이비인후과를 전공한 이유

육군 대위로 전역한 뒤 그는 연세대 세브란스병원 이비인후과 레지던트로 들어갔다. 다시 이비인후과를 지원한 이유는 이비인후과가 학문적으로 재미있었고 또 실력으로 자신의 존재감을 알리겠다는 오기도 있었기 때문이었다.

"그게 너무나 큰 상처였어요. 성적도 좋았으니까요. 성적이 좋은 학생들 대부분이 군대를 가기 전에 전문의 과정을 하는데 저는 군대를 갔다왔으니 군대를 마친 의사들 사이에서는 상대적인 성적으로는 최상급이 되는 거죠. 이비인후과를 지원 안 할 수도 있었는데 그때는 내가 다른 사람하고 다르다는 것을 정말 보여줄 거야, 싶었지요."

이비인후과는 공부하기 어려운 분야였다. 모든 장기는 다 독립해서 떨어져 나가 있지만 눈 아래 부분과 목을 다루는 과가 이비인후과이기 때문이다. 모든 뇌신경과 모든 혈관이 머리로부터 목을 지나서 몸 전체로 분포된다. 이 부위가 해부학적으로 굉장히 복잡하여 3차원적으로 이해하기가 어렵고, 수술을 조금만 잘못해도 다른 신경 혹은 중요한 구조물을 다치게 할 수 있고 그에 따른 후유증이 심각하게 올 수도 있다.

"귀, 코, 목은 해부학적으로 무척 복잡해서 학생들로서는 이해하기 힘든데 저는 그걸 종합적으로 이해하는 게 재미있었습니다. 그래서 이비인후과 성적이 제일 좋았나봅니다. 다른 학생들은 많이 어려워했지만 저는 신경과 혈관이 어디로 지나가겠구나 하고 예측할 수 있는 게 재미있어서 이비인후과를 선택했어요. 이비인후과의 또 다른 장점이 있습니다. 보통 한 장기에서 내과 의사와 외과 의사가 서로 역할이 나누어져 있지요. 예를 들어보면, 뇌는 내과의인 신경내과와 외과의인 신경외과로 진료 영역이 나눠져 있어요. 같은 질병을 약으로 치료하는 데와 수술로 치료하는 데가 아예 나눠져 있지요. 복부도 수술은 일반외과에서, 약물치료는 소화기내과로 그 역할이 나눠져 있습니다. 폐도 수술은 흉부외과에서, 약물치료는 호흡기내과로 나눠집니다. 이비인후과 의사는 내과 의사 역할과 외과 의사 역할을 동시에 합니다. 이비인후외과, 이비인후내과가 없다는 거지요. 그게 또 큰 장점이었고 매력이었지요."

그는 이비인후과 레지던트로 들어가며 자신이 받은 상처를 거꾸로 생각해보았다. 그는 '자신이 미래에 결정을 할 수 있는 위치에 있게 되면 자신도 모르게 다른 사람에게 상처를 줄 수도 있겠다'는 판단이 들었다. 그래서 그는 이비인후과에서 교수로 일하며 철저히 원칙을 정하고 그것을 지켰다.

"처음 이비인후과에 지원했다가 떨어진 그때 제가 느꼈던 그 불합리함 때문에 오히려 다른 어떤 사람들보다 더 공평함과 공정함의 원칙을 지키려고 했습니다. 그게 무슨 사회정의 같은 거창한 게 아닙니다. 사람의 마음이야 수시로 바뀌니까 수시로 바뀔 수 있는 감정과 마음을 스스로 중심을 잡을 수 있도록 애썼어요. 그래서 어떤 상황에서도 일관성과 정직함을 가지고자 했습니다."

일관성을 지키기 위해 먼저 그는 타인의 신뢰를 받고자 했다. 타인이 자신을 신뢰할 수 있게 자신이 입 밖으로 뱉은 말은 지키고자 했다. 그러나 그것은 자신을 고달프게 하는 일이었다.

"후배들에게 일찍 교수실에 나와야 한다고 늘 제 입으로 이야기해 왔습니다. 피곤하고 쉬고 싶은 날이 있어도 제 말빛 때문에 일단 똑같이 나와요. 그 전날 특별한 약속이 있어 새벽에 끝나도 아침 6시가 되면 교수실에 나옵니다. 후배나 연구원들은 제가 나이를 먹었으니까 늦게 나오고 그럴 때가 되었다고 하는데도 불구하고 저는 항상 같은 시간에 나왔어요. 신뢰를 유지한다는 건 남들이 나를 인정하게 만든다는 것 아니겠습니까. 늘 정직을 중요시해 왔어요. 정직은 제게 다른 게 아니었어요. 원칙대로 어떤 결정을 내리기 어려운 상황이 됐을 때 그걸 마치 후배들한테 올바른 결정을 한 것처럼 하면서 뒤로는 내 자신을 속여가면서 공정하게 결정한 것처럼 보여주지 않으려고 했습니다. 그런 행동을 안 했어요. 만일에 어떤 문제로 인해 부득이하게 일관성을 유지하지 못하는 어려운 상황이 오면 먼저 후배들에게 말해줍니다. 그리고 이해를 구하는 것이지요. 앞으로도 그런 상황이 되면 그대로 내 상황을 알리고 협의해서 할 거라고. 그 일관성을 오랫동안 지속을 하니 후배들이 절 어려워하는 부분도 있지만 믿고 신뢰하는 힘이 더 커지는 것 같아요. 그건 정직함, 선량함이라기보다 제가 우직할 정도로 고집이 셌다는 의미겠지요."

그는 "오히려 약속을 너무 철저히 지켰기 때문에 후배들이 너무 힘들어했다"고 미안해했다. 그가 의도적으로 약속을 안 지킨 경우는 없었다. 문득 돌이켜보면, 오히려 책임감을 너무 과다하게 느껴서 스스로 너무 짓눌린 시절을 많이 살았다는 아쉬움이 더 많았다. 그는 교수로 일하면서 자신의 삶을 위한 부분도 있지만 그것보다 이비인후과학 교실, 기도점액연구소의 브랜드 가치를 높이는 데 기여해야 한다는 책임감이 훨씬 컸다.

그에게 일관성이란 후배들, 제자들이 보기에도 예측 가능한 결정을 한다는 삶의 철학이었다. 그는 후배들에게 그때 상황 상황에 따라서 달라지지 않다는 모습을 보여주기 위해서 노력해왔다.

"어느 조직이나 흔한 일이지만 여기 있다보면 레지던트를 선발하거나 교수를 뽑을 때 여러 청탁이 들어옵니다. 빽을 써서 저한테 부탁한다고 해서 한번도 들어준 적이 없어요. 원망도 많이 들었습니다. 그럴 수가 있느냐고. 레지던트나 교수 선발시, 후보의 이력이나 실력이 비슷하면 그다음으로 보는 게 태도입니다. 재능은 지금 현재 있더라도 없어질 수도 있고, 키우면 더 커질 수도 있어서 굉장히 변화의 폭이 크지만, 태도의 핵심은 남을 배려할 수 있느냐 하는 공감과 관계된 거죠. 세월이 흘러도 그 사람의 태도는 잘 변하지 않거든요. 새로운 일에 얼마나 도전을 잘하는지, 또 자기의 사고를 얼마나 논리적으로 설명할 수 있는지 이런 것을 대화를 통해서 더 잘 파악할 수 있어요. 그 태도가 분명한 사람한테 기회를 줍니다. 제가 대단한 철학이 있는 게 아니라 몇 가지 소박한 원칙을 일관성 있게 실천해왔을 뿐입니다. 막 사회초년병이 되어 나왔을 때 제가 겪었던 좌절감을 후배들에게는 주지 말아야 하니까요."

군의관 시절 어머니의 편지를 읽고 부모를 잘 모시겠다는 약속을 지켜온 것처럼 그는 후배들과 기도점액연구소의 연구원들에게는 누구든지 열심히 하면 반드시 기회를 주겠다는 약속을 지켜왔다. 그는 후배들에게 한 "누가 스스로의 능력이 아닌 외부의 힘을 빌리거나 정당하지 못한 빽을 쓴다고 해도 결코 허락하지 않겠다"는 약속을 스스로에게도 한 것이다. 지원자가 우열을 가리기 어려울 때는 반드시 숨기지 않고 자료를 전부 공개하고 함께 결정을 내릴 것이라고 스스로 약속했다. 그는 청탁이 들어온 지원자들을 한번도 선발한 적이 없었다.

사회정의란 타인의 아픔을 나의 아픔으로 느끼는 데서 비로소 출발한다.

그는 사회부조리를 바로잡을 힘이 없고 현실이 올바르지 않다고 해도, 이 속에서 스스로 자신의 자리를 확고히 잡아서 그런 시류에 떠밀려가지 않겠다고 다짐해왔다. 여기 이 현실 속에서 인정을 받고, 이 현실 속에서 아주 작더라도 어머니 말씀처럼 남에게 폐를 끼치지 않겠다는 결심을 실천하겠다고.

"그렇게 애써왔습니다. 그때는 늘 햇빛도 못 보고…. 깜깜할 때 집에서 나와서 깜깜할 때 들어가고 교수실과 수술실에서 살았습니다. 그런데 제가 강사를 마치는 시점에 교실에 전임교원 TO가 없는 거예요. 교실의 한 선생님이 저한테 와서 '윤 선생 어떻게 하니, 자리가 없어서…'라며 걱정을 해주시더군요. 그때는 박사학위 하는데 본인이 실험을 직접 하지 않고 외부에 의뢰를 많이 하던 시절이었지요. 제가 대답했습니다. '선생님, 저는 괜찮습니다. 제 박사학위를 제 손으로 한 걸로 만족합니다. 자리가 없어도 괜찮습니다.' 강사하면서 제 손으로 박사를 마치게 해준 것만으로도 감사한 일이라고. 제 손으로 실험을 직접 한 덕분에 남들이 없는 능력을 갖게 되었습니다."

그는 이비인후과학 교실에서 기존의 선생님들이 하지 못하는 연구를 시도했다. 그때는 연구 자체를 깊이 생각을 안 하는 풍토였다. 진료를 보고 돈을 버는 일이 중요했고 승진하는 데 논문도 필요 없었다. 그가 연구 쪽에 두각을 나타내고 강사를 3년 하고 나니 이비인후과학 교실에서 용인 세브란스병원 과장 겸 조교수로 임용했다. 그에게는 고마운 일이었고 교수로서 첫 출발이었다. 용인 세브란스병원에서 1년을 근무 후 인천 세브란스병원 과장으로 가서 2년을 더 근무했다. 의과대학에서는 처음에는 본원이 아닌 지역병원에 근무하는 것으로 그를 고용한 셈이다.

"제가 할 수 있는 방법은 하나였습니다. 용인 세브란스병원과 인천 세브란스병원에서 오후 5시에 일이 끝나면 바로 차를 몰고 신촌 세브란스로 왔지요. 인천 세브란스병원 근처 작은 시장에 가마솥에 넣고 찌는 만두가게가 있더군요. 오후 늦게는 배가 고프니까 거기서 만두를 하나 사가지고 오면서 먹고 신촌 연구실로 오는 일과가 되풀이되었습니다. 그때 연구테마는 이비인후과에서 기존에 하고 있던 면역염색이었어요. 세포에 특수염색을 해서 병든 세포가 어디에 있고 모양이 어떻게 변했고, 정상일 때는 한 개였는데 질병이 있을 때는 몇 개가 된다든지, 그리고 이런 세포가 어떻게 움직이는지를 광학 및 전자현미경으로 파악하는 형태학적 연구였죠. 그걸 3년 동안 했어요. 3년을 연구실에 박혀 있으니 교실에서 어느새 제 가치가 저절로 조금씩 높아졌습니다. 왜냐하면 보통 그런 것을 할 생각도 없고, 안 해도 되었으니까요. 제가 3년 동안 용인과 인천 세브란스병원에 근무하면서 느끼는 좌절감도 있었죠. 그래도 버티어야 했습니다. '의학자로서의 능력을 최대로 키워보아야겠다'라고 생각했지요. 이비인후과학 교실 교수가 신촌 세브란스에 8명이 있었어요. 저는 신촌 세브란스에는 자리가 없으니 올 수가 없었습니다. 그때나 지금이나 과장님은 매우 어려운 존재여서 그 눈에 잘못 보이거나 하면 힘들어지지요. 만두로 저녁을 때우고 신촌으로 달려와 연구하던 3년이 지난 뒤, 감사하게도 저는 신촌 세브란스병원으로 자리를 옮기며 바로 미국으로 연수 갈 기회를 얻었습니다."

그는 1989년 3월부터 이비인후과 전문의가 되었다. 그리고 정신없이 연구에 빠져 있었던 1994년에는 성수대교가 무너졌다. 부실공사의 대명사인 성수대교는 당시 우리 사회 모든 분야가 종합적인 부패로 무너지고 있다는 하나의 징조였다. 이어 1995년 6월 삼풍백화점이 무너졌을 때 그는 미국 연수 중이었다. 삼풍백화점 붕괴도 부패 종합선물과 같은 사건이었다. 보통 부패의 정도가 가장 늦게 나타나는 곳이 교육계이고, 그 중에서도 대학이 가장 뒤늦게 세상에 드러나는 법이다. 그 무렵 그는 '우리나라 사회 모든 계층이 부패되어 있구나' 하는 생각을 많이 했다.

그는 남한테 해를 끼치지 않고 "올바르게 살 거다, 바르게 살 거다"라는 결심을 다지며 걸어왔는데, 어떤 때는 아무리 그렇게 해도 세상의 흐름이 바뀌는 것도 아닌데 왜 이러고 있을까 하는 서글픔이 들 때도 많았다. 이 세상이 온통 흙탕물일지라도 한 귀퉁이에 조그마한 샘물이 맑은 물을 계속 솟아내면 그래도 좀 도움이 되지 않을까 하는 기대도 했다. 그런 생각의 교차는 그에게 근심이기도 했지만 그는 고집스럽게 그 시간을 건너가고 있는 자신을 발견하고는 했다.

너무 몰랐던 세상, 무서운 사람들

그는 의과대학 학장으로 근무할 때에도 입원한 VIP의 병실을 한 번도 찾은 적이 없었다. 그가 담당하는 환자가 아닌데 직접 병문안을 갈 일이 아니었다. 인턴 수련기간에도 한번도 담당 과장을 개인적으로 찾아가지 않은 것처럼. 그때도 그는 사적인 청탁을 하는 것은 당연히 하지 말아야 한다는 사회 윤리에 따랐는데, 한번도 인사하러 찾아오지 않았다는 뒷담화를 전해들었을 때 충격을 받았다.

"학장 때, 입원한 VIP가 왜 학장은 나타나지도 않느냐고 했다는 소리를 전해들었어요. 담당 주치의는 당연히 할 일이 있겠지만, 저는 그 시간에 학교 일을 해야지요. 다음 보직을 잘봐달라는 그런 식의 얼굴 도장 찍는 일은 제가 할 줄 몰라요. 제가 너무 세상을 몰랐던 거죠. 그게 일종의 두려움이기도 했지만, 자신을 다잡는 계기가 되었습니다. 거꾸로 오기가 생긴 거죠. 정말 가까이하고 싶지 않은 사람은 신뢰가 없는 사람이지요. 쉽게 거짓말을 하고, 맘에 없는 말을 하고 자기가 말한 것을 전혀 지키지 않는 사람들입니다. 말과 행동이 완전히 다른 사람이지요. 어떻게 보면 안타까운 사람들입니다. 자기 욕심을 채우기 위해서 수단과 방법을 가리지 않는 사람들이기도 합니다."

그는 의과대학 선거에서 학장으로 당선되었다. 그 다음부터는 학장 선출이 총장임명제로 바뀌었다. 그는 다행히 선출직이어서 학교를 위해서는 목소리를 맘껏 낼 수 있었다. 그는 학장으로서 무엇보다 의과대학의 미래 발전을 위한 기반을 단단히 쌓고자 했다. 학생들을 최고의 의사로 만들어야 하니까. 교수가 재임 시 이해관계로 얽힌 사람들은 힘이 떨어지면 아무도 찾아오지 않는 것이 현실이다.

"보직은 해변가에 부서지는 물거품에 불과하거든요. 그 거품을 좀 더 화려하게 보이고 싶어하는 사람이 너무나 많지요. 거기에 모든 노력을 거는 사람들…, 그런 사람들을 보면 젊었을 때는 비난을 했죠. 그럴 수도 있다고 생각하면서도. 평생 자기 욕심을 챙기기 위해서 저렇게 사는구나라고. 그러니 항상 자기 욕심이 사회정의보다 우선 하겠지요. 자기가 갖고 있는 사회적인 욕심이나 세속적인 욕심이 더 커지는 게 인간의 본성이기도 하죠. 당장 나한테 도움이 되지 않는 사람은 필요도 없고, 뭐랄까 남을 배려하고 도와준다는 개념이 없는 사람들, 내가 능력만 되면 도와준다는 개념이 아예 없는 사람들이 많아서 힘들기도 했지만 처음 마음의 각오, 결심을 잊지 않기 위해 자주 자신을 되돌아보았습니다."

그는 아프리카 나이로비 의과대학에서 연수하러온 학생들에게 꼭 전하는 이야기가 있었다. 그들은 워낙 못살기 때문에 돈에 대한 욕심이 컸다. 그는 학생들에게 세상을 살아가는 데 돈은 중요하지만 돈을 많이 가지는 것이 인생의 목표가 될 수는 없다고 전하며 여기서 잘 배워서 고국 사람들에게 교육을 통해 국민의 위생을 개선시키고 아픈 이들을 위해 의술을 펼치라고 당부했다.

— 여러분이 의사로서 마지막 목표가 남을 어떻게 도와주는가가 되기를 바란다. 그것은 자신의 선택과 헌신이지만 최선의 가치는 언제나 그곳에 있다는 것을 잊지 말아야 한다. 항상 더 가지고 싶어하는 마음이 클수록 자기가 들고 있는 잔은 언제나 덜 채워져 있다. 그러다보면 쉼 없이 권력도 더 가지고 더 많은 재산을 가지기 위해 애를 쓰는 일을 평생 되풀이할 뿐이다.

그는 의료연수를 온 아프리카 학생들 가운데 몇 사람이라도 그 뜻을 알아서 현지에서 그 정신을 실천하기를 기대하고 있다. 언제나 사람은 나무와 같다. 새로운 의학기술과 헌신하는 정신을 가진 학생들은 아프리카 메마른 대지 위에서 뿌리를 내리는 나무처럼 자라서 큰 그늘을 만들어줄 수 있다고 믿는다. 슈바이처 박사가 아프리카 사람들을 치료하며 일생을 바친 것은 위대하지만, 지금도 의사가 턱없이 부족한 아프리카에 의술을 가르치고 현지 의사를 양성하고 교육하는 데 역량을 더 집중했다면 황폐한 대지가 숲을 이루듯 더 나은 생활환경으로 바뀌어졌을 것이라고 그는 아쉬워한다.

그에게 배운 모든 학생들이 그의 말을 듣고 실천하기는 어렵다. 그가 가르친 어떤 의사는 레지던트 과정을 마친 뒤 그 병원에 남지 못하고 다른 곳으로 간 것을 서운하게 여기는 경우도 적지 않다. 전문의가 되고 나서는 이비인후과학 교실에서 가르쳐준 것이 뭐 있느냐고 비난하기도 한다. 또 다른 대학에 가서 근무하다가 개원의로 바꾸면서 자신이 근무했던 곳을 비난하는 글을 올린 경우도 있었다.

그 전까지 임상 의사들의 박사학위는 의과대학의 기초의학교실에 연구비용을 주고 연구를 의뢰했는데 그가 교수로 들어와 실험실을 제대로 운영하기 시작하면서 많은 이비인후과 후배들에게는 더 이상 기초의학교실의 도움이 필요 없게 되었다. 그는 연구소에서 직접 실험을 해서 박사학위를 위한 데이터를 많이 만들어주기도 했는데, 그 까닭은 당시 신규 의과대학이 많이 생기니까 후배들을 빨리 박사학위를 취득하게 만들어서, 타 대학교수로 임용이 되게 도움을 주어 이비인후과학 교실의 교세 확장에 기여하고자 했다.

"무엇보다 젊은 후배들이 물론 지식과 경험이 모자라고 부족할 수 있지만, 성장 잠재력이 있어 기회를 주면 미래에 더 큰일을 할지도 모르기 때문에, 배우겠다는 의지만 있으면 무조건 키워야 합니다.

거기서 또 사람을 가리게 되면 교수 요원으로 성장할 후배가 제한됩니다. 학생이나 대학원생이 연구하겠다고 직접 찾아오면 일단은 가르치는 게 선생의 도리입니다. 제 맘에 안 든다거나 성격이 안 맞아서 배척하면 선생이 아니죠, 그게 고민이기도 했습니다. 교수가 될 요원들은 상당히 소수입니다. 이들을 경쟁력 있게 키워내야 합니다."

그러나 어느 순간부터는 그의 지도로 박사학위를 받는 대학원생은 경쟁력 있고 연구수준이 인증된 박사라는 동료 의학자의 신뢰를 받게 만들어야 한다는 생각이 들었다. 그래서 전공의과정과 박사학위를 동시에 하고자 하는 전공의의 박사학위 지도교수는 맡지 않겠다고 선언하자, 실험은 모두 자신이 직접 할 것이기에 지도교수만 맡아달라고 찾아오는 대학원생도 있었다.

"우리나라 제도에서는 사실 의학박사학위는 부실한 경우가 많을 수밖에 없지요. 인턴, 레지던트 과정은 매우 바쁜 시기인데 그 바쁜 시기에 동시에 대학원 박사과정을 하면 사실 연구할 시간이 없거든요. 수련과정과 동시에 진행하는 박사학위 제도는 없어져야 한다고 생각해요. 그런데 그걸 못 없애는 가장 큰 이유는 아마도 박사과정이 학교로서는 큰 수입원이기 때문입니다. 일본만 해도 풀타임으로 박사학위를 해야 인정해줍니다. 미국도 당연히 그렇지요. 그런데 우리는 겸임으로 하니까 실제 연구능력이 부족한 박사가 양산될 수밖에 없죠. 전문의를 따고 난 다음에 풀타임 박사과정으로 들어와야 제대로 연구할 수 있습니다. 그리고 사실 개원의들은 박사학위가 별

의미가 없거든요. 자신의 박사학위 실험을 본인이 직접 안 하는데 박사학위를 준다는 제도가 있다는 것도 우스운 일이지요. 이게 의과대학에 있거든요. 제가 알기에는 공과대학이나 이과대학에서는 절대 그렇게 못합니다. 자기 학위논문을 자기가 직접 실험하지 않는 대학원생은 없습니다."

그는 불합리한 박사학위 제도를 없애자고 오래 전부터 문제를 제기했는데 고쳐지지 않았다. 간혹 박사학위 취득 과정에서 발생한 문제가 사회적 뉴스거리로 등장하기도 한다. 개원의의 박사학위를 도와준다며 각종 경제적 부담을 지게 만드는 일은 과거에는 흔했다. 박사학위를 했다고 하지만, 그 학위논문의 내용이 수준 미달이어서 외국의 권위 있는 학술지에 실리지 못하는 경우도 많아 허수아비 박사만 양산하게 된다.

의학자의 길로 나아가다

그는 미국 연수에서 돌아온 1997년 4월부터 미국 국립보건원에서 배웠던 첨단연구기법을 발판으로 연구에 뛰어들었다. 국제의학계에서도 점차 그의 연구에 관심을 기울이기 시작했다. 그의 코점액연구 논문이 국제 잡지에 게재되기 시작했다. 그의 점액연구는 국내에서는 코 분야 연구를 선도하는 역할을 했다. 미국에서 배웠던, 사람의 기관 정상상피세포 배양법(normal human tracheobronchial epithelial cell culture)을 이용해 구축한 코점막 정상상피세포 계대배양법(normal human nasal epithelial cell culture)이 국제학계의 인정을 받았다.

"일반 환자를 진료하는 의사는 환자와의 공감능력과 임상경험을 축적하며 환자를 따뜻하게 진료하고 보살피는 태도가 무엇보다 필요하지요. 그러나 뛰어난 능력으로 명문 의대에 들어온 학생의 10~20%는 자기 자신이나 가족들이 행복하게 살기 위해서 개원의의 길을 택하기보다는, 의학의 새로운 발견에 헌신해서 환자 개개인이 아니라 현재 해결되지 않고 있는 질병의 본질적 문제해결에 도전했으면 하는 바람이 있습니다. 그러나 지금 의학계 현실은 교수들도 진료, 연구 및 교육, 세 가지를 모두 잘해야 하니 어려운 점이 많지요."

그 무렵 국내 코 분야의 개척자인 박인용 교수는 헤드라이트(head light)를 쓰고 맨눈으로 수술하던 시대에서 코 수술 전용 자가 현수현미경을 개발하여 부비동염 수술을 선도하고 있었다. 해외에서는 1985년 미국 존스 홉킨스(Johns Hopkins) 의대에서 내시경을 이용한 코 수술워크숍이 처음으로 소개된 이후 세계 의학계에서 폭발적 관심과 반응을 나타내고 있었다. 국내에서는 다른 병원에서 먼저 내시경 수술을 도입해 국내에 소개함으로써 부비동염 수술에서 앞서나가기 시작할 무렵이었다.

첨단 수술 방법인 내시경을 이용한 수술 도입이 늦었던 상황에서, 그는 부비동염 수술을 현미경을 가지고 하든, 당시 신기술인 내시경을 가지고 하든 결국 외과 의사는 코의 해부학적 구조를 얼마나 제대로 알고 있느냐가 성공 관건이라는 생각을 가졌다. 서양인의 코 구조에 대한 연구 논문은 많았지만, 우리나라 사람들의 코에 대한 해부학적 논문이 거의 없었다. 그는 코의 구조를 해부해서 국제 잡지에 논문을 제출함으로써 국내 부비동염 수술 분야에서 선도적 역할을 되찾아야겠다고 생각했다.

1998년부터 2년간 그는 매주 수요일, 토요일 이틀을 코 해부에 매달렸다. 그는 해부학교실 정인혁 교수의 도움으로 당시 100여 구의 코 해부를 할 수 있었다. 해부를 진행하면서 아직 밝혀지지 않은 한국인의 코 내부 구조에 대한 많은 의문점을 해소할 수 있었고 그 의문점 하나하나를 연구해서 코 해부 분야에 14편이라는 세계적으로 가장 많은 수의 국제 논문을 게재했다.

"서양인과는 다른 한국인의 코 구조를 새롭게 밝히고, 난이도가 높은 부비동염 수술을 안전하게 하기 위한 수술기구도 개발하고 또 부비동염, 종양 수술 방법도 제가 고안한 수술 방법을 국제 잡지에 게재하면서 코 수술의 임상적인 분야도 발전시켜 나갔습니다."

코 수술기구 개발

— Yoon's through cutting forceps

그는 새로이 밝힌 해부학적 지식을 근거로 새로운 개념의 부비동 수술 방법을 개발하고 이에 필요한 4개의 수술기구, 윤스포셉(Yoon's through cutting forceps)를 독일회사였던 'Explorent'에서 제작했다. 현재 일본 'Olympus' 회사에서 판매되고 있으며 그가 고안한 수술 방법과 함께 수술 현장에서 많이 쓰인다. 수술기구는 특수철강 재질로 되어 있어 당시 국내 기술로는 만들 수가 없었다. 윤스포셉은 수술 집도의가 안전하게 부비동 수술을 할 수 있게 했다.

예를 들면 싱크대 배수구를 적어도 1㎝ 이상 구멍을 뚫어야 하는데 2~3㎜만 뚫는다면 물이 잘 빠지지 않는 것과 같다. 부비동염 수술에서 기존의 수술 방법과 수술기구는 자칫 잘못하면 뇌기저부에 손상을 줄 수가 있었다. 수술 과정에서 수술 범위에 대한 정확한 계측이 어려워 완전하게 염증을 제거하지 못하는 경우가 많았다. 따라서 점액이나 농이 다 제거되지 않아 염증이 재발하는 경우가 흔했다. 의사가 두려움 없이 안전하게 수술할 수 있는 새로운 개념의 수술에 쓰이는 기구인 윤스포셉이 필요한 이유는 서양 해부학 이론에서도 밝혀지지 않았고 코 구조의 이름도 없어, 집도의 스스로 무엇을 제거하고 있는지를 모르던 부분을 정확하게 이해하고 수술할 수 있도록 하기 때문이다.

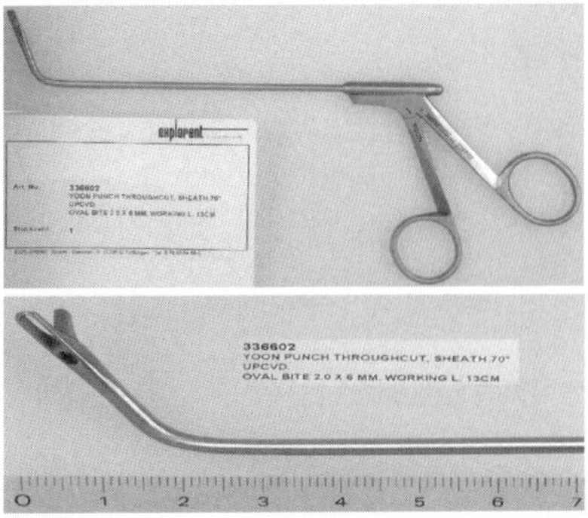

Yoon's through cutting forceps I

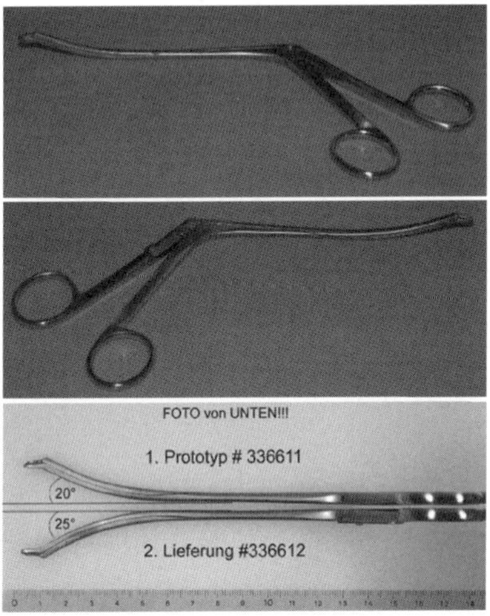

Yoon's through cutting forceps II

"새로운 개념의 수술 방법이죠. 지금까지 서양 해부학에서 붙여둔 이름을 쓰고 있었는데 제 관점에서는 임상에서 적용해보니 충분치 않다는 것을 발견했지요. 지금까지 해부학에 이름이 없는 코 내부 구조물이 있으니 그 이름을 지어주고 새로운 해부학 구조를 논문으로 발표했습니다. 제가 세계에서 코에 대한 해부논문을 제일 많이 썼습니다. 이름이 있어야 정확하게 그 부위의 위치를 설명할 수 있지요. 지금까지 이름이 없었던 그 부위에 문제가 생겼을 때 당연히 이전까지의 수술기구로는 해결하기 힘들었습니다."

코 내부 구조물의 이름이 없었으니 수술하는 의사들도 깊이 생각하지 않았고 그것에 대한 수술 방법도 수술기구도 없었다. 그는 수술시 병변에 접근하기 위해 알아야 할 구조물인데도 이름이 없어 정확하게 지칭을 할 수 없었던 구조물에 새로 이름을 짓고 그 이름에 대한 정의를 내려 코 내부 구조를 명확하게 했다. 그는 독일에 가서 독일 의료기기 디자인 전문가에게 그 용도를 설명하고 의뢰해서 수술기구 도면을 수차례 수정한 후에 비로소 그것을 윤스포셉으로 상품화할 수 있었다.

안전하고 정확한 새로운 코 수술법을 정립하다

그는 부비동염(축농증) 수술과 비부비동 종양 수술 분야에서 새로운 코 수술 방법을 정립하고 이비인후과에서 처음으로 코 성형수술 방법을 논문으로 정립했다. 1990년대 초반, 국내의 비과학계는 미국 혹은 유럽 비과학계와 경쟁하고자 하는 분위기가 아니었다. 당시는 해외에서 개발된 선진 치료법과 수술법을 이해하고 발 빠르게 도입하는 수준이면 선도적 역할이 가능했던 시절이었다. 예를 들면 외국에서 개발된 코 내시경 수술도 누가 빨리 내시경을 구입하여 얼마나 많은 경험을 쌓느냐로 국내에서 선도적 위치를 가질 수 있었다. 이비인후과의 코 성형수술의 경우, 미국에서는 주로 이비인후과에서 많이 했지만, 국내에서는 주로 성형외과에서 많이 하고 있었다. 코 성형수술은 수술 명칭처럼 성형외과의 분야로 생각하고 있었다. 성형외과에서의 코 성형수술은 코의 겉모양만 바꿔주는 데 비해 이비인후과에서의 수술은 겉모양과 기능을 동시에 교정할 수 있는 장점이 있다.

“제가 1990년 미국 코 성형술 워크숍에서 배워 가지고 와서 코 성형수술을 하기 시작했습니다. 요즈음은 이비인후과에서도 많은 후배가 코 성형수술을 하고 있습니다. 코를 전공했으니 당연히 코 성형수술도 할 수 있다는 생각을 했지요. 그 전에는 성형외과에서 코 성형수술을 하게 되면 저에게 코 안쪽의 비중격 수술을 해달라고 부탁합니다. 그런데 비중격 수술을 제가 먼저 하고 나서 성형외과에서 코 겉모양을 성형수술할 때는 수술방에서 나가달라고 하지요. 성형수술 방법을 보여주지 않겠다는 뜻이지요. 그래서 제가 미국에 가서 코 성형수술 방법을 배워왔습니다. 그동안 곁눈질로 보아왔지만, 처음 코 성형수술을 제대로 배우는 것이어서 코를 높일 때는 어떻게 높여야 하고 삐뚤어진 코는 어떻게 교정하는지, 매부리코는 어떻게 교정하는지를 배우고 돌아왔습니다."

그런데 이비인후과에서 코의 겉모양, 즉 성형과 코의 내부 구조 변형을 동시에 수술하자 성형외과 과장이 그를 불러 질책했다. 이건 성형외과 분야 수술인데 왜 이 영역을 건드리느냐는 것이다. 과장이 선배라서 불평할 수는 없었지만, 그냥 코 성형수술을 계속했다. 그가 코 성형수술을 계속한 이유는 이비인후과에서의 수술이 코의 외모와 기능을 동시에 수술하는 것이 가능하기에 이비인후과 의사가 더 수술을 잘할 수 있다는 생각에서였다. 또 그게 환자들에게는 훨씬 도움이 되었기 때문이었다. 환자들이 점차 이비인후과에서도 코 성형수술을 한다는 사실을 알고 이비인후과로 계속 찾아왔고, 그는 이비인후과 후배들에게 코 성형수술 방법을 가르쳐주기 시작했다. 그는 당시 신임 교수가 된 김창훈 교수와 함께 코 성형수술 워크숍도 열었고, 몇 년이 지난 후 이비인후과에서 코 성형수술은 김창훈 교수에게 책임을 맡겨 많은 발전을 거듭해오고 있다. 이비인후과를 전공한 젊은 후배들도 워크숍에서 연수를 거치면서 그 수술법과 경험이 공유되어 폭넓게 퍼져갔다.

또한, 코의 암 수술 분야도 그가 개척해나갔다. 이비인후과는 코, 귀, 목 세 분야로 나누어져 있었다. 목에 생기는 암 수술을 두경부 전문의가 했고 귀에 암이 생기면 이과 전문의가 하는데, 코에 발생한 암 수술은 비과 전문의가 하지 않고 주로 두경부 전문의에게 맡기는 실정이었다. 그 전까지 비과 전문의들은 경험이 부족해 코 내부의 암 수술에 대한 두려움이 많았다. 수련과정에서 배울 기회가 거의 없었고 이전까지는 비과에서 암 수술을 거의 하지 않았기 때문이었다. 그러나, 코의 암 수술은 당연히 코를 전공으로 하는 비과 의사들이 담당해야 하는 상황이었다.

"비과 선배님들이 암 수술은 하지 않았으니 제가 존경하던 선배 교수였고 남다른 탁월한 수술 실력을 지닌 이원상 선생님의 도움을 받아 암 수술을 배워서 함께 학술지에 논문도 발표하면서 코의 암 수술을 비과에서 하기 시작했습니다. 어떻게 보면 제가 좀 복이 많이 사람이죠. 왜냐하면 선배님들이 이미 시도했다면 제 노력이 빛이 안 났을 텐데 많은 것이 시도되지 않았던 분야여서 처음 시도해본 것들이 세월이 흐르니 그 분야에서 저절로 선구자가 되는 기회를 얻었으니까요."

그는 좋은 선생님들을 많이 만났고 그 인연은 국제 잡지에 발표하는 영어 논문으로 이어졌다. 1995년, 그는 처음으로 영어 논문을 국제 학술지에 발표했다. 그 무렵 국내에 내시경 수술이 도입되었지만 익숙하지 않은 수술로 인한 수술 합병증이 많았다. 코 수술을 하다가 두개기저부를 건드리는 경우가 종종 있었다. 내시경으로 수술하다가 위치를 착각하여 잘못 들어가게 되면 두개기저부에 손상을 주어 뇌척수액비루가 발생하는데 그것을 복원하는 수술 방법에 대한 논문이었다. (Yoon JH, Lee JG, Kim SH, Park IY: Microscopical surgical management of cerebrospinal fluid rhinorrhea. Rhinology 1995;33:208— 211.)

"코로 들어가서 내시경 수술을 하다가 뇌를 건드려 수술 합병증이 생겼을 때 그것을 복원하는 방법이 저의 첫 영어 논문이었습니다. 개원한 후배들이 사물이 겹쳐보이는 복시현상, 뇌척수액비루 등의 수술 합병증이 생긴 환자들을 보내왔고, 수술 경험을 통해 얻은 수술 방법으로 논문을 발표했습니다. 그 논문을 시작으로 해서 잇달아 발표한 논문들이 국제적으로 굉장히 좋은 논문으로 평가받기 시작했지요. 학술 논문에는 '영향지수'라는 것이 있습니다. 임팩트팩터(IF)라고, 그 논문이 얼마나 다른 사람한테 영향을 미치느냐 하는 지수인데 10점 이상 되는 논문을 한빛사(한국을 빛낸 사람들) 논문이라고도 합니다."

그는 한빛사에 올라가는 논문을 국제 의학잡지에 발표하기 시작했다. 연구에 대한 고민과 좌절도 많았다. 투입하는 노력과 시간에 비례하여 연구 논문의 수준은 점진적으로 나아지는 게 아니라, 계속되는 노력에도 수준이 크게 변화하지 못하다가 어느 순간에 갑자기 한 단계 계단식으로 상승하는 경향이 있었다.

기존 가설(one airway one disease)을 뒤엎은 논문

— 알레르기성 비염과 천식의 발생기전 차이

그는 국제 의학계에서 왕복 항공료와 숙소, 강의료를 제공하는 강연 초대를 받기 시작했다. 그가 기존 가설을 반박하며 처음으로 밝혀낸 이론은 알레르기성 비염과 천식이 같은 기전에 따른 질환이라는 기존 가설이 틀렸음을 밝혀낸 것이다. 그는 코와 폐는 발생학적, 조직학적으로 다르고, 세균이 분포하는 미세환경이 완전히 달라서 같은 원인에 의해 발생하는 질병이더라도 그 기전이 서로 다르다는 것을 밝혀내었다. 발생기전이 다르면 치료 방법도 달라진다.(Ryu JH, Yoo JY, Kim MJ, Hwang SG, Ahn KC, Joo JH, Kim CH, Lee SN, Lee WJ, Kim J, Shin DM, Kwon MN, Bae YS, Joo— Heon Yoon. Distinct TLR— mediated pathways regulate house dust mite — induced allergic disease via DUOX2 in the upper and lower airways. J Allergy Clin Immunol 2013;131(2):549— 61.)

그는 국제 학술강연에서 코와 폐가 서로 다른 세 가지 점을 밝히고 원인이 같은 두 질병의 발생기전이 각각 다르다는 것을 발표했다.

그 세 가지를 정리하면 다음과 같다. 첫 번째 발생학적으로 두 기관이 다르다. 발생학적으로 각각 다른 부위에서 발생하여 서로 연결되어 있다. 두 번째, 미세환경이 다르다. 폐에는 코와 달리 병적 세균이나 바이러스가 하나도 없다. 그래서 폐에 병적 세균이나 바이러스가 들어가면 바로 민감하게 반응하여 폐렴 등의 위험한 병이 생기기 쉽다. 세 번째, 혈관에 있는 근육을 제외하면 코에는 평활근육이 없지만 폐는 평활근육이 있다. 폐는 수축과 이완을 하지만 코 안에는 평활근육이 없으니 수축하지 않는다.

"세 가지가 서로 다르니 질병의 기전도 다를 수 있습니다. 코점막의 상피세포에는 병적 세균이 항상 어느 정도 있기에 내성이 있지만, 코에도 병적 세균이나 바이러스가 지나치게 많이 들어오면 문제가 생깁니다. 그래서 부비동염이 생기지요."

그는 알레르기성 비염과 알레르기성 천식이 발생하는 기전이 다르다는 논문을 J Allergy Clin Immunol에 출판했다. 국제적 논문의 평가를 전문으로 하는 외국 의학자 그룹(F1000)이 "호흡기를 전공하는 의학자들이면 그의 논문은 꼭 읽어봐야 할 의미 있는 논문으로, 알레르기성 비염과 천식의 치료 방법에 대한 접근법이 다를 수 있음을 밝히고 있다"는 코멘트를 했다.

"저는 젊어서부터 코점막에 관한 연구를 했기에 알레르기성 비염과 천식이 발병기전이 같지 않을 거라는 생각을 했지만, 그때는 연구를 시작하기 전이라 밝혀내지는 못했죠. 연구가 본격화되면서 그것을 증명하기 위한 실험을 했습니다. 쥐에다 알레르기성 비염 모델과 알레르기성 천식 모델을 만든 다음 진드기 추출물을 각각 코와 폐에 넣어줍니다. 그리고 두 질병이 서로 다른 기전으로 발생하는 것을 밝힘으로써, 현재 거의 유사한 약제로 치료하고 있는 두 질병의 치료 방법이 서로 다르게 개발될 수 있다는 가능성에 대한 논문을 처음으로 냈습니다. 그렇지만 그 논문이 전 세계 의학계에서 나온 한 사람의 목소리이기 때문에 그 메아리가 처음에는 널리 퍼져나가지는 않았지만, F1000의 추천을 받으면서 학계의 관심을 끌게 되었습니다."

어떤 일을 처음 창시한 사람을 비조(鼻祖)라고 한다. 비(鼻)와 조(祖)는 시작을 이르는 뜻이다. 성경에도 흙으로 사람의 형상을 만들고 코로 그 숨결을 불어넣는다. 생리학적으로도 코로 숨결이 먼저 들어간다. 국제 의학계에서는 폐와 기관지를 중심으로 하는 호흡기 질환 연구보다 코에 관한 연구가 훨씬 미흡한 상태였다. 그는 코에 대한 연구가 호흡기 연구의 새로운 이정표를 세울 수 있다고 판단했다.

제3장

멘토와의 운명적 만남

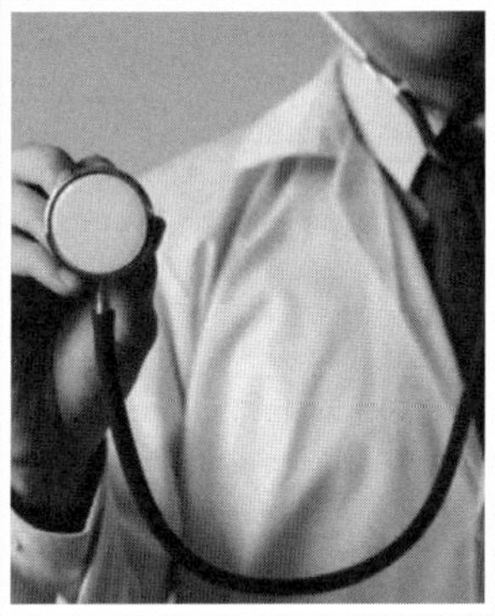

존경하는 멘토의 얼굴들
100달러의 추억
국제적인 의학 연구의 계기
코점막 상피세포 연구의 출발점
Think outside the box
암 임상연구의 선구자
멘토에서 이어진 연세 암병원 설립
세상을 떠난 멘토 선생님들
어떤 선생님도 부패하라 가르치지 않았다

존경하는 멘토의 얼굴들

그는 “의사로서, 그리고 무엇보다 의학자로서 새로운 연구를 할 수 있었던 것은 좋은 선생님들을 많이 만났기 때문”이라고 했다. 그 자신이 한번도 그 선생님들을 위해 해드린 것이 없는데 어떻게 그분들이 젊은 시절의 그를 이끌어주었는지 그 고마움을 늘 간직했다.

“어떻게 생각하면 선생님들이 제가 아무것도 모르지만 배우려고 애쓰는 모습을 측은하게 보셨겠지요. 그래서 저에게 배움의 기회를 주셨는지도 모르지요. 제가 멘토(Mentor)인 선생님들의 배울 만하고 부럽고 좋은 모습을 10년 정도 모방하며 따라하면 멘토의 훌륭한 면의 80% 정도가 어느새 내 안에도 생기게 되더군요. 그 선생님이 나를 멘티(Mentee)로 느끼느냐 아니냐는 중요한 게 아닙니다. 저를 가르쳐주신 폴 네테샤임 박사님과 데이비드 임(David Lim) 교수님이 연구 아이디어를 내고 그것을 하나씩 추진해나가는 열정과 연구 실적이 국제적으로 인정받는 모습이 너무나 부러웠죠.”

그들 멘토들의 공통점은 하나같이 부지런했다는 것이다. 그리고 멘토들은 다 새벽형 인간이었고 말이 아니라 행동으로 그에게 보여주었다.

100달러의 추억

— 박인용 교수

그가 처음 만난 멘토는 세브란스병원 이비인후과 과장으로 한국 최초로 대한비과학회를 만든 박인용 교수였다. 대한비과학회 설립 이전까지 코 분야는 전문 학문 분야로 독립을 못하고 있었다. 당시는 외국도 세부 전문 분야로 나누어 사람을 선발하지 않고 있었다. 귀 진료를 전문으로 하면서 코 진료도 하거나 두경부암 진료를 전문으로 하면서 코 진료도 하는 식이었다. 대한비과학회가 출범하면서 한국에서 코 분야가 이비인후과에서 전문 학문 영역으로 가장 먼저 출범했다.

귀·코·목으로 나누어진 이비인후과는 공부하기 힘든 분야였다. 인체에서 귀, 코, 목의 해부학적 구조가 복잡했기 때문이다. 모든 뇌신경도 두개저를 통해 목을 경유해서 내려왔다. 두개저에 있는 구멍으로 모든 뇌신경이 내려와서 연결되어 있어 소리 듣고, 냄새 맡고, 미각을 느끼고, 소리 내고, 삼키고, 호흡하는 게 다 모두 이비인후과 영역이었다.

"이비인후과란 학문이 출발한 계기는 귀가 중심이었어요. 난청을 해결하기 위해서지요. 후천적으로 못 듣는 사람도 많이 있어서 과거에는 이비인후과 전공하는 사람 중에 70%가 귀를 전공하는 사람들이었습니다. 또 구강, 인두와 성대에 생기는 암을 두경부암이라고 하는데 그 분야를 진료하는 그룹이 있었지요"

1990년 대한비과학회가 출발할 때 17명의 발기인이 있었는데 그 발기인 중에 그가 가장 막내였다. 그는 박인용 교수의 조수 역할을 하면서 처음으로 국제무대에서 논문을 발표하고, 나라별 학문 간의 교류가 얼마나 중요한지를 배웠다. 박인용 교수가 외국 대학과의 교류를 열어줌으로써 그는 국내의 연구가 미국과 일본 그리고 유럽의 수준에 비해 무엇이 부족한지 알 수 있었다.

외국의 이름 있는 의학자를 국내에 초청하는 일은 비용이 많이 들었지만, 박인용 교수는 그들을 초청해 극진하게 대접했다. 그들이 공항에서 들어오자마자 이태원 양복점에 모시고 가서 자비로 수제 양복을 두 벌씩 맞춰주었다. 그 다음날 호텔 방에서 가봉하고 출국하는 날 가지고 갈 수 있게 해주었다.

박인용 교수는 그에게 이렇게 말했다.

— 세계적 대가들이 우리나라에 볼 게 하나도 없는데 뭐하러 시간 내서 오겠느냐. 우리가 극진한 대우를 해줌으로써, 후배들이 세계적인 교수에게 공부하러 갈 기회를 얻을 수 있다. 나는 옛사람이라서 지식적으로 가진 게 없지만 지극한 정성으로 접대해서 이 교수들과 정서적으로 교류하는 길을 터놓으면 너희들은 앞으로 학문적으로 성장해 국제적인 의학자들과 동등하게 지낼 수 있도록 하는 환경이 만들어지지 않겠느냐.

박인용 교수는 자신은 못했지만, 후배들은 새로운 의학을 접하고 국제 의학계에서 두각을 나타내기를 바랐다. 박인용 교수는 그보다 22년 위였다. 1970년대는 외국으로 공부하러 나가기도 어렵고 새로운 연구를 접하기도 힘든 시절이었다. 다만 외국에 나와 있는 기존의 학문을 얼마나 잘 이해하고 현장에 적용하느냐에 따라 자기 존재감을 드러내던 때였다. 박인용 교수는 그게 안타까워서 후배들한테 언제나 바깥을 보며 도전하기를 기대하고 직접 시대를 앞서 나가고자 하는 넓은 사고를 품고 있었다.

— 우리가 너무나 학문적으로 부족해서 국제무대에서 우리를 아무도 알아봐주지도 않으니까, 너희들은 공부 좀 제대로 해서 해외 의학자들과 학문적으로 비슷한 수준으로 가게 되면 언젠가는 우리도 이렇게 큰돈을 들여서 그들을 초청하지 않아도 된다.

해외 의학자들과 전공 분야의 질병에 대해 서로 토론을 할 수 있어야 하지만 당시에는 토론문화가 거의 없었고 학교에서 배우지도 않았다. 영어도 능숙하지 못하니 그냥 주눅이 드는 것처럼. 국내 의학계의 현실도 마찬가지였다. 선진국 의학자들이 만들어내지 못한 새로운 의학 지식을 만들어 낼 필요가 있었다. 미국이나 유럽에서 만든 의학 교과서에 있는 내용을 앵무새처럼 반복한다면 그들은 한국 의학자와 대화할 가치를 못 느낀다. 그것도 20년 전에 나온 교과서에 근거한 내용은 의미가 없었다. 임상 경험으로 사실적인 발견을 했다 해도 그걸 과학적으로 옳다는 것을 증명하려면 연구를 통해서 근거를 내놓아야 했다. 그 근거를 만드는 과정이 연구인데 그때는 연구 환경이란 게 거의 없었다. 선도적 과제에 도전하기에는 연구

시설과 장비도 턱없이 부족했다. 대한비과학회가 출범하면서 이비인후과 동문의 기금을 모아 연구소를 설립하고 연구 장비를 갖추기 시작했고 가장 빨리 코 분야 연구가 활발해졌다.

“제가 미국 볼티모어에서 열리는 학회에 참석할 때였습니다. 제가 펠로우를 시작하던 해였는데 레지던트 세 사람과 함께 가게 되었어요. 그때, 박인용 선생님이 병원장이셨는데 저를 병원장실로 부르시더니 100달러를 주셨습니다. ‘닥터 윤, 펠로가 무슨 돈이 있느냐. 해외를 나가게 되면 제일 나이 먹은 선배가 밥 한 끼라도 사야 한다. 내가 100달러를 주니 이 돈으로 밥 한 끼라도 후배들 사줘라.’ 그 돈이 잊히지 않아요. 그 돈으로 푸드코트의 중국집을 찾아갔습니다. 다른 음식은 입에 안 맞으니까 넷이서 볶음밥만 사먹었지요.”

박인용 교수는 새로운 지식에 대한 열정이 커서 해외학회에 참가해 늘 새로운 내용을 발표하고 싶어했다. 해외학회에서 “우리 병원에 있는 닥터 윤이 연구한 논문을 발표했다”면서, 한국의 이비인후과교실에서 새롭고 독창적인 연구를 하고 있다는 것을 보여주고 싶었던 것이다. 매번 새로운 발표를 만들어내는 일은 그에게 힘이 부친 일이기도 했다. 새로운 논문을 만들어내는 시간이 필요했기 때문이었다.

“제가 펠로우(강사)를 할 때는 밤에 들어오는 이비인후과의 모든 응급환자를 맡아야 하고 수술도 주치의로서 다 해야 했어요. 집에 잘 가지 못했습니다. 당직 서는 날 응급실로 들어오는 이비인후과 환자는 모두 제 앞으로 입원시켜야 되는 거예요. 1989년부터 3년간.

그때는 수술을 담당할 인력이 부족했으니까요. 힘들었지만 자긍심이 충만했고 즐거웠어요. 그 밤에 오는 환자들을 오로지 제가 다 해결해준다는 그런 기쁨. 처음에는 굉장히 두렵고 힘들었는데 시간이 지나니까 조금씩 자신감이 붙으면서 그 일이 즐거워지기 시작한 거예요. 세브란스병원에서 내가 이 환자를 제대로 치료하지 못하면 국내에서 치료를 제대로 치료할 수 있는 곳이 없다는 사명감 같은 것이었겠지요. 그때 응급실에는 코가 깨져 오거나, 양잿물을 마셔서 식도가 달라붙은 환자, 동전이 목에 걸리거나 땅콩이 기관지로 들어간 환자들이 많았지요. 신촌역에서 술 마시다 싸움질해서 다친 이들이 많이 왔어요. 그런 와중에 연구를 해서 그 결과를 박인용 선생님께 드리면 선생님은 해외 국제학회에 다녀오면서 정말 신나하셨습니다. '내가 닥터 윤 때문에 생색을 많이 내고 왔어. 뭐 사람들이 깜짝 놀라더군, 우리 대학에서, 한국에서 이런 수준의 연구를 하고 있다는 사실을 알고는 말이야'라고 하셨지요."

박인용 교수는 "윤주헌 교수가 기도상피세포 배양과 기도점액분비의 유전인자를 규명한 연구로 세계적인 학자가 되어 있는 그 근거에는 본인의 피나는 노력은 물론이거니와 같은 연구교실원들의 적극적인 이해와 지원이 있었기 때문에 가능했다"고 확신한다.

박인용 교수는 1935년생으로 여든여덟의 세월에 이제는 많이 쇠약해졌다. 그는 1년에 3~4번 멘토를 모시고 식사를 한다. 그 식사가 언제까지 이어질지는 알 수 없지만 문득 문득 그는 은사의 모습에서 시간의 무상함에도 아랑곳하지 않고 그의 박사학위 지도교수였던 때 국제 학술교류를 외치며 호기심 가득 찼던 옛 모습을 떠올리면 추억은 과거에만 있는 것이 아니라 내일도, 푸른 미래에 있는 것만 같다는 생각이 든다.

국제적인 의학 연구의 계기

— 오하이오 주립대학 임종재(David Lim) 교수

임종재 교수는 연세대 의과대학을 졸업하고 미국 오하이오 주립대학병원의 이비인후과 연구 책임자로 있었다. 임종재 교수는 당시 그의 박사학위 지도교수인 박인용 교수와 동기였다. 임 교수는 1989년 모교 이비인후과교실을 방문해서 "여기 이비인후과학 교실이 국제적으로 발전하려면 더 적극적으로 연구에 투자해야 한다"고 했다. 그 당시 진료만 잘하면 될 것으로 알았던 그에게는 신선한 충격으로 다가왔다. 박인용 교수의 주선으로 이비인후과학 교실의 귀 전공 분야 교수들이 임종재 교수의 연구실로 연수를 가기 시작했다. 임 교수는 친구 박 교수에게 해외 의학계와 적극적으로 교류하기를 권했다. 그는 오하이오 주립대학 연구실을 방문해서 임종재 교수의 학문에 대한 열정을 보며 의학 연구에 국제적으로 경쟁력을 가져야 한다는 각오를 새기게 되었다. 임종재 교수는 의학 연구의 동기를 품게 해준 결정적인 계기를 그에게 주었다.

"임종재 선생님이 미국의 대학교수로 있으면서 그렇게 열정적으로 연구하시는 모습이 제게는 엄청난 동기 유발이 되었습니다. 한국에서 의대를 나와 미국대학에서 전 세계에서 공부하러 온 의사들을 가르치고 연구에 몰두하는 모습을 보면서 저도 도전해보아야겠다는 생각을 가지게 되었습니다. 그분은 귀를 전공하셨는데 국제적으로 뛰어난 논문을 많이 발표하셨어요. 새로운 의학 지식을 계속 만들어내는 자세가 제게 큰 자극이 됐죠. 뒤에 그분은 미국 NIH 산하 연구소인 의사소통장애연구소(NIDCD, National Institutes of Deafness and Communicative Disorders)의 scientific director가 되셨습니다. 굉장히 영광스러운 위치이지요."

그는 도대체 어떤 환경 속에서 그렇게 수준 높은 논문을 발표하는지 알고 싶어서 오하이오 주립대학의 임종재 교수 연구실을 찾아가곤 했다. 미국에서 연구원들이 너무 여유롭게 질병의 근본적인 문제를 해결하기 위해 연구에 몰입하는 모습은 수많은 환자를 대하는 한국의 임상의들과는 근원적으로 스케일이 달랐다. 임종재 교수는 한국에서 온 연구원이 골프를 치다 발각되면 야단을 치곤 했다.

"왜 미국까지 공부하러 와서 골프를 치려고 하느냐? '시간이 그렇게 많이 남아도느냐?'고 엄하게 꾸지람을 하셨어요. 미국에서 짧은 기간 공부하고 가는데 그런 사람은 여기 있을 필요 없다고 하셨지요."

코점막 상피세포 연구의 출발점

— 가고시마대학 오야마 교수

그는 1993년 가을 도서관에서 논문을 찾아 읽다가 가고시마(Kagoshima)대학 오야마 교수가 처음으로 코점막 상피세포를 'floating method'로 배양하여 사람의 코점막 상피세포와 유사하게 분화하게 만드는 배양법을 발표한 것을 알게 되었다. 코점막의 기능과 점액을 연구하고 싶었던 그로서는 이것을 꼭 배워야겠다고 생각했다. 가고시마대학은 1980년대부터 코점막의 병태 생리 연구에서 세계적으로 뛰어난 연구 실적이 있는 대학이었다. 그는 바로 박인용 교수를 찾아가 일본 가고시마대학의 오야마 교수에게 상피세포의 새로운 배양법을 배우고 싶다며 두 달만 보내달라고 간청했다. 박 교수는 오야마 교수와 친분이 있었다.

오야마 교수와 박인용 교수의 교류가 시작된 계기는 임종재 교수가 마련해주었다. 오야마 교수는 가고시마대학의 주임교수이면서 나이도 많았는데도 오하이오 주립대학의 임종재 교수의 연구실에 가서 공부했다. 자기 제자들도 임 교수의 연구실로 보냈다. 임 교수의 소개로 박인용 교수가 마련한 학술교류 세미나에 오야마 교수가 초청받으면서 비과 분야에 한일 의학 교류가 처음으로 이루어졌다. 일본에서 최고 인기 품목이었던 자연산 송이가 엄청 비쌀 때였다.

일본에서는 구하기도 힘들었다. 박인용 교수는 오야마 교수를 집으로 초청해 자연산 송이로만 대접했다. 당연히 오야마 교수는 박인용 교수의 정성에 감동을 받았다.

"제가 이 기술을 꼭 배워서 코점막 상피세포의 기능 연구를 위해 우리 연구실에 셋업(set up)해놓고 싶다고 말씀을 드렸습니다. 선생님은 바로 허락해주셨어요."

그는 1994년 1월부터 두 달 동안 혼자 가고시마대학으로 갔다. 오야마 교수는 가고시마대학병원에서 가까운 곳에 다다미방이 있는 작은 일본식 아파트를 구해주었다. 낮에는 가고시마대학 이비인후과교실 연구원을 따라다니면서 플로팅 배양법의 모든 단계를 배우기 시작했다. 가고시마대학 이비인후과 의국원들은 3분의 2가 병원에서 일과를 보내고 3분의 1은 가고시마 시내에 있는 개인병원에 파견을 나갔다. 저녁에는 개인병원에 파견나갔던 대부분의 가고시마대학 의국원들도 다시 교실로 돌아와 밤에 연구를 하는 것이 기본 패턴이었다.

그는 의국원들이 저녁 무렵 교실에 돌아와 연구를 시작하기 전에, 슈퍼에서 즉석 생우동을 하나 사서 숙소로 가 계란 하나를 풀어 빨리 끓여 먹고 다시 의국으로 돌아와서는 이비인후과 강사들이 하던 연구를 관찰하고 함께 이야기 나누는 일을 거듭했다.

"마침 1994년 2월이 결혼 10주년 되는 때여서, 서울로 귀국하기 5일 전 아내가 장인어른과 장모님, 아이들을 데리고 가고시마로 와서 같이 시간을 보내다가 함께 귀국하기로 일정을 잡았습니다. 그런데 그 이야기를 들은 오야마 교수는 부인과 함께 우리 가족 모두를 가고시마에서 가장 비싼 호텔 일식집에 초청해서 저녁을 사주셨어요."

젊은 그로서는 명망 있는 교수의 극진한 대접에 그저 황송할 따름이었다. 오야마 교수는 일본 제자들에게도 한번도 그렇게 대하지 않았다. 뒷날 그는 오야마 교수에게 "어린 저에게 왜 그렇게 잘해주셨느냐"고 물어보았다. 교수는 "열정을 가지고 열심히 하려는 젊은 후배를 도와주고 싶었다"며 자신도 "미국에 가서 공부를 해보았기에 외국에서 생활하며 공부한다는 것이 어려운 일이라는 것을 잘 안다"고 대답했다. 가고시마대학 연구실에서의 경험을 통해 그는 자신도 열정을 가진 후배들을 잘 이끌어서 오야마 교수의 배려에 응답하겠다는 생각을 비로소 가지게 되었다.

그가 연수를 끝낸 뒤 국내 학회에서 실험실에서 코점막 상피세포를 배양, 분화시켜 사람의 코점막 상피세포와 거의 같은 정도로 분화를 시킨 상피세포의 모양을 형태학적으로 보여주고 섬모운동을 동영상으로 보여주자 후배들이 코점막 상피세포 연구에 관심을 보이기 시작했다. 그 뒤, 가고시마대학에서 배운 배양법을 발전시켜 개발한 그의 코점막 상피세포 배양법을 배우러 가고시마대학 연구원들이 역으로 그를 찾아왔다.

Think outside the box

— 미 국립 환경건강과학연구소 폴 네테샤임 박사

가고시마대학에서 상피세포 배양법을 익힌 뒤 그는 상피세포 연구에 다양한 분자생물학적 방법을 접목해 발전시키고 싶었다. 일본 가고시마대학에서 플로팅 배양법을 배워온 후 이 방법을 국내에 소개하고 연구를 하면서 그는 이 방법의 한계를 파악하게 되었다. 그 배양법은 콜라젠 젤 위에서 배양해야 하므로 당시 이비인후과 영역에서 새로운 학문으로 대두되던 분자생물학(molecular biology) 분석을 접목하기가 어려웠다. 그래서 그는 분자생물학 분석이 가능한 새로운 배양법이 개발되어 있는 곳을 찾기 시작했다. 당시에는 인터넷이 없던 시기였다. 그는 거의 3개월간을 도서관에서 전 세계의 생명과학과 바이오의료학 정보를 출판하는 모든 논문을 모아놓는 의학저널 문헌 인덱스 메디쿠스(Index Medicus)를 뒤졌다. 그곳에서 미국의 폴 네테샤임 박사가 공기액체대면세포배양(ai-liquid interface)을 이용하여 사람 기관지의 상피세포를 배양하는 논문을 처음으로 발표했다는 사실을 발견했다.

그는 마음이 다급해졌다. 그는 네테샤임 교수에게 2년간을 당신의 연구실에서 공부하고 싶다는 편지와 팩스를 보냈다. 다행히 네테샤임 교수는 호흡기 점막 상피세포 분야에 아무런 경험도 없고 논문도 한 편 없는 그를 받아주었다.

1995년 4월, 그는 미국 노스캐롤라이나 리서치 트라이앵글파크(North Carolina, Research Triangle Park)에 있는 미 국립보건원 산하의 환경건강과학연구소(NIEHS, National Institute of Environmental Health Sciences) 로 출발했다. 미 국립 환경건강과학연구소는 미 국립보건원 산하 27개 연구센터 중의 하나로 환경이 인간의 질병에 미치는 영향에 관한 연구를 수행하는 목적으로 설립되었다. 그는 아내와 아이들과 함께 미국행 비행기를 타기 전에 혹시 아이들이 비행기 안에서 배고파할까봐, 공항에서 햄버거를 사서 탔다. 두 아이가 기내에서 햄버거를 잘 먹었던 기억도 난다. 비행기에서 내려다본 랄리더럼(Raleigh-Durham) 공항 근처는 나무가 울창한 지역이었다. 미국에서 만드는 가구에 사용되는 목재 대부분이 이곳 노스캐롤라이나에서 나왔다.

"독일계 미국인 폴 네테샤임 박사를 지도교수로 만났습니다. 사람 기관지의 상피세포를 배양해서 폐의 병태 생리를 연구하시는 분이었어요. 그 당시만 해도 전 세계에 코의 병태 생리를 연구하는 곳은 한 군데도 없었거든요. 코에 관한 연구는 특별히 가르쳐주지 않았지만, 폐와 코는 같은 호흡기니까 폐의 상피세포 배양법을 확실히 배워서 그것을 코에 접목했습니다. 네테샤임 박사가 세계에서 사람 기관지 점막 상피세포 배양법을 가장 먼저 개발했는데 그 방법을 응용해 제가 처음으로 코점막 정상상피세포 계대배양법을 구축했지요."

그가 미 국립보건원에 2년간 해외연수를 갔을 때 네테샤임 박사는 그에게 이렇게 말했다. 그 말은 그의 가슴에 오래 남아서 언제나 새로운 활력을 주었다.

— 닥터 윤. 자네는 의학자이니 질병의 개념을 제시해주고 그걸 증명하는 게 자네의 역할이지 실험기법을 하나하나 배우는 건 자네의 역할이 아니다. 그건 PhD 선생이나 테크니션들이 하는 일이다. 자네는 새로운 가설, 아이디어를 창조해내어야 한다. 남들이 세워놓은 가설 속에서 그걸 바라보지 말고, 그건 그대로 놔두되 다른 각도에서 그걸 봐야 새로운 가설을 세울 수 있다. 기존 생각의 틀에서 벗어나서 사고해야 한다(Think outside the box)! 연구 방법을 배우는데 집중하지 말고, 결과를 어떻게 해석할지, 그리고 질병의 새로운 개념을 세우는 것에 집중해야 한다. 질병은 개념이 달라지면 질병의 치료 방법도 새롭게 개발될 수 있다. 질병을 기존과는 다른 관점에서 바라보도록 해야 한다.

아름다움은 굉장히 과학적이다. 식물도 피보나치 수열로 자라고 균형을 유지하며 잎과 꽃을 피운다. 다만 과학자들은 과학을 아름답다고 언어로 표현하지 않고 얼마나 사실적이고 증명 가능한 것인가 하는 문제로 본다. 또 그걸 통해서 환자들한테 어떤 도움을 줄 수 있는 내용인지를 파악해야 한다. 단지 지식을 위한 지식인지, 아니면 새로운 지식이 환자에게 어떤 도움을 줄 수 있는지를.

네테샤임 박사는 단순히 논문을 많이 쓴다고 해서 의미가 있고 중요한 게 아니라 얼마나 많은 연구 논문이 축적되어서 그 내용이 질병의 진단과 환자의 예후에 어떤 도움을 줄 수 있고 정확한 지표가 될 수 있는지, 무엇보다 새로운 치료법을 제시해줄 수 있는지가 중요하다고 강조했다.

"나중에 세월이 흘러서 제가 말씀 드렸습니다. 연구실 책상 위에 쌓인 의학저널을 보는 선생님 흉내를 내다보니 그나마 제가 여기까지 왔습니다"라고.

그는 환경건강과학연구소에서 연구를 시작하면서 나름대로는 한국에서 지식적인 면에서 어느 정도 자부심을 가지고 있었다. 그 무렵 미국 의과대학 학생들이 방학 기간에 연구소 실험실에서 기구 닦는 일을 하며 자원봉사를 하고 있었다. 이 학생들과 실험실에서 이야기 나누면서 그는 매우 충격을 받았다. 미국 의과대학 학생들이 자신보다 가설을 만드는 방법이나 각종 용액을 만드는 방법을 더 잘 알고 있었던 것이다.

그는 미 국립 환경건강과학연구소에 도착해서 연구를 시작한 지 3개월 만에 영문 명함에 PhD 글자를 없애버렸다. 이미 알려진 답만 외우는 데 선수였던 그는 답이 없는 것을 찾아가야 하는 연구에서는 도대체 감을 잡을 수가 없었다. 미국 의대 학생들보다 못한 연구 지식을 가진 자신을 보고 그는 자괴감이 들었다. 영어를 능숙하게 하지 못한다는 언어 장벽 문제가 아니었다.

"왜 우리 선생님들은 기존의 답이 아니라 새로운 답을 찾아나가는 공부를 해야 한다고 이야기해주지 않았을까라는 생각이 들었고, 나중에야 우리 교육 과정에 큰 문제가 있구나라는 것을 깨닫게 되었지요."

그는 2년간의 짧은 기간 내에 배워야 할 것이 너무 많았지만, 시간은 늘 부족했다. 가능한 많은 것을 배우고 경험해야 한다는 생각에, 다른 연구원들이 없는 주말에 가서 한번 더 실험을 진행하는 생활을 시작했다. 연수를 가서 3개월도 채 되지 않았던 때에 세브란스 이비인후과학 교실 선생님들이 격려차 그를 만나러 왔다.

"어렵게 여기까지 와주신 선생님들께 근처에 있는 듀크대학을 보여드리려 했지만, 그때까지 사실은 저도 한번도 듀크대학을 가보지 못해서 길을 찾느라 애를 먹었습니다. 연구실과 집만 왔다갔다 했으니 길을 알 수 없었지요."

그 당시 그는 분자생물학적인 모든 분석 방법에 대해 자세히 모르면 귀국 후 도와줄 사람이 아무도 없는 상황에서 연구를 실제 진행할 수 없을 것이라는 생각에 모든 분석법을 하나하나 노트에 정리하는 일이 매일 하루의 일과를 마무리하는 작업이었다. 연구가 익어갈수록 그는 새로운 질병의 개념을 정립하는 데 집중하라고 조언한 네테샤임 박사의 조언이 맞았다는 것을 알게 되었다.

연수 2년 동안 박인용 교수를 비롯한 교실 선생님들, 홍성수 원장 부부, 김경수 교수, 건국대학 김진국 교수, 연세대 김창훈 교수, 영남대 김용대 교수 등이 먼 길을 다녀갔다. 연수 1년이 지난 시점에 마침 부산대학을 졸업하고 미국에서 박사학위를 따고 공부하던 구자석(Peter Koo) 박사가 네테샤임 박사 연구실에 합류했다. 이때부터 그는 구 박사와 많은 것을 함께 실험하고 또 인생살이 이야기를 나누며 우정을 쌓아갔다. 뒤에 구자석 박사는 종양내과의 세계적 권위자인 홍완기 교수의 엠디앤더슨 암센터(MD Anderson Cancer

Center) 조교수 생활을 거쳐 현재 예일대 교수로 근무하고 있다.

2년간의 연수를 마치고 귀국길을 준비하는데 그는 걱정이 자꾸 앞섰다. 귀국하면 교실에 분자생물학 실험을 할 수 있는 장비도 없고 도와줄 연구원이 없었기 때문이었다. 스스로 세세한 모든 것을 혼자 할 수 있어야만 했다. 그렇게 고민이 많던 차에 네테샤임 박사가 그를 불러서 "한국에 귀국하면 여기서 하던 실험을 계속할 수 있는 환경이 되느냐?"고 물었다. 그는 그럴 환경이 못 되지만 최선을 다해보겠다고 대답했다. 얼마 뒤 교수가 그를 다시 불러 1만달러 정도의 장비를 사줄 테니 한국으로 가지고 가라고 했다. 또 그를 노스캐롤라이나 주립대학의 한 연구실로 데리고 가서 그곳 교수를 소개시켜주며 한국으로 가지고 가라고 당시 구하기 힘든 17Q2 점액(mucin) 항체를 얻어주었다.

그는 그동안 남에게 크게 베푸는 것이 없이 살았는데 그를 전혀 알지 못하던, 이미 국제적으로 명성을 가지고 있는 대학자에게서 일방적으로 받기만 하는 게 너무 송구스러웠다. 그때 그는 이렇게 후배들에게 베푸는 것이 훌륭한 선생님의 덕목이라는 것을 피부로 느끼게 되었다. 귀국하면서 많은 실험 장비와 시약들을 가지고 공항에 도착하니, 가지고 오는 시약들을 바로 냉장 보관해야 하는 문제로 미리 연락해둔 후배들과 간호사들이 마중을 나와 있었다.

"장비를 안전하게 옮기고 시약을 냉장 보관해야 한다는 생각 때문에 경황이 없어 그들에게 감사한 마음을 제대로 표현하지 못했지만, 후배와 간호사들이 그때 너무 고마웠습니다."

암 임상연구의 선구자

— 엠디앤더슨 암센터 홍완기 교수

홍완기 교수는 연세대 의대 출신으로 엠디앤더슨 암센터(MD Anderson Cancer Center)에서 암을 전공하는 종양내과 의사였다. 전 세계에서 암센터로 가장 유명한 곳은 휴스턴의 엠디앤더슨 암센터와 뉴욕에 있는 메모리얼 슬로안케터링 암센터(MSKCC)가 있다. 이건희 삼성 회장도 생전에 홍완기 교수에게 약물요법으로 치료받아 폐암이 완치되었다. 엠디앤더슨 암센터에서 내과 부장으로 있었던 홍완기 교수는 전 세계에서 항암요법의 대가였다.

그는 환경건강과학연구소(NIEHS)에서 공부하면서 생화학 전공인 구자석 박사와 같이 연구했다. 암을 연구하던 사람들이 주로 암세포만 갖고 연구하니까 정상 세포의 특성에 대한 지식이 부족하여 암세포의 특성을 해석하지 못하는 현상이 많았다. 암세포의 특성과 비교하기 위해서 그와 구 박사는 정상 상피세포를 배양하고 정상 상피세포의 반응을 함께 연구했다. 구자석 박사가 환경건강과학연구소를 떠나 홍완기 교수 연구실에서 일하면서 비로소 인연이 닿게 되었다.

홍완기 교수는 완벽한 새벽형이었다. 휴스턴 앰디엔더슨 암센터 연구실의 회의 시간은 아침 6시 반이었는데 그 아래 과장들인 미국인 의사들은 너무 이른 시간에 회의를 시작하는 것에 대해 아무 불평을 하지 않았다. 아버지 부시와 아들 부시 미국 대통령의 암 자문의였던 홍 교수는 매일 아침 5시에 병원 연구실로 나왔다.

"홍완기 선생님은 항암 약들을 어떻게 조합해서 새로운 치료로 쓸 수 있는지 그 개념을 정립하셨습니다. 암 환자에게 항암요법을 하면 듣는 사람이 50%가 안 되거든요. 그러니까 문제는 환자에게 듣지 않는 약을 너무 많이 쓰게 되는 겁니다, 환자들한테. 일단 항암제를 써보고 난 다음에 듣고 안 듣고를 파악해야 하니까요. 그래서 선생님은 환자에게 항암제를 쓰기 전에 그 약이 들을지 안 들을지 미리 파악하자는 거지요. 그러면 불필요한 약을 쓸 필요가 없잖아요. 그런 개념을 만들어내는 데 기여하셨지요. 그래서 전 세계에서 큰 제약회사들은 신약의 임상시험을 선생님께 먼저 부탁합니다. 전 세계에서 제일 먼저 신약을 써보시는 거죠. 그러니까 그 분야에선 선구자가 될 수밖에 없습니다. 다른 사람들은 경험이 없으니까. 선생님은 유전자 검사를 통해 어떤 항암제가 잘 듣는 사람은 특별한 어떤 유전자에만 양성으로 반응한다는 사실을 밝혀냈습니다. 유전자 구조가 밝혀지기 시작하면서 암이 잘 일어나는 유전자 연구가 활발해졌지요. 안젤리나 졸리가 유방을 절제한 것은 자기가 유방암이 일어날 수밖에 없는 유전자가 양성으로 나왔기 때문에 미리 절제했거든요. 그런 식의 개념입니다. 어떤 특정 유전자를 갖고 있으면 그 항암제가 잘 맞는 거지요. 그 유전자가 없으면 그 약이 안 들어요. 환자가 오면 유전자 검사를 해서 어떤 돌연변이를 가지고 있는 암 환자인지를 미리 검사합니다. 그럼 그 약이 듣고 안 듣고를 구분할 수 있는 거죠. 그 방법을 사용하게 되면 전 세계적으로 환자한테도 도움이 되고 전체 의료 비용도 대폭 줄어들게 됩니다."

홍완기 교수의 유일한 취미 생활은 테니스뿐이었다. 동양인으로 영어도 완벽하지 않은데도 미국 교수들을 지도할 수 있었던 이유는 질병에 대한 새로운 지식과 개념을 정립했기 때문이다. 홍 교수는 어떻게 해야 암 환자의 치료 효과를 높일 수 있고 무엇이 가능한지를 쉼 없이 탐구했다. 그 카리스마는 새로운 지식과 실천력에서 나왔다.

홍 교수는 그에게 말했다.

— 죽음을 미리 생각해봐야 한다.

홍완기 교수는 "죽음을 미리 생각하면 건강하게 일을 한다는 게 얼마나 가치 있는 시간인지, 그리고 살아 있는 동안, 시간을 얼마나 가치 있게 써야 하는지를 깨닫게 되고, 또 남을 위해서 배려하고 싶은 순간이 뒤늦게 찾아온다 해도 건강해야만 할 수 있다"고 했다. 홍 교수의 말은 그에게 적막하면서도 깊은 울림을 주었다. 자신도 모르게 그는 '우리가 살아가고 있다는 것은 점점 죽음 앞으로 다가가고 있다는 것이기에 삶에 대해 진솔해야 한다'는 마음가짐을 가슴에 새롭게 품고자 하는 자신의 모습을 발견하곤 했다.

멘토에서 이어진 연세 암병원 설립

— 연세의료원과 앰디앤더슨 암센터와의 자매결연

2005년 7월 당시 지훈상 의료원장이 임기가 시작되기 직전에 "앞으로 연세의료원이 어느 분야에 집중하면 좋겠느냐?"는 질문을 그에게 했다. 그는 암 분야를 특화하고 집중해서 키워야 한다고 제안했다.

"집중적으로 암에 도전해야 한다고 했지요. 암병원을 다시 셋업해서 고통받는 암 환자를 위한 선진 진료시스템도 도입해야 합니다. 미국의 암 진료시스템을 도입하고 미국에서 암 치료하는 방법도 도입해야 됩니다. 미국 암병원이 운영하는 환자 중심의 병원시스템을 만들어야 합니다."

그렇게 해서 당시 세계에서 항암요법으로 저명한 홍완기 교수와 연결이 되었다. 그는 앰디앤더슨 암센터에서 일하는 구자석 박사의 도움으로 지훈상 의료원장과 홍완기 교수와의 만남을 주선했다. 지훈상 의료원장은 취임하자마자 홍완기 교수를 만나기 위해 휴스턴으로 날아갔다.

당시 홍완기 교수는 앰디에디슨 암센터의 내과 부장이었다. 내과 부장은 내과 전체를 총괄하는 직책이다. 홍완기 교수는 연세대 출신이었지만 한국 의료계에 대한 이미지가 별로 좋지 않았다. 자신도 한국 사람이고 미국에서 세계적인 종양내과의로 업적을 이루었는데 한국에 오면 선배들이 자신을 단순히 후배로서만 대한다는 서운함이 있었던 것 같았다.

지훈상 의료원장은 이틀 동안 함께 와인을 마시며 도와달라고 간절히 부탁했다. 그런 노력이 마침내 굳어 있던 홍 교수의 마음을 풀리게 했다. 그 노력과 인연으로 세브란스병원은 미국 앰디앤더슨 암센터의 진료시스템을 도입하기 시작했고 동시에 암병원 건축이 추진되었다.

홍완기 교수의 주도로 외부 자문회의(External advisory board)가 만들어졌고 암병원 건축을 위한 과정이 시작되었다. 동시에 연세의료원과 앰디앤더슨 암센터와의 자매병원 협약도 이루어졌다. 그 과정에 그는 앰디앤더슨 암센터와 연세의료원과의 교류 창구로 일했다. 그는 실무자로서 휴스톤으로 가 홍완기 교수를 수시로 만났다. 공동심포지엄을 하고 자매병원 협약을 맺고 난 후, 이듬해 1월에 동기인 종양내과 정현철 교수에게 업무를 넘겨주었다. 그러고 딱 10년째인 2014년 연세암병원이 의료원 내에 독립건물로 문을 열었다.

세상을 떠난 멘토 선생님들

그의 공부에 멘토가 되어준 교수들은 바다에 이르는 강물처럼 앞서거니 뒤서거니 하며 세상을 떠나갔다.

2015년 7월, 가고시마대학 오야마 교수가 작고했다.

2016년 1월, 국립보건원의 네테샤임 교수가 영면에 들었다.

2018년 6월, 데이비드 임 교수가 영원한 안식의 길로 떠났다.

2019년 1월에는 홍완기 교수가 지상에서의 발걸음을 다하고 다른 세계로 옮겨갔다.

멘토 선생님들은 학문에 대한 태도가 열정적이었다. 책상 위에는 항상 최신 의학논문이 쌓여 있었다. 그는 멘토 선생님들로부터 학자는 논문으로 말해야 하고, 논문을 내지 않으면 학자가 결코 아니라는 태도를 배웠다. 그들은 다 새벽형이었고 골프를 치지 않았다.

자신이 가지지 못한 부러운 모습을 가진 의학자들이 그의 멘토였다. 지금은 자신의 내부에 그런 모습은 없지만, 그 훌륭한 모습을 닮고 싶어 멘토의 태도를 따라하면서 10년이 지나니 어느새 그가 닮고 싶었던 멘토의 모습이 자신도 모르게 그의 내부에 자리잡고 있었다.

"무엇보다 해야 할 일에 대한 태도가 멘토 선생님을 점점 따라가게 되는 거예요. 어렵고 불편한 일이 있다고 해서 힘들어하고 짜증

내는 것이 아니고 그 일이 일어났을 때 하나하나 해결해가는 과정, 또 일을 대하는 태도가 멘토 선생님처럼 그렇게 변해 갔습니다. 그 태도라는 게 책상에 오래 앉아 연구한다는 단편적인 것이 아니고 어떤 새로운 아이디어에 관한 이야기가 나오면 멘토 선생님들은 몸과 정신이 동시에 활발해집니다. 연구 아이디어가 떠오르게 되면 그걸 스터디디자인해서 실험에 바로 들어가봅니다. 짧은 실험을 해보는 거지요. 멘토 선생님들은 아이디어가 실제 실험에 들어갈 가치가 있느냐 없느냐, 하는 문제를 아주 좋아하셨고 그런 아이디어가 젊은 사람으로부터 나올 수 있다는 생각에 함께 이야기하는 과정을 굉장히 즐기셨습니다. 멘토 선생님들은 세상을 떠나셨지만, 그 정신과 학문에 대한 열정은 언제나 제 내부에서 살아 숨 쉬고 있지요."

그는 멘토들의 모습을 따르면서 그들의 인생철학을 공유하고 실천하기 위해 노력하다보니 스스로 최선을 다하고 있는 자신의 모습을 발견하게 되었다. 그 사이에 그의 머리도 희끗희끗하게 바뀌었다.

"그분들이 저한테 사람이 어떻게 살아야 한다, 그런 이야기를 하지는 않으셨어요. 선생님들의 공통점은 한마디로 표현하면 열정과 성실입니다. 아들 같은 저한테 어떻게 살아야 한다는 인생 이야기를 하지 않고 당신한테 주어진 일을 묵묵히 해나가는 모습을 보여주셨습니다."

어떤 선생님도 부패하라 가르치지 않았다

의학은 몸을 다루지만 그의 멘토들은 생로병사에 대한 이야기는 거의 하지는 않았다. 다만 그는 현실에서 힘든 상황이 되면 멘토의 모습을 떠올리며 자신의 태도를 다잡았다. 그 선생님들이 그에게 직접 행동으로 보여주었기 때문이다.

"학교에서도 어떤 보직을 맡으면 학교를 위해서 헌신하고 발전시켜보라는 의무가 가장 우선적입니다. 그런데 본인은 잘 못 느끼지만, 항상 반대급부를 당연하다는 듯이 받아들이는 현실이 너무 많습니다. 그러나 저는 그런 모습들이 싫었습니다. 병원에서도 기자재나 약품을 들여오면 그 반대급부에 대한 문제가 있기도 했지요. 적어도 대학병원에서는 그런 반대급부가 공식적인 기부금으로 활성화되어 가난한 사람들을 위해 치료비를 대신하는 기금이 되기를 바라지요. 그런데 현실은 그렇지 않아요. 맨날 말로는 하나님을 언급하고 부처님을 말하고 은혜와 사랑, 자비를 간판처럼 내걸기만 합니다. 적어도 대학은 최고의 지식층이 모여 있는 조직이어서 무엇보다 사회적 가치를 지키고 사회적 약자들에게 대한 배려가 깊어야 합니다. 양심과 시대정신의 마지막 보루이기도 하니까요. 하지만, 지식층에서도 언행일치가 되지 않는 많은 경우를 보게 됩니다. 흔히들 사람이 사는 세상이 원래 그런 것이라고 하지만, 우리가 초등학교에서 바르게 살라고 배웠고 지금도 또한 그렇게 가르치고 있지요. 그 어떤 선생님도 바르게 살지 말라고, 부패하라고 가르치지는 않았습니다."

사람들은 초등학교 때 타인을 배려하고 고통받는 이들에게 손을 내밀어야 한다고 배웠고 그때는 긍휼한 마음도 더러 있다. 배려와 긍휼, 연민의 세상은 더 이상 존재하지 않을지도 모른다. 그는 자신이 유토피아적 세상을 산다고 지적하는 말도 자주 들었다. 그럴 때마다 그는 자신의 이성과 감성으로 본받고자 했던 멘토 선생님들을 떠올리며 자신의 모습이 흐트러지지 않았는지 되돌아보고는 했다.

"어떤 사회에도 부패의 그늘은 있게 마련입니다. 헐벗은 이들은 가진 것이 없으니 자신의 위치를 이용해서 부패할 수도 없습니다. 오히려 사회가 보호해주어야 합니다. 그러나 지위가 높고 가진 자일수록 스스로 썩는 줄도 모른다면 사회 전체가 병들어가게 됩니다. 영향력도 크고 전염성도 훨씬 높으니까요. 파괴력도 큽니다."

의학계뿐 아니라 교육계, 법조계 등 사회 전체에 폭넓게 번져 있는 욕망의 현실은 평범한 이들에게는 더할 수 없는 분노와 좌절감을 가져다준다. 전직 관료가 제약업계의 이익을 위해 일하고 현직 대학병원의 고위 의료진이 제약회사의 사외이사 같은 자리를 맡는 것도 스스로 삼가야 한다. 제약업계와 의료계의 유착문제는 자주 불거지지만, 시간이 지나면서 아무 일도 없었던 것처럼 사라지는 현실에

허탈감을 느끼는 이들도 많다. 온갖 아름다운 말을 하면서 행동은 그렇지 않다면 사회적 약자들, 헐벗고 굶주린 많은 이들은 머물 곳도 없게 되고 회복할 영역마저 빼앗기게 된다.

그는 멘토 선생님들과의 만남을 통해서 형태학적 연구가 대부분이었던 국내 이비인후과 연구를 분자생물학을 접목시키는 새로운 시대를 여는 학문적 성취를 이루어 나가면서도 가슴 한편에서는 환자를 회복시켜 조금 더 건강한 세상을 만드는 데 기여해야 한다는 의학자로서의 사회적 책임과 의사로서의 사명감을 잊지 않으려 했다.

"히포크라테스가 환자를 치료하기 위해서는 무엇보다 환자의 증상과 상태를 관찰하고 기록하는 것이 가장 중요하다고 했습니다. 학교 선생님이 바르게 살지 말라고 가르치지 않았는데도 공부를 잘한 학생들이 사회적으로 높은 지위에 올라간 뒤에는 결국 이들이 부패에 동참하는 기회가 많이 주어집니다. 사회고위층의 부패에 대한 기록이 더 많이 세상에 드러나야 병든 환부를 치유하는 길, 회복하는 처방도 보이겠지요."

제4장

의과대학 학장시절

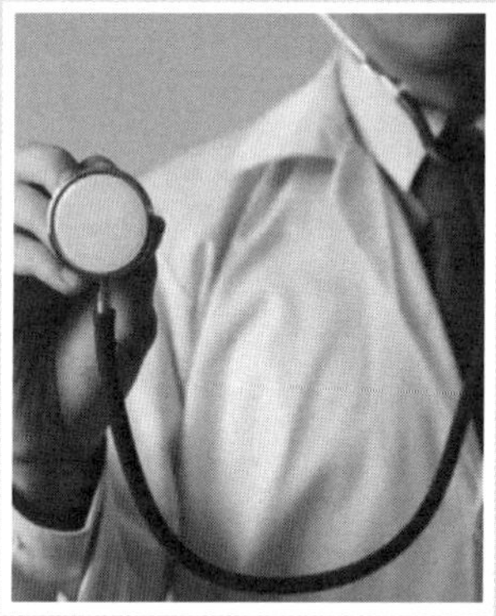

의과대학 학장으로서의 고뇌
성적 등수를 없앤 코페르니쿠스적 대전환
성적의 절대평가에 대한 반대와 갈등
의과대학 교육의 문제
절대평가의 내용
세계관을 넓히는 의학 교육과정

의과대학 학장으로서의 고뇌

"의과대학 학장을 2010년 8월부터 2014년 7월까지 맡으면서 도대체 저같이 볼품없고 조그만 사람한테 한국에서 가장 오래된 역사를 가진 의과대학 학장을 왜 맡겼는지 가장 큰 걱정이었습니다. 저로서는 당시 125년의 역사를 가진 의과대학에서 비교적 젊은 나이에 학장을 맡으며 학생들과 교수, 학교에 무엇을 어떻게 기여해야 하는지 내내 고민하는 시간이었지요."

그는 교수들의 투표로 선출된 28대 학장이었다. 2년 임기인 학장을 연임했다. 의대 설립 후 136년 동안에 4년 이상의 학장직에 있는 사람으로는 그가 8번째였다. 학장 선출이 선거제로 치러지면서 정치판의 선거 못지않게 학장선거운동도 치열했다.

"교수들이 우리 의과대학에 어떤 변화를 원하기에 저를 선출했는지, 제게 무엇을 기대했는지 4년 내내 근심과 염려가 떠날 날이 없었습니다."

그는 연구 행정 업무에 대해 잘 모르고 있던 시절에 당시 지훈상 의료원장과 이정권 교수의 권유로 연구 행정 보직인 의과학연구처장(2005. 3~2008. 8)을 처음 맡았다. 이때부터 그는 자신의 연구에만 집중하던 시각에서 다른 교수들의 연구와 연구 행정에도 눈을 뜨게 되는 계기가 되었다. 그 직을 마치고 다시 연구에 몰입하겠다는 결심을 다지고 있었는데 당시 박창일 의료원장이 교무부학장(2008. 9~2010. 8)을 맡아달라고 간곡히 부탁해서 거절할 수가 없었다.

그 무렵 의과대학의 연구경쟁력에 대한 외부 컨설팅에서 새로운 연구 시설이 필요하다는 의견이 나왔고 많은 교수들도 새로운 연구 공간의 필요성을 하나같이 느끼고 있었지만, 실질적인 진행이 되지 않아 다들 안타까워하던 상태였다. 그도 지금의 에비슨 의생명연구센터 건축이 필요하다는 의견을 내었을 때 박창일 병원장이 설계회사를 연결시켜줄 테니 일단 연구센터의 조감도를 그려서 교수들에게 보여주면 새로운 연구센터를 추진하는 데 더 탄력을 받을 수 있다고 조언해주었다. 그 후 박창일 병원장은 의료원장이 된 뒤 의료원의 클린 경영을 최우선 운영방침으로 삼았다. 박창일 의료원장 시절에 드디어 에비슨 의생명연구센터를 설립하기로 최종 결정을 함으로써 에비슨 의생명연구센터 건축에 결정적인 역할을 했다. 그는 에비슨 의생명연구센터의 건축기획위원장을 맡았다.

교무부학장 임기가 끝나가던 시점에 또 예상치 못한 일이 벌어졌다. 당시 의대학장이 의료원장 선거에 출마하면서 학장 자리가 비게 되는 상황이 벌어졌다. 박창일 의료원장은 학장을 맡을 사람이 마땅치 않다며 그에게 학장선거에 나가달라고 했다. 그는 고민이 많았다. 말주변도 없는데 어떻게 해야 할지 막막했지만 결국 학장선거에 출마했고, 다행히도 가장 많은 득표로 제28대 의과대학 학장 및 의학전문대학원장에 선출되었다.

그는 무엇보다 학교를 사랑하는 마음을 가지고 일할 수 있는 교수들을 부학장으로 모셨다. 전우택, 허지회, 박영년, 신전수, 유대현, 용태순, 김영태 교수. 학장직을 수행하는 동안 그에게는 함께 학교 일에 헌신한 고마운 이름들이었다.

성적 등수를 없앤 코페르니쿠스적 대전환

그는 학장직을 맡으면서 부학장인 전우택 교수와 허지회 교수의 제안으로 학생들의 성적평가를 국내 처음으로 상대평가에서 절대평가로 바꾸기로 하였다. 부학장들은 반대하는 교수들을 설득하고 구체적 절대평가의 기준을 준비하는 뛰어난 선발투수들이었다. 그가 성적평가를 절대평가로 바꾸고자 결심한 계기는 암기 위주의 교육시스템이 바뀌어야 한다는 평소의 생각에서였지만, 본과 1학년 학생의 안타까운 죽음도 중요한 계기가 되었다. 예과에서 늘 1등만 하던 본과 1학년 학생이 해부학 시험 하나를 잘못 치렀다는 자책감에 목숨을 던져버린 것이다. 시험 성적은 과락도 아니었다. 시험 하나를 잘못 봤다고 목숨을 버리다니. 그는 교수로서 그 일을 내내 잊을 수 없었다.

"너무 미안한 일이지요. 자신은 물론이겠지만 친구와 가족들, 그 부모의 마음은 얼마나 고통스럽겠습니까. 시간이 가도 잊히지 않았습니다. 청춘들은 언제나 회복할 시간이 충분히 있는데도 학생들은 그 여유를 제대로 가지지 못하지요. 치열한 경쟁 속에서 성적으로 줄 세우는 문화 속에서 성장했으니까요. 의과대 학생들은 다들 머리가 좋은 인재들입니다. 이들을 다시 암기를 얼마나 잘하느냐를 가지고 석차를 매긴다는 것 자체가 무의미하지요. 그 무의미한 사회 풍토에 희생되었으니 안타깝기만 했습니다. 암기로 배운 지식으로는 그 어떤 분야든 국제무대에 설 수도 없는데 말이지요. 또 시간이 지나면 쓸모없게 되지요. 지식은 자꾸 바뀌니까요."

그는 한국 의과대학 역사에서 최초로 성적으로 줄 세우기 제도를 폐지하는 코페르니쿠스적 대전환을 선언했다. 의과대학 학생들이 배우는 의학은 서양 의학이라서 해외에서 만든 지식이고 그것을 암기해서 얼마나 잘 이해하고 있는가 하는 평가보다, 적극적이고 창의적인 사고, 인간주의적 배려심을 가질 수 있도록 하는 교과 과정이 필요했기 때문이었다. 일부 학생들이 의과대학에 입학했다는 자만심에 빠져 잘못된 길로 들어서는 것을 보아왔기에, 우선 예과 1학년 때부터 놀지 않도록 의학과 연관된 기초과학 강의와 인문학 강의를 많이 넣었다. 그러면서도 이러한 혁신적 변화에 대한 기대도 컸지만, 과연 제대로 정착할지에 대한 우려도 있었다.

"학생들에게 아무리 인성이 중요하다고 강조하고 윤리 교육을 하고 사회적 약자를 배려하라고 하고 외국 의학계의 저명인사를 초청해서 시야를 넓힐 수 있는 강의를 해도 학생들 귀에는 잘 안 들어갑니다. 저도 그랬으니까요. 그 무렵은 성적평가에 직접 영향을 주지 않는 내용은 귀담아듣지를 않지요. 학생들은 동료와 경쟁하고 남들한테 인정받는 게 중요하지 현실에서 타인에 대한 배려, 사회적 약자를 위한 긍휼한 태도는 쓸모없지요. 왜냐하면 오직 상대적인 성적평가만을 통해서 우수성을 인정받으니까요. 저도 시험으로 평가받는 항목이 들어 있는 것만 잘하는 데 너무나 익숙해져 있는 학창시절을 보내왔지요. 그래서 평가 방법을 바꾸지 않고는 학생들의 사고를 변화시킬 수가 없었습니다. 의과대학 본과 1,2학년생들에게 사회적 책임, 사회적 배려에 대해 아무리 말해도 소귀에 경 읽기란 말이죠. 그래서 학생들을 변화시키려면 더 이상 죽은 지식을 외우는 것으로 경쟁을 시키지 말아야 한다는 판단을 내렸지요. 성적순으로 줄 세우는 상대평가에서 미국의 의과대학처럼 절대평가 방식을 시행했습니다. 지금 생각하면 기존의 질서와 완전히 다른 세계로 들어서는 어마어마한 결정이었지요."

미국은 상위 25개 의과대학이 학생들의 성적을 절대평가로 하고 있다. 기본 성적만 되면 유급도 없이 통과시키고, 기본 수준에 미달하면 학생들을 재교육시킨다. 그가 의대학장 시절 만든 절대평가 방식은 영예(honor), 통과(pass), 미흡(fail)의 세 가지로 나누고 기본 수준에 이르지 않는 학생은 과목마다 지도교수 재량에 따라 몇 주 정도에 따로 추가로 교육하여 보완하는 간결하면서도 깊이 있는 방식이었다.

성적의 절대평가에 대한 반대와 갈등

그가 학생 성적평가를 상대평가에서 절대평가로 바꾸는 데 교수들의 반대가 심했다. 그들을 설득하고 교육해서 절대평가의 기준을 만드는 데 2년이 걸렸다. 일시에 모든 평가를 확 바꾸면 어떻게 하느냐는 지적도 많았고, 본교에서 다른 대학병원으로 가는 졸업생들이 성적을 가지고 가지 않으면 무엇으로 평가받게 되는가 하는 기존 관점에서의 반대도 적지 않았다.

절대평가로 평가 방식을 바꾸면서 대학병원의 임상 교수들도 고민이 깊어져 갔다. 무조건 성적 좋은 학생들을 선발하는 게 편안했는데 이제는 어떤 학생들이 자신의 과에서 잘 수련할 수 있는지, 인간적이고 철학적인 고민을 해야 했다. 각 과의 특성에 맞게 어떤 능력과 성격과 태도를 가진 의사를 선발해야 하는지 각 과 교수들의 고민을 유도하고자 했고 좋은 학생을 선발하기 위한 노력도 결실을 보기 시작했다.

"각 임상학교실이 발전하기를 원한다면 그 교실이 자기 회사라고 생각해보라는 의미이지요. 그러면 내가 회사 오너인데 어떤 사람을 뽑을지를 내가 아무 생각도 안 하고 다른 사람이 추천해주는 사람을 뽑는다는 게 상식적으로 맞지 않으니까요. 그냥 예전의 관행대로 성적과 인맥, 혈연 등으로 뽑아왔던 것이지요. 성적주의 때문에 목숨을 잃기도 하는데 말이지요. 아무 생각 없이 여태까지 관행으로 계속 되어왔지만, 생각을 바꾸면 새로운 현실이 반드시 나오게 되어 있습니다."

절대평가 이후 병원에서 레지던트나 인턴을 선발할 때는 기존의 상대평가 때보다 비전과 면접 점수가 높게 작용했다. 면접은 지식적인 것 외에 주로 태도와 의지 그리고 답이 없는 질문으로 이루어진다. 의학 지식을 물어보지 않고 지혜를 물어보는 방식으로 바뀌었다. 어떤 것도 답이 될 수 있는 질문을 하고 그게 왜 답이 되는지 설명하는 방식이다. 지원자가 얼마나 자기 주장을 논리적으로 전개해 나가는지 능력을 본다. 암기해온 답은 쓸모가 없게 된다.

예를 들면 트롤리딜레마 같은 질문이 나온다.

— 당신은 기관사입니다. 기차가 가고 있는데 브레이크가 듣지 않는다는 것을 알게 됩니다. 오른쪽 철로로 키를 틀게 되면 다섯 명이 철로에 서 있고 왼쪽에는 한 명이 철로에 서 있습니다. 학생은 어느 쪽으로 키를 틀겠습니까?

생각이 짧은 학생들은 다섯 명을 살리기 위해서 한 명 있는 쪽으로 간다고 한다. 그런 대답은 제일 단순한 대답이다. 다섯 명과 한 명의 삶의 가치가 다를 수 있다. 다섯 명은 죄수들이고 한 사람은 선량한 사람일 수도 있다. 그 반대일 수도 있다. 의사로서의 인간의 기본적인 소양이나 상황을 판단할 때 깊게 생각하는 사고훈련이 얼마나 되어 있는지를 파악하는 질문이 면접에서 나온다. 면접 시에는 그런 질문에 대한 족보들도 필요가 없다. 한번 출제된 문제들은 보통 다시 내지 않기 때문이다.

"반대하는 교수들은 특히 다른 외부 병원에서 우리 학생들을 어떻게 평가하느냐며 반대를 많이 했지요. 상대평가에서는 졸업생 120여 명에서 세브란스병원에서 트레이닝받는 사람들은 90명가량 됩니다. 나머지 30여 명이 외부 병원에서 수련을 받게 되지요. 대부분 성적이 좋지 않은 학생들입니다. 그 학생들에게 바닥에 있는 성적표를 줘서 외부 병원에 보내는 것보다 우리 학교에서 의사로서 기본적인 소양을 충분히 교육하고 인증해서 졸업한 인재임을 보증하는 제도가 훨씬 도움이 되겠지요. 국내에서 가장 뛰어난 교육시스템을 운영하는 연세대학교 의과대학에서 교육하고 인증한 인재를 뽑을지 안 뽑을지는 해당 병원에서 결정하게 합니다."

석차 자체가 없으니까 시간이 지날수록 자신이 관심 있는 분야를 스스로 찾아가는 학생이 나오기 시작했다. 전국 의과대학에서 학교 평가가 낮은 대학에서는 절대평가 시스템을 도입하기가 쉽지 않은 문제도 있지만, 오히려 등수를 없애고 절대평가 교육 과정을 어떻게 짜고 운영하느냐에 따라 대혁신의 기회를 맞을 수도 있다. 학생들에 대한 절대평가 방식은 인제대 의대, 울산 의대 등으로 조금씩 번져 나갔다. 그는 다른 대학들도 절대평가 방식으로 바꾸어야 사회가 의사에게 요구하고 또 의사라는 직업이 생긴 이유이기도 한, 의사의 모든 행위가 아픈 환자를 위해야 한다는 높은 직업 윤리와 도덕성을 갖춘 의사를 배출할 수 있다고 강조했다.

의과대학 교육의 문제

— 왜 의과대학에 입학하는가?

“의사는 부자가 될 수 없는 직업입니다. 그나마 경제적으로 비교적 안정을 누리며 살 수 있다는 것이지요. 이제는 의사가 많이 배출되고 있거든요. 변호사도 마찬가지고. 다른 영역과 같이 무한경쟁 시대에서는 어떤 직업도 안전지대가 아니지요.”

성적이 뛰어난 학생들이 의과대학에 지원하는 현상을 막을 길은 없다. 그들이 입학한 뒤에야 비로소 대학에서는 학생들을 교육시킬 권한이 넘어온다. 거의 모든 부모가 자식들이 경제적 안정을 위해서 의대에 가기를 바란다. 의사가 되어 환자를 위해서 평생 헌신해 살기를 바라지는 않는다. 드물게 부모가 헌신하는 의사의 모습을 강조한다 해도 부모가 모범을 보이지 않으면 어린 학생들의 귀에는 그 목소리가 절실하게 들리지 않는다. 고등학교에서는 의과대학에 입학하기 위해서는 어떻게 공부해야 하는지 전략을 가르치기에 급급한 실정이다.

“의과대학 학생들은 이미 들어올 때 충분히 똑똑합니다. 예를 들어 연세대학교 의과대학에 들어오려면 전체 고3 수험생들의 0.1% 학생들만 들어와요. 이 학생들이 의과대학을 졸업하면서 자기가 원하는 임상 분야에 전공의로 들어가려 해도 석차가 중요합니다. 의과대학으로 들어오기 전에도 치열한 경쟁 속에서 들어왔는데, 자신이 원하는 과의 전문의가 되려면 성적이 좋아야지만 그 과의 레지던트를 할 수 있는 거예요. 상대평가를 하면 학생들이 이른바 족보 같은 것도 서로 돌려보지도 않아요. 동기를 동료로 볼 수 있어야 하는데 서로가 경쟁자로 보거든요. 전국에서 0.1% 내에 드는 우수한 학생들을 모아놓고 다시 석차로 줄을 세우는 거예요. 경쟁에 찌들어 사는 예민한 의사를 많이 배출하게 되지요. 이런 평가 방식은 사회에서 보기에 좋은 의사를 만드는 데는 바람직하지 않지요."

대학병원의 임상과는 보통 24개가 있다. 이비인후과만 해도 귀, 코, 목으로 나누어지고 코는 다시 비부비동 종양, 코 성형 및 수면무호흡증 등의 세부 전공 분야로, 귀는 어지러움, 난청 및 두개저 수술의 세부 전공 분야로, 두경부는 후두암, 구강암, 하인두암 등의 세부 전공 분야로 다시 나누어진다. 즉 임상과는 24개이지만, 세부 전공으로 나누어 계산하면 120개가 넘게 되는 것이다. 연세대의 경우 해마다 120여 명이 졸업하는데 이들이 모두 각 과의 세부 전공 분야에 나누어 들어가면 동기끼리 서로 같은 세부 전공 분야에서 충돌하고 경쟁하는 일이 없게 되는 것이다. 세부 전공 분야에서 각자 모두가 자연스럽게 최고의 전문의가 되는 것이다. 학생 때에 석차가 100등 이하라고 해도 전문의를 따게 되면 보통은 같은 세부 전공 분야에서 공부한 세브란스병원, 서울대병원, 아산병원, 삼성병원 출신의 4명이 학문적 경쟁을 하게 되는 상황이 되는 것이다. 즉 학생 때 성적이 110등인 학생도 전문의를 따는 시기에는 그 세부 전공 분야에서 최고 수준의 수련을 받은 4명 안에 드는 것이다. 학생 때의 성적이 더 이상 중요하지 않게 되는 새로운 상황이 전개되는 것이다. 의과대학에 입학해서 전문의가 되기까지 학생들을 얼마나 암기를 잘하느냐에 따라 끊임없이 줄을 세운다. 그러니 환자의 마음을 위로하는 인성을 배우고 익힐 기회도 없고 자신의 욕망을 먼저 채우기 급급하여 사회 문제와 윤리에는 별 관심이 없다.

"학생들은 상대평가 하에서 경쟁적으로 내가 어떻게 좀 더 잘난 사람으로 다른 사람한테 인정받느냐에 모든 시간을 소비하기 때문에 사회에서 배운 것만큼 존경을 못 받아요. 공부도 달달 외워서 얻은 지식이 국제무대에서 통하는 지식이 아니지요. 죽은 지식이죠. 죽은 지식을 가지고 얼마나 잘 이해하느냐에 따라 학교가 상대평가로 줄을 세워왔습니다. 강의를 들어가면 학생 상당수가 엎드려 잡니다. 그리고 학생들이 족보를 만드는 업무를 분담하여 학생 3명 정도가 열심히 강의 필기를 해요. 그걸 복사해서 나중에 다 돌려요. 수업시간에 강의를 듣지 않고 복사해놓은 걸 시험 며칠 전부터 밤을 새워 외우는 거지요. 동료들보다 상대적으로 좋은 성적을 얻기 위해 죽은 지식을 암기하는데 모든 시간을 투자하고 있지요. 새로운 지식으로 학문적 경쟁을 하는 국제무대에서는 아무런 경쟁력이 없는 의사로 커가는 겁니다.

그 현실이 그는 가장 안타까웠다. 뛰어난 학생을 모아서 스스로 생각하지 못하는 바보로 만들거나, 자신의 욕망만을 위해 살아도 좋다는 면허증을 부여하게 하는 것이다. 세상에는 수억 개의 크고 작은 우물이 있는데, 모든 우물에는 우두머리가 있어서 의과대학에 들어와 우물 안 개구리로 살아가는 학생들을 유혹하기도 한다. '내가 우물 밖에 나가봤는데 밖에 나가보니까 나를 잡아먹는 천적도 많고 거기는 비바람도 불고 햇볕도 쨍쨍 비춰서 더워 죽을 때도 있지만 이렇게 우물 안에 있으면 천적도 피할 수 있고 항상 충분한 물도 있고 비바람도 피할 수 있다고 하며 우물 밖으로 나가려고 노력을 할 필요가 없어"라고.

그런데 우물 안에 있는 개구리를 꺼내어 우물 밖의 넓고 햇살 가득한 밝은 세상을 보여주고 다시 우물 안으로 집어넣으면, 그 개구리는 스스로 우물 밖의 세상으로 나아가려 발버둥친다. 우리 학생들에게도 넓은 세상을 보여주고 의학을 선도하는 이들의 모습을 보여주고 그 영향을 깨닫게 해주면, 학생들 스스로 할 일이 많고 그게 굉장히 가치 있는 일이란 걸 깨닫는 순간 누가 더 이상 자극 안 줘도 우물 밖의 세상으로 가기 위해서 부단히 노력하려고 한다. 그들에게는 언제나 미래의 가치가 주어져 있기 때문이다. 상대평가 아래서의 의과대 학생들은 대부분이 무슨 임상과에서 트레이닝을 받을 수 있을지, 그다음 교수가 될 수 있을지 없을지가 관심일 뿐이다.

"한국전쟁 이후 세계에서 가장 가난했던 시절에서 조금 경제적 여유가 있다가 외환위기를 크게 겪었으니 부모들은 공부 잘하는 자식이 의사가 되어 경제적으로 여유 있게 살기를 바랍니다. 의사란 직업 자체는 병든 자, 사회적 약자, 가난한 사람들을 도와주기 위해서 출발했습니다. 가난한 사람들이 질병에 더 잘 걸리거든요. 그런데 안타깝지만, 지금은 잘 살기 위한 수단으로 직업이 되고 말았지요. 우수한 학생들이 다들 의대, 법대로 몰리면 정말 기초학문은 점점 쇠약해질 수밖에 없습니다. 그래서 무지막지하게 오직 자신만을 위한 자기 보호 본능에 가득 차 있는 현실을 우리 대학에서부터라도 바꿔야 한다는 사명감이 들었습니다. 의사는 심성이 선량하고 선천적으로 남들한테 배려를 잘하려는 마음이 커야 합니다. 머리가 뛰어난 학생들이 다 의사가 될 필요가 없고 다 되어서도 안 됩니다. 그러면 사회가 위험해집니다. 의과대학 교수가 되는 사람은 의과대학 졸업생의 10~15%밖에 되지가 않고 나머지는 가까운 지역의 환자들을 진료합니다. 지역 진료에 헌신하는 의사들은 아주 최신 지식을 가질 필요가 없습니다. 환자를 위한 성실한 태도가 최신 지식보다 더 중요합니다. 왜 의사가 되려 했는지, 어떤 의사로 살아가고 싶은지, 인생의 말년에 어떤 의사로 살아왔다고 평가받고 싶은지의 질문을 통해 초심을 잊지 말아야 합니다."

의사로서의 가장 소중한 태도는 환자의 목소리에 귀를 기울이는 것이다. 환자는 아파서 마음이 급하다. 오래 기다렸다가 진료 시간이 짧으니 불만이다. 치료도 빨리 진행되지 않는 경우도 많다. 일단, 의사는 환자 이야기만 잘 들어주어도 의사에 대한 신뢰와 마음의 평온함이 환자의 가슴에 자리잡는다.

"의사는 질병 그 자체를 치료하는 것도 중요하지만 환자의 마음을 어루만질 수 있는 측은지심이 있어야 하지요. 그런데 대부분 대학병원도 그렇고 유명한 개원의들도 진료 시간이 턱없이 짧습니다. 그래서 국가에서 시범사업으로 한 사람 당 15분을 진료하고 이 비용을 복지부에서 지원합니다. 암 환자에게 설명하려면 시간이 많이 필요하거든요. 환자와 보호자는 오래 자세히 이야기해주기를 바라는데, 그렇게 하다보면 진료실 밖에서 대기하고 있는 환자들은 연쇄적으로 더 많은 시간을 기다려야 합니다. 예약이 밀리는 거지요. 진료가 너무 바쁘면 다른 사람의 아픔을 공감할 여유가 없지만 그래도 의사에게는 이 공감 능력이 가장 중요합니다."

그는 성적 이외의 의과대학 특별전형이 공정성과 객관성이 유지된다면 앞으로 더 확대가 되어서 보통 정도의 성적이라도 의사가 되고자 하는 목적이 뚜렷하고, 스스로 역량 개발 의지가 있고, 봉사 정신이 몸에 밴 학생들을 선발하는 게 훨씬 바람직할 수 있다고 했다. 그러나 고3 때까지는 상대평가 경쟁을 통한 치열한 환경 속에 놓여 있다. 어릴 때부터 고3 때까지 상대평가 속에서 경쟁하여 들어온, 이미 최고 수준의 우수한 학생들을 또다시 암기력에 근거한 성적으로 줄 세우기를 하는 것은 의미가 없다. 학생 개개인의 적성과 능력을 최대한 개발하게끔 유도하는 교육과정이 필요했다.

"제 아내가 보성고등학교에서 카운슬러를 하면서 성적에서 낙오되고 문제만 일으키는 학생들만 15년째 상담하고 있거든요. 중학교나 고등학교 때 선생님들이 이야기해서 되는 게 아니지만, 사람에 대한 태도를 가르치는 게 필요합니다. 학생들이 공부를 잘하든 못하든 누구든 청년은 우리의 미래이거든요. 아픈 사람과 장애인들한테 배려하고 그것을 직접 경험하는 교육이 있어야 하지요. 가정에서의 교육은 가족 분화가 급격하게 이루어지고 교육 기능도 와해되고 있어서 점점 기대하기 어렵습니다. 더구나 머리가 뛰어난 학생이 오직 자신만을 위해 살거나 같은 패거리를 지어 살도록 성적평가가 전부여서는 안 됩니다. 비록 부모의 권유나 이기적인 본성, 부유하게 살고 싶은 욕망에 따라 의과대학에 들어왔더라도, 그 학생들에게 좁았던 시야를 넓혀주며 동기부여를 해서 사회에 봉사하고 헌신하는 의사로 육성하고 또 이들 가운데 의료 수준 측면에서 세계를 선도할 수 있는 인재가 나올 수 있으니까요."

그는 "우리가 서양 의학을 그저 따라하는 추격형 의료가 아니고 우리나라 환자에 필요한 진단과 치료에 대한 새로운 지식과 의료기술을 개발하는 기회는, 성적에 억압받지 않는 절대평가 과정을 통해 사고력과 통찰력이 있는 의료인력을 육성하는 데서 진정하게 발견할 수 있다"고 했다.

"제가 연구에 비교적 집중을 하다보니, 연구를 통해 질병의 새로운 개념과 지식을 만들어내는 사람은 의사의 10~20%만 있으면 충분합니다. 모든 의사가 달려들 필요가 없어요. 그리고 어떻게 보면 의사는 특별히 머리가 좋을 필요가 없는 직업이에요. 오히려 그 10% 의사에게 제대로 된 연구에 몰입하도록 조건과 환경을 만들어주고 나머지는 인성이 좋은 의사를 만드는 교육이 필요합니다. 환자를 우선시하는 의사, 환자의 마음까지 어루만져줄 수 있는 따뜻한 인성을 가진 의사를 배출하는 교육 과정이 훨씬 중요합니다. 이웃과 함께 하는 평범한 의사가 더 소중하지요."

절대평가의 내용

— 드넓은 세상을 보라

성적의 절대평가는 학생들의 인성을 개발하고 창의적 사고능력을 배양하는 데서 출발했다. 모든 과목에서 A부터 F까지 학점을 주는 방식에서 일정 수준의 학생들에게는 모두 통과(pass)를 주고 자신의 성취도를 스스로 제출하도록 했다. 이런 결정을 하자 의과대학을 졸업하고 전문의 과정으로 가는 인턴과 레지던트들의 호응이 더 빨랐다. 사람을 배려하고 세계를 바라보는 안목과 인식에 대해서는 제대로 배워보지 못하고 청춘시절을 상대평가인 석차에 집착하며 번개처럼 떠나보냈기 때문이었다.

절대평가 과정은 2년 동안 의대 교육과정 개발사업단의 연구와 국내외 의학교육전문가의 자문, 해외 명문 의과대학의 사례를 폭넓게 파악해 이루어졌다. 학생들의 문제 바탕 임상 추론, 증례바 탕 임상 추론, 증례 토론 같은 과제를 도입하고 의과대학 졸업 시점의 성취 수준에 이르는지를 스스로 확인할 수 있는 발달시험을 연 3회 실시해서 스스로 학업 성과를 파악할 수 있도록 했다. 석차가 존재하지 않으니 자신의 학습과 성장을 성찰하는 졸업 포트폴리오(portfolio)를 학생 스스로 구성해 본과 4년간의 학업 성취, 연구, 봉사 및 진로 탐색 활동 기록과 자료를 작성하고 여기에 학습지도공동체 지도교수의 견해를 포함한다.

"본과 학생들이 120명인데 4반으로 나눴습니다. 담임 교수를 한 반에 두 사람씩 지정했어요. 이들은 같은 학생 30명을 본과 1학년 때부터 졸업할 때까지 4년간 상담 및 관리하는 거예요. 그래서 일주일에 몇 시간은 공동으로 학습하는 시간을 만들었습니다. 학습공동체 교수는 교육담당 교수가 되는 거죠. 같은 선생님이 학생들의 학업에 대한 고민과 진로를 상담해주고 지도하니 굉장히 헌신적이어야지요. 절대평가가 정착된 이유 중 하나는 교수들의 헌신적인 노력이 컸기 때문입니다. 그 분들의 동기를 부여해드리기 위해 의과대학 복도 벽에 교육에 기여한 공로가 가장 큰 교수에게 주는 알렌교육상을 제정하여, 상을 받은 교수의 공적판을 걸어둬요. 과목담당 교수는 학생들의 성적 분포를 보고 영예(honor), 통과(pass), 미흡(fail)로 평가의 3단계에 각각 학생의 몇 %를 분류할 것인지와 몇 명을 미흡 대상자로 재교육시킬 것인가는 과목담당 교수에게 그 권한을 맡깁니다. 의사로서 기본적으로 갖춰야 할 지식과 소양을 그 과정에서 충분히 가르치도록 유도합니다. 전문의 시험에 나올 법한 내용을 미리 알게 할 필요는 없으니까요."

그는 다른 대학에서의 평가도 그리 염려하지 않았다. 연세대학교 의과대학은 한국 최초의 서양 의학을 가르치는 의과대학이었고, 우수한 학생들이 들어왔으며 절대평가시스템으로 길러낸 학생들이 의사로서 충분한 자질과 역량을 가지고 있다는 연세의대의 교육제도에 대한 신뢰가 있었다. 다른 병원에서의 평가는 그 병원 자체의 몫이었다.

학습공동체 교수는 학생들의 스스로 만든 포트폴리오에 대해 그 내용이 잘 이루어지는지를 판단하여 지도하기에 항상 학생들을 사랑하는 마음이 큰 교수들로 구성된다. 학생 개개인이 가진 인성의 장점은 무엇이며 기본적인 태도, 의사로서의 심성에 대한 학생 고유의 장점을 상세하고 긍정적으로 기록함으로써, 학생들은 점차 상대적 평가에 의한 성적의 압박감에서 벗어나 자신의 특성과 장점을 살려나가고 성적이 좋지 않은 학생들도 자존감을 회복하기 시작했다.

"저는 늘 학생들과 전공의들에게 말하곤 합니다. 너무 쉽게 개원을 하고 너무 돈을 쫓지 말라고. 우리에게는 또 다른 소명이 있다는 것을 잊지 말라고 합니다. 우리가 의사로서의 소명을 잊어버리는 순간 우리 존재 이유 자체가 망각되니까요. 전 세계 오지에 가서 선교활동하는 의사들 가운데 60% 이상이 우리 세브란스 출신이에요, 의료선교를 하지요. 우리나라에도 1885년 먼저 의료선교를 통해서 기독교가 자연스럽게 들어왔습니다. 아프고 병들고 가난한 사람들에게는 우리가 가지고 있어 줄 수 있는 것을 주는 것보다는, 그들이 필요로 하는 것을 제공해주는 것이 의료선교에 중요하지요. 현실이 진실보다 더 큰 파괴력이 있다는 그런 뜻과 같지요. 당장 현실에서 필요한 것을 해결해주기 위해서는 아픈 사람들을 치료해주는 의료선교가 효과적입니다. 연세대학을 세운 사람도 알렌과 에비슨 의료선교사입니다. 지금 의료선교센터에서 아프리카에서 봉사활동을 하는 것은 우리가 가난할 때 의료선교를 통해 받았던 선물을 다시 베푸는 거죠. 학생 때에는 상대적 평가인 석차와 등급을 없애서 의사로서의 기본 의학 지식을 익히게 하고 나머지 시간을 사회 봉사와 자신이 원하는 일을 직접 선택해서 스스로의 능력과 역량을 키우는 교육 방법이 머지않아 우리 대학에서 노벨상을 수상하는 것 이상의 성과를 이루게 하리라고 기대합니다."

학생들은 아직 젊기에 성적에 대한 억압감이 사라질수록 창의력과 상상력은 폭발적으로 늘어난다. 이제 절대평가 아래서 공부하는 그들은 절도 있고 규칙적인 과정과 자유로운 상상력의 과정 두 날개를 다 가지게 되었다.

"학생들의 포트폴리오는 학생들이 졸업할 때까지만 관리하는 게 아니고 졸업 후 의사로서의 평생 여정을 기록하는 것입니다. 그들이 의사로 살아가는 일생을 추적해서 학생 때의 절대평가 내용은 무엇이고 의사가 된 후 어떤 봉사활동을 했으며 나이가 들어서는 어떤 일을 하고 있는지 자료를 축적합니다. 학생 때 어떤 활동을 한 학생들이 의사로서는 어떤 삶의 과정을 선택하는지를 기록하는 것이지요. 이런 데이터가 축적되면 이 자료를 기초로 해서 새로운 평가 제도와 교육 과정의 혁신을 추구할 수 있습니다. 보통 어느 집단이든 새로운 정책을 시작하게 되면 그 집단의 3분의 1은 반대하거든요. 그 사람들을 설득해서 함께하려면 이 제도가 기존 제도보다 더 바람직하다는 것을 증명해야 하는데 그러기엔 시간이 너무 짧아요. 교육 평가시스템의 효과를 증명하려면 상당한 시간이 걸리거든요. 결과가 어떻게 나올지 모르는 상태에서 이론적 말싸움만 하고 있을 수는 없으니까요. 가야 할 길은 확실하기에 과감하게 시도해보고 수정하고 보완해나가면 된다고 생각했습니다."

성적을 절대평가로 바꾸자 학생들은 성적 외에 자기가 우수하다는 걸 보여줄 무엇인가가 필요했다. 그게 봉사활동이 되든, 영어를 아주 잘하든, 해외 병원에서 인턴이나 레지던트 경력을 쌓든, 자기만의 특별한 경험을 가지든 자신만의 특성을 나타내는 경력을 스스로 만들게 했다. 학교는 의과대학 3학년 말 혹은 4학년 초에 3개월간 선택 과정을 두고 자신이 원하는 일에 시간을 보내게 했다. 환자를 진료하는 목표 수준은 환자 진료에 필수적인 기본지식을 익히세 하고 다양한 임상 경험을 제공해 뒷받침하면 충분했다. 석차를 없애자 의대생들은 비로소 동료를 경쟁자가 아닌 동료로 보기 시작했다. 상대적 성적 평가에 대한 압박감에서 서서히 벗어나기 시작했다.

의과대학에서의 학생 성적 절대평가가 전국 최초로 시행되면서 학생들은 지금까지 보지 않았던 세상을 보기 시작했다. 절대평가는 과목담당 교수가 개별 평가와 팀별 평가를 합해서 성적을 매겼다. 1조가 8명으로 해서 개별 성적과 팀 성적이 있지만 일단 기준에 통과되면 아무 기록도 남기지 않는다. 절대평가에서는 과목담당 교수의 영향력이 커서 참여 교수들의 이해와 협조가 매우 중요한데, 교수를 새로운 절대평가시스템에 적응시키고 변화시키는 것은 어려운 일이었다. 그러나 시간이 흐르면서 교수들의 이해도가 높아지면서 점차 절대평가에 적응해나갔다.

학교에서는 3개월 간의 선택과정(elective course)을 제공하면서 최대한 학생들의 결정과 판단을 존중하고 그것에 간섭하지 않았다. 그 기간에 세계 배낭여행을 가고 싶어하는 학생, 국회에서 인턴을 하는 학생, 미국 병원에서 임상 실습을 하는 학생, 자신이 하고 싶은 전공 분야에서 실습을 더 가지는 학생 등 자유롭게 자신이 부족한 부분 혹은 더 배우고 싶은 분야에 시간을 투자하게 유도하였다. 좋은 의사가 되고 나쁜 의사가 되고는 스스로 결정하는 것이지 학교가 그것을 결정해주지 않는다는 것을 알게 하였다. 학생들은 오직 스스로 고민해서 미래 자신의 꿈을 위해 학창시절 성적에 짓눌려야 할 3개월을 새처럼 떠다닐 수 있었다. 학교는 학생들이 자유 시간을 마음껏 누리도록 했다.

절대평가는 새로운 의학 교육의 출발점이었다. 그는 시작은 어려웠지만 시간이 갈수록 절대평가 방법이 학생들의 세계관을 넓혀주고 현장 감각을 파악할 수 있는 경험을 확대해주면서 의사로서, 의학자로서의 구체적이고 자발적인 길로 나설 수 있기를 기대한다.

"후배들이 계속 발전시켜나갈 겁니다. 이제 학생들 스스로 느껴서 학생들로부터 새로운 교육 과정과 새로운 교육 내용에 대한 요구가 충분히 나올 수도 있습니다. 의사가 환자에게 귀를 기울여야 하듯 선생은 학생들의 목소리에 귀를 기울여야 합니다. 어쩌면 상대평가는 벌써 바뀌었어야 하는 방식이었지만 다들 관행에 빠져 있었습니다. 그것은 한국 사회 전체가 평가하는 방법이었으니까요. 석차가 없는 절대평가의 현재 방법이 그대로 계속 가는 것은 아니지요. 이 평가방법 또한 지속적으로 시대 상황에 맞게 발전시켜나가야 합니다. 절대평가의 큰 줄기는 유지하면서 환자의 진료 정보 공유, 인공지능, 원격진료 등의 변화하는 시대 환경에 따라 계속 보완해나가야 합니다. 한순간에 완벽한 제도를 만들 수는 없습니다. 현실은 계속 바뀌지만, 학생들을 오직 성적에만 매달리게 하는 상대평가를 하지 않고 절대평가를 함으로써 더 넓은 세상을 보고 생각할 기회를 줍니다. 학생들 또한, 한번 사는 자신의 삶인데 스스로 고민해서 선택해야 하고, 그 선택의 기회가 허락되어야겠지요."

성적으로 자신의 우월성을 표현하려는 욕구도 있지만, 성적 외에 누구나 다 본성 속에 들어 있는 근원적 실천과 헌신으로 더 인정받고 싶은 욕구도 있다. 이제 평가의 공은 학생 스스로에게 넘어갔고, 학생들은 남들이 써놓은 책에 갇힌 세계가 아니라 현실 세계 속에서 자신의 미래를 위해 고민하게 된다.

"병원의 임상 각 과에서는 이제 어떤 성격, 어떤 태도를 가진 학생을 뽑을까 고민합니다. 내과와 피부과는 심정적으로 수술하기 싫어하는 학생이 지원하고 마취과는 직접 환자를 보지 않아도 되고, 영상의학과도 주로 CT, MRI 사진 판독만 하니까 환자를 직접 볼 필요가 없어요. 각과 나름대로 어떤 태도와 어떤 성격을 가진 사람이 우리 과에 맞는다는 걸 판단하고 선택하는 것은 교수들의 몫인 것이죠. 그런데 여태까지 단순히 성적으로 우열을 가려서 뽑아놓았기 때문에 적성에 맞지 않아 1년하고 도망가는 전공의도 생깁니다. 어떤 과가 학생들에게 인기가 있는지는 시대에 따른 유행이 있지요. 유행은 대부분 철저하게 엄마의 정보력에 의해서 결정되는 것 같아요. 지금 무슨 과가 가장 돈을 많이 버는가가 관전 포인트입니다. 학생들 성적을 F를 주면 엄마가 담당교수를 찾아오는 경우도 있었지요. 그걸 절대평가로 바꾸게 되면 그럴 일도 없게 됩니다. 스스로 무한한 창조의 시간을 구성하는 자신감과 능력을 가지도록 유도하는 것이지요."

의과대학 본과 1학년부터 적용되는 성적의 절대평가는 2,500여 년 전 의사들의 윤리강령 '나의 스승에게 마땅히 받아야 할 존경과 감사를 드리고, 의술을 양심과 품위에 따라 베풀고, 동료를 형제처럼 여긴다'는 히포크라테스의 정신을 회복하는 출발점이다.

제5장
생로병사를 지켜보며

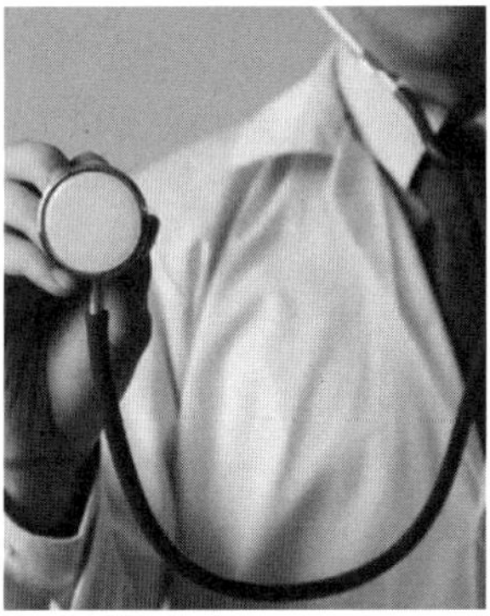

의학과 철학이 만나는 자리
삶과 죽음 사이에서 바라보는 시간, 아버지
사전연명의료의향서를 만들어야 하는 까닭
잊지 말아야 할 건강나이
살아서 남에게 아무 도움이 못되었어요
작별을 받아들이는 태도

의학과 철학이 만나는 자리

아무도 지난 시절을 되돌릴 수가 없다. 폐가 싱싱하고 뼈가 튼튼한 청년시절로 갈 수도 없다. 계절이 떠나가듯 사람도 가고, 왔던 것은 어디론가 다 돌아가고 만다.

“삶은 섬광과 같은가 봅니다. 실패도 희망도 성공과 좌절도 한순간 찬란한 섬광인가 봐요. 그 위에 또 시간이 쌓이고 강물처럼 흘러가는 속에서 저도 한 생애를 걸어왔지요. 걸어오면서 때로는 회의에 빠지기도 했습니다. 그러던 어느 순간, 삶도 죽음도 하나의 섬광처럼 명멸한다는 소박한 깨달음이 찾아오기 시작했습니다. 살아오면서 일어나는 모든 일들이 서로 연관되고 함께하는 관계를 맺으며 부딪치고, 한순간 빛나고 소멸하는 모습이 이제는 조금씩 보입니다.”

그는 찬란한 섬광 위에 쌓이는 시간 속을 맨발로 걷다시피한 사람이다. 그의 이야기에 귀를 기울이다보면, 그는 의학자로서 어떤 편법도 쓰지 않았고, 자신의 이익만을 위한 것이라면 사소한 행동도 삼가느라 남들보다 더 고단했을 수도 있겠다 싶다.

그의 말처럼 역사 속에서 기억되는 어떤 인물도 생로병사의 법칙에서 벗어날 수는 없다. 그래서 한 사람의 생애는 그 자체로 완결판이다. 왜냐하면 언제나 두 번은 없으니까. 사람은 언젠가 사라지지만 동시에 그 사실을 다 잊고 산다. 그는 의사로서 늘 죽음을 직면해왔고, 어느 순간부터 삶과 죽음, 두가지 다른 차원에서 동시에 자신을 바라보는 훈련을 거듭해왔다. 누구에게나 예기치 않는 순간에 생애의 마지막이 찾아올 수 있기 때문이다. 어쩌면 죽음이야말로 지금까지 있어왔던 불멸의 전통인지도 모른다.

연구실과 진료실에서 거의 모든 시간을 보낸 그에게 어느 날 찾아온 깨달음은 소박함과 평범함이었다. 그는 수없이 고독한 죽음을 직면하고 그 최후를 증명하는 진단서를 쓰며 죽음의 과정과 피할 수 없는 이 보편적 사태를 위해 어떻게 그 순간을 준비해야 하는지를 생각해왔다. 그 직접적 계기는 바로 아버지의 죽음에서 비롯되었다.

죽음을 설명하기 위해 수많은 철학자들이 준비해온 답들이 한 개인의 죽음 앞에서는 사실 무력하다. 그러나 이 대답을 완전히 외면할 수 없는 까닭은 현실은 여전히 소멸로 나아가고 있고 현실에서의 불멸의 날은 언제나 오지 않기 때문에 질문을 멈출 수가 없고, 철학자들의 답이 또 요청된다. 길어도 100년이 되지 않는 삶을 사는 인간에게 영원은 욕망이기도 하다.

"어릴 때 세상을 모르고 뛰어놀던 시절은 지나갔지만 늘 기억 속에 남아 있지요. 오직 자신의 힘으로 세상을 살아나가기 위해 열심히 살아온 시간이 쌓여가면서 의학자로서의 성취와 환자의 고통을 덜어주는 보람, 그리고 후학들을 기르는 기쁨도 큽니다. 그러나 병원에서 죽음을 일상처럼 직면하면서 조금씩 스스로에게 질문해왔습니다. 삶을 원하면 죽음을 준비하라는 뜻이 무엇인지. 그러한 질문이 무상하고 때로는 흔들리기도 하고 무력하기도 하지만….”

의학과 철학은 어느 점에서 만난다. 의학은 죽음을 늘 직면하면서 어떻게 살릴 것인가에 집중하고 철학은 어떻게 죽을까 하는 질문을 탐구하지만 두 학문은 마침내는 피할 수 없는 존재의 운명 앞에서 만난다. 두 학문은 더 많은 날들이 있기를 바라지 않아야 한다는 숙명적 합의점에 서로 도달하는 것이다.

삶과 죽음 사이에서 바라보는 시간, 아버지

그에게는 명성과 재물을 유지하는 일이 자신과 무관하게 여겨졌다. 장남으로서, 가장으로서, 아버지로서 그리고 무엇보다 의학자로서 걸어왔을 뿐이었다. 맨발처럼. 그리고 그 맨발의 궤적 한가운데에는 언제나 아버지가 자리하고 있었다. 아버지,라고 소리내면 그는 여전히 가슴이 저려온다. 가슴 저 밑바닥에서 아릿아릿한 그리움과 눈물이 솟구친다.

"지금도 아버지 하고 자신도 모르게 소리내면 가슴 깊은 곳이 아파옵니다. 서러운 이름이지요. 아버지는 늘 어머니 일을 도우셨어요. 어려서부터 어머니는 우리 삼 남매를 위해 절에 가서 늘 연등을 다는 분이셨어요. 아버지가 돌아가시기 전까지도 그러셨지요. 치매가 진행되면서도 아버지는 밖에 나가는 것을 너무 좋아하셨어요. 나가서 집에 못 찾아오실 때도 있고. 제가 할 수 있는 것은 '제가 아들입니다. 혹시 문제가 있으면 저한테 연락을 주십시오' 하고 제 핸드폰 번호를 적은 종이를 비닐 코팅을 해서 아버지 지갑 속에 넣어두었죠. 저는 저대로 직장을 다녀야 하고 동생들 둘은 타국에 살고 있으니. 전화번호가 적힌 코팅된 종이를 지갑에 넣어 바지 주머니에 깊이 넣어드렸어요. 치매가 오기 시작하면 노인들은 습관처럼 밖으로 나갑니다. 잠자고 일어나서 마실 나가듯이 자연스럽게 나가는 거예요. 밖으로 나가서는 집을 못 찾아옵니다. 어머니가 하루 종일 쫓아다닐 수 없는 일이지요."

아버지를 모시고 제주도에 가족여행을 갔을 때였다. 김포공항 화장실에서 "아버지가 오줌을 누고 싶다고 하시기에 화장실에 데려다 드리고", 그는 화장실 밖에서 기다렸다. 아버지는 그가 보이지 않아 불안했는지 금방 뒤따라 나왔다. 어린애처럼 바지 앞을 오줌으로 적신 채. 아버지는 갑자기 아들이 보이지 않으니 두려웠다. 우리는 생애의 긴긴 길 어디에선가 그 어떤…, 직접적이고 말로 설명할 수 없는 무조건적인 두려움의 순간이 있다.

"제가 소변기 옆에서 소변을 다 볼 때까지 기다렸어야 했는데. 명색이 의사이면서 그때만 해도 제대로 아버지의 상태에 대해 정확한 판단을 못했지요. 그냥 아버지가 실수했거니 생각했습니다. 이미 그때 많이 치매가 진행되어가고 있는데 그냥 눈을 마주치며 태연하게 이야기하시니까 제가 착각을 했지요. 또 아버지 생신이라고 호텔 뷔페를 예약해놓고 어머니랑 택시를 탔는데 택시 안에서 오줌을 그만 싸시고 말았던 일도 있었지요."

그는 담담하게 말했다. 담담한 슬픔도 있을까. 그때 아버지는 일흔여덟이었다. 그런 행동은 뇌졸중 오기 직전의 증상이었다. 그리고 곧 뇌졸중이 찾아왔다. 그때 그는 학장 취임 전이었지만 의대 교수들의 학장선거를 통해서 학장으로 막 선출되었을 때였다. 그는 진료실에서 병원 응급실에 실려온 아버지에게 달려갔다.

"아버지는 뇌의 가장 핵심 부분에서 출혈이 되는 바람에 완전히 사지마비가 되었습니다. 늘 타인의 죽음을 직면하고 살았는데 막상 아버지에게 위험이 찾아오자 경황이 없었어요. 아버지의 죽음을 한 번도 생각해보지 않았으니까요. 갑자기 쓰러져서 응급실로 오셨어요. 신경외과 의사들이 뇌를 열고 혈종을 다 긁어내고는 폐렴을 막고 생명을 유지하기 위해서는 기관지를 뚫어야 한다고 했습니다. 제가 의사지만 주치의의 권유대로 따랐지요. 당시에는 판단을 못했습니다. 의사가 이런데 일반인은 더 경황이 없겠지요. 사지마비가 되셨으니 음식을 삼키지도 못하셨지요. 기관지 삽관을 하고 배에 구멍을 내어 위장으로 음식을 넣을 튜브를 삽입하였습니다. 기관지 삽관을 하지 않은 채 보존적 치료만 하고 있으면 거의 삼 주면 폐렴으로 대부분 돌아가세요. 당시에는 자식된 도리로서 아버지를 최대한 살려야 한다는 마음이 더 강했기 때문에 보호자로서 기관지 삽관에 동의하고 말았습니다. 누구나 그럴 겁니다. 기관지 삽관 이후 아버지는 식물인간이 되어버리고 말았습니다. 대소변을 받아내야 하고. 결국 욕창이 생기고…."

그 뒤 아버지는 어떤 말도 할 수 없게 되었다. 아들을 의사로 둬서 아버지에게 효도를 한 게 아니었다. 너무 큰 불효를 저질렀다는 자책감이 들었다, '자식으로서 아버지를 조금이라도 더 사실 수 있게 하겠다'는 생각이 얼마나 자기 위주로 한 생각인지 그때는 미처 몰랐다.

"그것은 자식의 생각일 뿐이지요. 기관지에 구멍을 뚫으면 숨을 쉬니 생명의 시간은 연장이 되지만 그 삶의 질은 형편없어지고 맙니다."

그렇게 사지마비가 온 상태에서 기관지 삽관을 한 채로 아버지는 6년을 누워 있었다. 아버지에게는 그 6년의 시간이 고통이었다. 음식은 외부에서 위로 뚫은 구멍으로 넣어야 했다. 그 모든 일은 먼저 어머니의 몫이었고 또 아내의 몫이었다.

어머니는 아버지의 투병하는 모습을 보신 뒤 임종 과정에 있다는 의학적 판단을 받은 경우에 연명의료를 시행하지 않거나 중단하는 것에 동의하는 사전연명의료의향서를 작성했다. 그도 아버지의 6년간의 투병생활을 어쩔 수 없이 지켜보며 사전연명의료의향서를 만들었다. 아버지는 2010년 세상을 떠났다.

중환자실에서 3개월이 지나자 아버지는 의식이 돌아왔다. 그는 인공호흡기를 끼고 위에다 음식을 넣을 수 있는 호스를 연결한 아버지를 집으로 모시고 왔다. 아버지는 물론 가족 모두에게 길고 힘든 시간이 시작되었다. 아버지한테 최대한 효도를 한다고 생각한 그의 결정들이 시간이 지날수록 아버지에게는 고통을 안겨주었다.

"사람의 천명이 있겠지요, 떠날 시간이 왔을 때 떠나시게 해드리는 게 효도였는데 제가 어리석어서 판단을 잘못했지요. 6년간을 고통스럽게 해드렸어요. 계속 누워 있으면 근육이 없어져 몸도 바짝 마르고 아무리 잘 간호해도 피부가 괴사되고 나중에는 뼈가 드러났었습니다. 아버지도 너무 힘든 거예요. 어머니도 아내도 힘들고, 간병인도 힘들고."

'아버지가 돌아가실 때' 그는 혼자 임종을 지켜보았다. '어릴 때, 친할아버지가 돌아가실 때'도 그는 혼자 임종을 지켰다. 그때는 어머니와 아버지가 외할머니 댁에 가셨을 때였다. 초등학교 4학년 때였다. 옛사람들은 사람의 임종을 곁에서 볼 수 있다는 것은 복받은 일이라고 한다. 마지막 이별의 자리에 초대받아서 그런 말이 전해져 왔을까. 아니면 떠나며 꼭 전할 말이 있어서일까.

"아버지도 저 혼자 있는 데서 가만히 숨을 놓으셨어요. 새벽에 어머니와 교대하고, 어머니께 목욕이라도 다녀오시라고 했지요. 저 혼자 아버지 침대 옆에 앉아 있었습니다. 처음엔 눈물도 안 났습니다. 돌아가시기 사나흘 전부터는 아무것도 소화가 안 되는 상태였어요. 어머니는 애가 타니 조금이라도 더 드리고 싶어하셨지요. 임종하신 후 보니 캔에 들어 있는 음료가 위에 꽉 차 있었어요. 그것을 밖으로 빼내니까 엄청 나오는 거예요. 위 속에서 소화되지 않고 고여 있었던 거지요."

그는 아버지에게 너무 큰 고생을 시켜드렸다는 자책감이 컸다. 사실 가장 힘든 사람은 아버지 당신이었다. 투병 기간 내내 아무 표현도 못하고 아버지는 눈으로만 인사했다. 아버지의 소변이 나오지 않기 시작하자 그는 마음을 다잡았다. 그는 소변줄에 오줌이 안 나오면 48시간 정도 후에 호흡이 멈춘다는 사실을 알고 있었다.

"아버지 귀에다 대고 작별 인사를 드렸어요. 아버지 편안하게 가세요. 제가 너무 힘들게 해드렸어요. 아버지, 아무 걱정 마시고 편안하게 가셔서 더 좋은 데서 아프지 마시고 지내세요. 아버지, 사랑해요. 아버지 귀에 마지막 인사를 하는데 엄청 떨리고 눈물이 막 쏟아졌습니다. 이생에서의 마지막 인사였지요."

모든 이별은 최후의 순간에 금강석처럼 빛난다.

마지막 인사에서 그는 아버지의 눈빛이 빛나는 한순간과 만났다. 기관지 삽관 이후 6년간 눈빛으로만 뜻을 서로 교환하던 긴긴 시간이 지나고 작별은 희미하게 동이 터오는 새벽에 이루어졌다.

그는 삶이 끝나기 전, 뇌파가 완전히 소멸하기 전 아주 짧은 순간에 뇌의 전 영역에서 감마파가 아주 강하게 나온다는 미 국립과학원의 동물실험(미 국립과학원 회보)이 있다고 말했다. 의식을 집중할 때 발생하는 뇌파가 감마파이다. 심장박동이 멈추고 뇌로 가는 산소 공급이 멈추는 단계에서 아주 강한 감마파가 뇌의 모든 영역에서 나타나고 마지막으로 뇌파의 움직임이 완전히 사라진다. 최후의 의식은 세상을 떠나는 이에게 얼마나 사랑했는지, 얼마나 고마웠는지, 그리고 언제나 그리워하겠다고 전하는 최후의 순간이기도 하다. 그 순간은 마음속에 맺힌 원망을 풀어주기 위해 떠나는 이에게 용서를 청하는 마지막 기회이기도 하다.

죽음을 축복하는 마지막 방법은 마음과 몸 전부를 다해 떠나는 이에게 사랑한다고 말하는 일이다. 최후의 순간, 아주 짧은 빛처럼 환해지는 의식에 유일하게 담기는 말은 바로 '사랑해요'라는 목소리이다.

사전연명의료의향서를 만들어야 하는 까닭

죽음은 삶의 한 영역이다. 아우구스티누스는 '장례의 절차와 묘지의 선택, 장례 의식은 고인에게 어떤 도움이 되기보다 오히려 산 자들을 위한 위로에 불과하다'고 한다. 소크라테스도 최후의 순간에 크리톤이 "어떻게 묻어주기 바라는가?" 하고 묻자 "자네 마음대로 하게나" 하고 대답했다. 육체가 단단할수록 무거운 짐을 질 수 있듯이 마음이 견고하면 마지막 순간을 미리 준비할 수 있다.

"사람이 미련하다고들 하지요. 자기가 언제 죽을지 모르는데도 지금 평균수명이 80세라면, 대부분의 사람이 자신의 수명을 80세 이상으로 계산하고 살아요. 자기가 1년 뒤에 죽을지, 2년 뒤에 죽을지 모르는데 평균수명까지는 당연히 살 것으로 생각하고 삽니다. 그러다보니까 우리는 그런 마지막 순간을 준비하지 못하게 됩니다. 지금 우리의 현실은 거의 생애 마지막 시기에 짧게는 2년에서 길게는 8년 가까이는 혼자 힘으로 살기가 어려워 요양원에 가 있게 되고 말아요. 현대판 고려장이라는 비난도 있지만 어쩔 수 없는 현실이기도 합니다. 요양원도 수준이 각양각색이거든요. 그냥 기저귀 하나 채워놓고 똥을 싸든 오줌을 싸든 하루에 한번 갈아주는 데도 있어요. 어떻게 죽음을 수용해야 하는지는 의학적 과제 못지않게 사회복지

측면에서도 더 깊이 고려해야 합니다. 이렇게 수용 일변도식 말고 다른 대안이 있는지를 연구하고 새로운 모델을 만들어야지요. 대규모 수용시설 같은 현재의 방법 외에 인간다운 존엄성을 지켜주는 대안을 모색해야지요. 인생 최후의 순간을 아름답게 해주어야 하지요. 그것은 가족만의 책임이 아닌 국가의 의무입니다. 새로운 복지체계가 필요합니다. 1980년대까지만 해도 자식이 보험이었지요. 부모에게 효도하고 자식에게 모든 것을 바친 노년세대는 지금 갈 곳이 없는 세대가 되고 말았습니다.

그는 병원에서 죽음을 하도 많이 봐서 죽음이 두렵지 않다고 한다. 죽음이 마지막 장벽인지, 새로운 세계로 들어가는 문인지는 사실 중요하지 않다. 모든 시간은 흘러가고 결국은 흩어져간다. 기쁨과 슬픔도 서로 교차하고, 두 총량은 똑같지 않을까. 그러나 삶의 끝, 새로운 삶의 영역인 죽음을 위해 지금 여기 이 자리에서 최소한 무엇을 어떻게 준비해야 하는지 정답은 없다.

그는 사전연명의료의향서 등록증을 가만히 내놓았다. 그것은 19세 이상의 성인이 자신의 미래에 오게 될 임종 때 의사 결정 능력이 저하되거나 없어질 경우를 대비해서 의사 결정 능력이 온전한 때에 스스로 뜻으로 연명의료를 유보하거나 중단하고 호스피스 이용 의향에 대한 의지를 직접 문서로 국가에 등록하는 증서이다. 이 등록증은 보건복지부 지정을 받은 사전연명의료의향서 등록기관에서 상담 후에 작성하고 국가연명의료관리기관에서 등록한 뒤, 보건복지부에서 발행한다.

연명의료란 임종 과정에 있는 환자에게 하는 의학적 시술로 어떤 치료나 효과 없이 임종 과정의 기간만 연장하는 것을 이른다. 연명의료의 종류는 심폐소생술, 인공호흡기 착용, 혈액투석, 항암제 투여, 의학적 회복 소견이 없는 상태에서 심각한 호흡부전이나 순환부전의 환자에게 의료기계를 이용한 체외순환으로 생명을 연장하는 체외생명유지술, 회복 불가능한 상태에서의 수혈, 지속 사용시 팔다리가 썩어들어가는 합병증을 초래하는 혈압상승제 투여 등, 의학적으로 환자가 최선의 이익을 보장받기 위해 시행하지 않아야 하거나 중단해야 하는 의료시술을 이른다. 그것은 '호스피스, 완화의료 및 임종 과정에 있는 환자의 연명의료에 관한 법률' 제12조, 그리고 같은 법 시행규칙 제8조에 따라 당사자가 직접 문서로 작성하고 종합병원의 상담사로부터 내용을 충분한 설명들은 뒤 국가기관에 등록하면 연명의료에 관한 법적 효력을 가진다. 뜻밖에 이런 제도를 모르는 사람들이 많고 삶이 언제나 지속된다는 생각에 소홀히 하는 경우도 많다. 연명의료를 유보 또는 중단하더라도 통증 완화를 위한 의료 행위와 영양분과 물, 산소의 단순 공급은 지속된다.

"아버지의 죽음 이후 어머니는 물론 저도 사전연명의료의향서를 작성했습니다. 30분 정도 담당 간호사의 설명을 듣고 작성하면 됩니다. 본인이 의식이 있을 때 그걸 해두어야 합니다."

우리나라 국민 75%는 연명치료를 반대하지만 정작 이를 위해 사전연명의료의향서를 작성한 인구는 100만여 명에 불과하다. 이 의향서는 보건소와 국민건강보험공단, 종합병원 등 보건복지부가 지정한 등록기관을 방문하면 바로 작성할 수 있다. 사전연명의료의향서 등록을 높이기 위해서는 건강보험공단의 건강검진을 받을 때 사전연명의료의향서를 설명하고 신청을 받으면 훨씬 많은 이들에게 개인의 삶을 존엄하게 마무리할 수 있는 기회를 줄 수 있고 쓸데없는 연명의료로 가족과 환자의 고통을 줄일 수 있다. 사전연명의료의향서는 국가기관인 국립연명의료관리기관에서 보관하고 있으며 당사자가 의향서를 작성한 뒤. 언제든지 그 의사를 변경하거나 취소할 수 있고, 이 경우 등록기관은 지체없이 이를 변경하거나 등록을 취소하게 되어 있다. 그리고 사전연명의료의향서에 기록된 연명의료 중단 등에 대한 작성자의 뜻은 앞으로 작성자를 진료하게 될 담당 의사와 해당 분야 전문의 1명이 모두 작성자를 임종 과정에 있는 환자라고 판단하는 경우에만 이행하게 된다.

다들 삶은 고단하다고 말하면서도 세월의 채찍질을 의연하게 감내하며 생을 이어간다. 사람들은 행복을 기원하고 오늘, 유황불처럼 뜨거운 시간도 내일은 나아지겠지 하며 기다린다. 더 많이 불행한 일이 수없이 일어나도 삶이 유지되는 까닭은 무엇일까?

"저는 한국전쟁 후 베이비붐세대에 거의 다른 모든 가족들처럼 생활이 넉넉지 않은 집의 삼 남매 중 장남으로 태어났습니다. 수예전문가로 수예를 학생들에게 가르치고 수예품을 파는 어머니를 보며 열심히 공부해서 부모님을 편안하게 모시고 싶다는 일념뿐이었어요. 그리고 의과대학을 들어가서는 의학자로서, 선량해지려 애쓰는 한 사람의 의사로서, 후학을 가르치는 교수로서 생애를 살았지요.

더러는 저를 부러워하기도 하겠지만, 저는 주위를 돌아보지 않고 살았어요. 누구나 알 만한 흔한 삶이고 겪을 만한 이야기이지요. 그 길이 어떻든 긴 여정의 길에 누군가는 안주하고 누군가는 쉼 없이 노력해서 더 많은 업적을 남깁니다. 저의 삶도 하나씩 지나온 시간이 등대처럼 불을 밝히며 제게 환하게 모습을 보여줍니다. 제가 전공한 코에 대한 연구가 얼마나 새로운 학문의 이정표가 되었는지, 최초로 코점막 정상상피세포를 계대배양하고 새로운 코 수술기구를 개발해 수술의 완성도를 높이고 세브란스병원의 정신을 이어받아 동료 의사들과 함께 가족이 없는 고아원 아이들을 치료하고 수술한 일 등이 특별히 기억에 남습니다. 아프리카 의대 학생들을 서울에 초청해 교육시켜 돌려보낸 일, 그리고 저의 학문적 연구로 2021년 연세대학교 창립 136주년 기념식에서 연세의학 대상을 받게 된 일, 이 모든 순간순간들은 맨발로 달려온 열정 때문이었지요."

누구에겐들 회한 없는 삶이 있겠는가만 그가 해낸 일들에 대한 보상은 삶의 회한에 대한 위로이기도 했다. 그의 학문적 연구로 2021년 연세대 창립 136주년 기념식에서 연세의학대상을 받은 일이 그것이다.

존재의 우월함은 그 스스로 타자의 열등함과 함께하려는 노력이 있어야 증명되고 그래서 삶이 계속되어오지 않았을까 싶다. 그는 간결하고 때로는 고지식하다. 복잡한 셈법을 하지 않는다. 새벽이면 일어나 주인이 모는 대로 밭으로 일하러 나가는 고향집 소처럼.

잊지 말아야 할 건강나이

누구나 잊고 살고 있지만 사람에게는 '건강나이'라는 게 있다. 그는 "혼자 걸을 수 있고, 다른 이의 도움을 받지 않고 밥을 먹을 수 있고 자유롭게 의사를 표현할 수 있는 나이"를 '건강나이'라고 설명한다.

"병에 걸리면 바로 죽는 게 아닙니다. 누구나에게 노화가 찾아와 세포의 재생 속도도 느리고 오래된 트럭 엔진이 그렁그렁하듯이 평균적으로 질병에 시달리다 삶을 마감하는 데 걸리는 시간은 평균 6년입니다. 삶의 끝에 찾아오는 6년은 긴 시간입니다. 그 마지막 6년이 주어지니까 죽음을 준비할 수 있는 시간도 주어지지요. 평균수명이 80세라 해도 6년을 빼게 되면 건강나이는 74세인 거지요. 저의 경우도 평균수명으로 산다 해도 건강나이를 계산해보면 앞으로 10년 남짓 건강하게 살 수 있는 겁니다. 그렇게 계산하면 갑자기 시간이 너무 없다고 느껴지는 거예요. 지금 늘 하고 있는 진료도, 가족과 함께 추억을 만들기에도 저에게 주어진 시간이 많지 않다는 것을 압니다. 이 시간을 소중하게 써야겠다는 생각이 들어요. 자신의 삶이 80세까지 건강하게 산다고 믿고 있다가 1,2년 뒤 불현듯 사라지는 수많은 사람들이 있는데도 우리는 다 자신만은 그러지 않을 거라고 믿고 삽니다. 그런 예상을 전혀 하지 않지요. 그러나 피할 수 없는 사실은 평균수명과 건강나이를 따져보아 나에게 남은 시간이 결코 길지 않다는 것을 아는 순간, 그 시간을 더 충실하게 보내고 싶을 수밖에 없지요. 이 사실을 알면 누구나 어영부영 시간을 낭비하고 싶지는 않을 겁니다. 저 역시 대단한 일을 해내는 것은 아니지만 한 인간으로 태어나 주어진 일과 짐들을 하나씩 해결하며 뚜벅뚜벅 걸어왔습니다. 세월이 흐르면 몸이 아프게 되고, 어쩔 수 없이 삶의 속도는 느려지겠지요. 그러므로 굳이 스스로 삶의 속도를 늦출 필요는 없지 않느냐는 생각도 들어요."

노화의 과정에서, 한번이라도 더 이웃에게 따스한 말을 하고 하늘을 자주 올려다보고 지고 피는 꽃들의 움직임을 바라보는 시간이 소중하다. 노화의 과정은 누구에게나 평등하게 찾아온다. 그러나 젊은 사람에게도 갑작스럽게 질병이 찾아오고, 더러는 완치하기 어려운 질병에 오래 시달리기도 한다.

치명적인 질병을 피할 수 없는 과정에 놓이면 환자들은 여러 경우로 나누어진다. 자신의 병을 원망하기도 하고 받아들이는 경우도 있지만 대체적으로 질병을 의심해서 오진일 수 있다는 생각에 다른 병원을 찾아가고 그게 확진이 되면 분노가 일어난다. '내가 왜 이 병에 걸려야 하는지'에 대한 분노 다음에는 좌절이 찾아온다. 그 다음에 우울증으로 가게 되고 우울증에서 벗어나면서 마지막으로 병을 받아들이는 수용의 순간이 온다. 수용의 순간까지 걸리는 기간은 사람마다 다르다. 빠르게 운명을 받아들이는 사람도 있지만 오래 아둥바둥하는 이들도 적지 않다. 삶은 차별이 있지만, 그러나 죽음은 그 어떤 차별도 없이 누구에게나 찾아온다.

살아서 죽음을 이야기하는 까닭은 우리에게 주어진 삶을 빛나게 하고 죽음을 품자는 뜻이다. 니체는 '치통을 참는 철학자는 없다'고 한다. 그만큼 육체적 고통은 사고의 깊이와 상관없이 찾아온다. 노화는 하물며 더 말해 무엇하랴.

"나이가 들면 난청, 목마름증, 입마름증, 목이물감 등 여러 가지 증상들이 나타나는데, 이들을 노화로 인해 나타나는 불편함이라고 생각하지 못하고 병이라고 생각하는 사람들이 많습니다. 세월이 흐르면 자연스러운 노화에 의한 불편함이 생깁니다. 누구나 45세 지나면 노안이 오지만 아무도 병이라고 생각하지 않고, 흰머리가 생기고 늘어나는 흰머리를 아무도 병이라고 생각하지 않지요. 노화로 인한 불편함은 그것으로 인해 더 심각한 병으로 진행되는 것도 아니고 그것 때문에 죽지도 않습니다. 노화로 인한 증상들은 약을 써도 잘 듣지 않아요. 회춘을 시킬 수 있는 약은 없지요."

노화가 시작하면 침이 잘 나오지 않는 입마름증이 생긴다. 젊어서 맛있는 것을 보면 침이 솟구쳐오르지만 이제는 맛있는 음식이 앞에 있어도 침이 솟구쳐오르지 않는다. 코의 점액은 목이 건조하지 않게끔 하루에 700~800cc, 콜라 두 병 정도가 나와서 목 뒤로 넘어가며 윤활유 역할을 한다. 그런데 나이가 들면 우리 몸에서 나오는 모든 분비물의 양이 줄고 끈적끈적해진다. 눈에서 윤활유 역할을 하는 눈물액도 양이 줄어들고 끈적끈적해진다. 그래서 눈가에 잘 말라붙어 눈곱이 잘 생긴다. 더 심해지면 안구건조증으로 나타난다. 코에서 분비되는 점액도 젊어서는 물 같아서 음식을 삼키거나 침을 삼킬 때 같이 넘어가서 불편함을 모르지만, 노화가 시작하면서 점도가 높아져서 삼켜도 넘어가지 않고 얇게 목 뒤에 달라붙어 있게 된다. 항상 목 뒤에 뭔가 달라붙어 있는 느낌이 있으니 킄 하고 내뱉으려 하고 또 병원에 가서 약을 먹어도 잘 낫지 않는다. 그런 노화로 인한 증상을 해결하려고 여러 의사를 찾아다니는 환자들도 적지 않다.

"환자들에게 그런 설명을 해주면 불편한 증상이지만 노화로 인한 자연스러운 현상임을 알고 대부분은 이해를 하시지요. 병원을 그만 다니고 그 비용으로 좋아하는 음식을 사먹고 수증기가 많은 대중목욕탕을 가시라고 합니다. 우리 몸에 뜨거운 수증기가 외부에서 들어오면 그 증상이 일시적으로나마 없어집니다. 뜨거운 수증기가 많은 데가 대중목욕탕이지요. 핀란드식 사우나, 찜질방 등 건식 사우나는 호흡기에 안 좋지요. 뜨거운 물로 샤워를 하고 수증기만 공급되면 목 뒤에 뭔가 붙어 있는 느낌이 잠시 없어지는 거예요. 노화는 다른 단어로 표현하면 온몸의 탈수입니다. 온몸에 수분이 빠져나가고, 그러니 피부도 탄력도 없어지고 소변의 양이 줄고, 색깔도 더 누렇게 되고 눈물도 말라갑니다. 일종의 자연스런 노화 현상인데, 젊었을 때는 그런 증상이 없었으니까 병이라고 받아들이는 거죠. 노화의 현상은 몸에서 여러 가지가 동시다발적으로 일어납니다. 불편하지만 병은 아니지요. 이렇게 설명하면 어르신들은 제대로 알게 되어 좋아하는 분도 계시고 노화로 인한 것이라는 설명에 서러워하는 분도 계십니다."

우리에게 노화와 죽음은 인간이 존재하는 한 가장 위대한 전통이다. 죽음은 인간의 소중한 유산이다. 안식이고 긴 휴식이면서 고통의 종말이기도 하다. 어쩌면 살아 있는 날들이 얼마나 소중한지를 가르쳐주는 지혜의 스승이기도 하다. 그래서 평균 건강나이, 병들어 아픈 시간이 6년임을 잊지 말아야 한다.

살아서 남에게 아무 도움이 못되었어요
— 시신기증사유서

그는 서양 의학에서 확립한 코 해부 구조와 다른, 한국인 코의 고유한 해부학적 구조를 밝히기 위해 수많은 주검을 해부하면서 한 주검, 한 주검에 대한 경이로운 마음을 품었던 시간을 떠올렸다.

"코의 해부학적 구조를 밝히기 위해 시신을 마주할 때 특별한 느낌이 있어요. 특히 의학도가 되려고 하는 사람이거나 지금 초보 의사를 걷고 있는 이들에게 제 경험이 길라잡이가 되면 좋겠습니다. 그 어떤 시신이든 그것은 삶의 완성된 형식을 포함하고 있지요. 생애의 특별한 가치가 있든 없든 다 소중합니다. 우리에게 죽음이 있기 때문에 후손들도 태어나고 삶이 정리되고, 시작이 있으니 끝도 있는 거지요. 그런데 다들 죽음을 생각하지 않고 살기 때문에 죽음이 두렵고 낯설 수밖에 없겠지요. 두렵지요. 죽음이 뭔지 모르니까요. 기적이 신비하고, 전혀 낯선 세계가 두려운 이유는 자신의 지식과 경험으로 해석이 불가능하고 또 예상할 수 없다는 데서 비롯되기도 합니다. 죽음의 세계에 누구도 갔다가 되돌아오는 사람이 없기에 그걸 막연히 두려워하지요. 저는 이렇게 말하고 싶어요. 해부학 연구를 통해서 오히려 삶을 기억하고 삶의 유한함을 소중히 간직하게 되었습니다. 일반적으로 죽음이 두렵기 때문에 멀리 두고 싶고 가까이 가기 싫지요. 그러나 존재는 언제나 소멸을 향해 가고 있는데도 그게 자신에게만은 사실이 아니라는 듯 받아들이기 싫겠지요."

그는 해부를 통해서 서양인과 다른 한국인의 코 구조를 확립했지만 그 이상으로 삶과 죽음에 대한 소박한 태도까지 가지게 되었다.

"시체 해부를 하면서 시신에 깃든 인간의 존엄함과 애틋함이 깊어졌습니다. 시신 기증을 하신 분들은 시신기증사유서를 적습니다. 저도 해부를 본격적으로 시작하기 전에는 그 사연을 읽을 여유가 없었어요. 한국인의 코 해부학을 만들겠다고 2년을 해부학교실에서 살았습니다. 그러면서 기증자들이 낸 시신기증사유서를 읽기 시작했습니다. 그들의 기증사유서는 제게 책에서는 결코 배울 수 없는 내용을 담고 있었어요. 인생에 대한 솔직한 고백을 발견하게 되었지요. 기증자들은 자신의 전 생애에서 가장 정직한 이야기를 기록해두었습니다."

사유서 대부분은 스스로 자신을 폄하하는 내용이 많다. '나는 세상에 기여한 것도 아무것도 없고, 자식한테 제대로 도움도 주지 못했고, 내가 이 세상을 떠나가면서 이 세상에 기여할 수 있는 것은 내 몸뚱아리를 의대에 기증해 다시 나처럼 이런 병에 걸려 고통을 받지 않게끔 하는 것만이 내가 사회에 줄 수 있는 유일한 기부'라고 적혀 있다.

시신기증사유서에는 살아 있을 때의 사진이 붙어 있다. 그는 해부하기 전에 그들의 얼굴을 보고 사유서를 읽는다. 어느 누구도 초라한 사진이 없다. 가장 깨끗하게 차려 입고 가장 멋진 모습으로 찍은 사진이 붙어 있다.

"그분들이 세상에 살아계실 때는 누가 봐도 번듯하게 차려입은 모습입니다. 웃고 있는 얼굴이 많아요. 그런데 마음 한구석에는 깊은 상처를 안고 사는 거예요. 사유서는 가슴에 맺힌 삶의 사연을 갖고 있는데 맑고 환한 사진과 잘 일치가 되지 않아요. 그분들은 자신의 가장 아름다운 모습을 마지막 사진으로 남겨둡니다. 그걸 보면서 정말 인간은 누구나 인간답게 살 수 있는 권리를 갖고 있다는 마음이 들어요. 잘 났다고 더 대접을 받을 필요도 없고, 힘없다고 마땅히 받아야 할 대접을 못받아도 안 됩니다. 죽음은 평등합니다. 이 불가피한 전통을 살아 있는 사람들이 넓고 깊게 받아들이면 삶도 더 너그러워지겠지요."

해부학의 의미는 오히려 삶의 유한함을 가르쳐주는 데 있다. 사회에서 남보다 권력이나 재산 등 가진 것이 더 많고, 공부를 더 많이 했고 모든 분야에 계층을 만들어서 모든 면에서 자기가 우월하다는 것을 쉼 없이 과시한다 해도 해부학은 그런 것들이 아무 의미가 없다는 것을 그에게 가르쳐주었다.

"제가 대단한 발견을 한 것은 아니지요. 다만 죽음이 있기 때문에 주어진 삶을 더 충실하게 살아야 한다는 의미입니다. 저의 삶은 물론, 모든 존재의 삶은 한계가 있고 그 한계를 우리는 소중하게 가슴에 품고 살아야 한다는 가르침을 시신 기증자들이 정성스럽게 찍은 증명사진이 보여주고 있어요."

그는 시체 해부를 하면서, 시신기증사유서를 통해 죽음에 대한 이

해의 폭도 넓어졌고 어쩔 수 없는 존재의 유한함에 따스한 눈길을 줄 수 있게 되었다.

"100세 세상이 온다고들 합니다. 그러나 남자들은 여든 살 넘어가면 정상적인 사람이 거의 없어요. 일흔이 넘어가면 남자는 전립선에 문제가 오기 시작하고 장기의 노화가 급하게 오기 시작합니다. 그보다 훨씬 전에 시작되기도 합니다. 100세라고 해서 건강한 상태로 100세까지 살면 괜찮은데, 친구들도 점차 다 사라지고…, 전화가 한 통도 오지 않는 고독한 삶이 되지요. 그래서 우리는 세월이 갈수록 몸을 가볍게 해야겠지요. 그리움도 두고, 욕망도 두고 떠나는 연습을 하는 훈련을 해야 합니다."

이별도 준비가 필요하고, 이별의 연습 또한 필요하다.

과거와 달리 최근에는 시신을 기증하는 사람이 많아서 병원에서 다 받지 못하는 경우도 많다. 기독교 교인 중에는 시신을 기증하고자 하는 이들이 많이 늘어났고 화장 문화가 일반화되면서 시신기증의 숫자도 많아졌다.

"해부하고 나면 끝에는 거의 뼈만 남아요. 의과대학에서는 관에다 가지런히 넣어 합동 장례식을 올려드립니다. 매년 11월에 시신기증했던 분의 가족들을 다 모시고 합니다. 합동 장례식을 의대 강당에서 치르고 유족에게 시신을 기증해주신 분의 고귀한 마음에 대한 감사의 뜻을 전합니다. 위패를 다 만들어놓고 유족들이 제단 위에 향을 올리고 국화 한 송이를 바칩니다. 새삼 그리움에 우는 가족들이 많죠. 유골들은 가족들 뜻에 전적으로 맡깁니다. 병원에 맡기는 분들도 있지요. 해부학 교실 아래층에 이름이 적힌 유해가 모셔져 있습니다."

화장 문화가 활성화되면서 납골당도 많아졌다. 시간이 갈수록 유해 단지 안에 습기가 차게 되고 습기를 빨아들인 화장가루는 돌처럼 딱딱해진다. 나중에 언젠가는 후손들이 결국 그 납골도 없애야 한다.

"뼈를 갈아서 유골함에 담지 말고 그냥 고인의 추억과 관련된 고향 땅에 묻거나 뿌려서 사라지게 하는 게 더 바람직한 것 같습니다. 유골함에 두면 어느 시점에 후손들이 다시 한번 정리를 해야 합니다. 현재에는 수목장이 좋은 것 같습니다. 유골함에 담는 순간, 뒤에 자식까지 죽게 되면 손주가 그 유골함을 관리하지 되지요. 우리도 새로운 화장 문화가 생겨야 합니다. 저는 지금 아버지 유해를 유골함에 담아서 공원묘지 땅속에 묻었어요. 비석만 하나 있습니다. 그 아래 유골함이 있어요. 제가 죽기 전에 아버지의 몸이 온전히 흙으로 돌아가도록 해드려야 합니다. 저는 사후에 납골당 같은 그런 형식을 만들지 않는다고 미리 말해두었어요. 흙에서 왔으니 흙으로 돌아가는 방식이 자연스럽지요."

죽음도 자꾸 직면하면 익숙해진다. 그는 의사가 되면서 죽음에 대한 막연한 두려움이 있었다. 해부학 과정에서 죽음은 포르말린 액체가 들어 있는 반투명 백에 누워 있는 시신으로 먼저 나타난다. 그는 의과대학 해부학 임상 실습 때 해부학을 실습하면서 심리적 두려움이 컸다. 테이블에 놓인 시신을 앞두고 무서워했다. 그는 이래서야 실제로 환자를 제대로 볼 수 있을까 하는 걱정을 하기도 했던 적이 있었다.

그러나 병원에서 죽음을 자주 직면하면서 죽음은 오히려 삶의 시간을 보여주었다. 그것은 고통과 즐거움의 모든 완결된 과정을 통해서 삶을 비추어보는 순간이었다.

"전문의가 되고 해마다 2월에 워크숍으로 10여 구씩 시신 해부를 합니다. 전공의들과 외국에서 오는 의사들을 대상으로 해부 워크숍을 통해 수술 기법을 가르칩니다. 제가 해부학 교육을 할 때 항상 얘기하는 게 있습니다. 시신기증사유서를 다 읽어봤기 때문에 그분들이 어떠한 사유로 자기 몸을 기증했는지를 알고 있기 때문입니다. 기증하신 분들의 뜻을 생각해서 제발 경건한 마음으로 시신을 다루어줘야 한다고 부탁하지요."

모든 존재하는 것은 유한하다. 그러나 우리가 경험하거나 배워서 알고 있는 모든 현상들 그 너머 존재하면서 동시에 발 딛고 있는 현실에 손을 내밀고 있는 세계가 있다는 것을 부정하지 않는다. 그는 해부학을 통해 코의 비밀을 하나씩 밝히면서 '사람이 움직일 수 있고 생각할 수 있을 때 좋아하는 일을 자꾸 해야 한다'는 사소한 깨달음을 발견하곤 했다. 그것은 작지만 새로운 지혜였고 보잘것없음에 대해 정성과 배려를 품는 일이었다.

작별을 받아들이는 태도

스스로의 힘이 아닌 상태로 삶을 연장하고 유지하는 일은 지상의 지옥이다. 수명이 길어지면서 사람들에게 치매가 찾아오고 더러는 파킨슨병에 시달리기도 한다. 그렇기 때문에 두 발로 걷고 움직일 수 있을 때 '사랑하고 자기가 좋아하는 일을 하라'고 성 아우구스티누스는 말했을 것이다.

"몸을 온전히 건강한 상태로 하나님께 가져가기는 어렵지요. 우리의 육신은 흙으로 돌아가니까요. 암 말기에 가면 항암치료를 거부하는 사람들이 가끔 있지요. 고형암은 항암치료가 잘 듣지 않는 경우가 많아요. 수술하고 방사선 치료받고 지친 상태에서 또 항암치료를 하느라고 시간을 다 보내다보면 가족들과 작별을 준비할 심리적, 시간적 여유를 못 가지고 세상을 떠나는 경우가 많습니다. 암은 누구에게나 생길 수 있습니다. 수술은 필요하면 하지만 항암요법은 실질적으로는 환자들이 생각하는 완치와 의사들이 생각하는 완치의 개념이 달라요. 의사들이 말한 완치는 일시적으로라도 암덩어리가 없어지면 완치라고 합니다. CT, MRI를 찍어서 암덩어리가 없어지면 완치라 그러거든요. 문제는 그게 일시적이라는 데 있어요. 지금 당장 안 보이지만 6개월이 지나면서 또 나타나는 경우가 적지 않습니다. 그러니 환자 입장에서는 완치가 아니죠. 수술을 하고 또 재발하고 항암치료를 반복할 때쯤 되면 죽는 과정으로 접어들었다는 것을 의사들은 다 알거든요. 그러나 환자와 가족들은 마지막까지 완치를 위한 치료를 원해요. 왜냐하면 평생 살아오면서 병원에 가서 치료를 해서 나아서 나옵니다. 그런 학습효과가 늘 머릿속에 있는 거지요. 지금 내가 아파도 병원에 들어가면 또 나아서 퇴원하는 학습효과거든요. 그런데 어느 시점에서는 몸이 더 이상 회복하지 않게 됩니다. 그걸 생각 못하는 거죠. 우리는 늘 자신의 죽음을 예상해야 삶도 너그러워집니다. 치명적 질병은 자기의 죽음을 받아들여야 한다는 몸의 신호이지요. 그런데 항암제를 맞아가며 굳이 얼마 남지 않은 시간 소모하며, 육체적 고통을 감내할 필요가 없다고 생각하는 분들이 있습니다. 위암 수술은 내시경을 하기 때문에 굉장히 조기에 발견하는 경우가 많아져서 완치율이 높지요. 옛날에는 위암으로 많이 죽었죠. 회복할 수 없이 진행된 상태에서 발견이 됐기 때문입니다. 요즘도 마찬가지입니다. 면역항암제가 나와서 환자들에게 도움이 되기도 하지만, 암 말기가 되면 결국은 자기 삶에서 앞으로의 죽음을 어떻게 생각하고 수용하느냐에 따라 의사들도 병을 대하는 자세가 다 다릅니다. 의사도 환자를 진료하는 기술을 가진 것 외에는 일반사람이랑 똑같지요. 주사 맞으면 아픈 거 알고 병에 걸리면 치료를 받아야 하는 것을 알지요. 단지 죽음을 많이 목격하면서 살 수밖에 없는 직업이고 치료 경험도 수없이 있었다는 차이일 뿐입니다."

의사들은 죽음을 많이 목격했기 때문에 무신경해질 수도 있지만 스스로의 죽음을 직면하면 무신경해지지 않는다. 죽음 앞에서는 단지 그 죽음을 어떻게 받아들일까 하는 자신의 선택과 결단만이 찾아온다. 이럴 때 죽음의 위협에 항의할 수 있는 길은 없을까.

"저는 항의하고 싶지 않아요. 죽음이 삶의 순간을 잃어버리게 해서는 안 되고 더 빛나도록 하는 기회가 될 수도 있으니까요. 그냥 늙어가고 병드는 일은 너무나 자연스런 현상이지요. 있는 그대로 담대하게 받아들이는 게 가장 좋지 않을까 싶습니다. 자신의 의지대로 되지 않는데 욕심을 내어서는 더 많은 삶의 순간들을 잃어버려야 합니다. 우리가 흔히 외모로 건강하다는 것을 얘기해요. 근육의 양이 많고 적음에 따라서 건강해 보인다고 이야기는 하는데 사람이 죽고 사는 문제와는 큰 연관성이 없습니다. 근육이 잘 발달되고 유지했다고 해서 오래 사는 것도 아닙니다. 대부분 내부 혈관 문제이지요. 본인이 먹는 식습관에 의해 혈관에 노폐물이 얼마나 끼느냐가 문제입니다."

그는 췌장암으로 떠난, 해부학교실의 정인혁 교수를 떠올렸다. 영어와 일본어 번역투로 된 인체의 내부기관을 우리말로 이름붙이고자 했던 정 교수는 췌장암 선고를 받고 일체의 수술이나 항암치료를 받지 않았다. 그리고 갑자기 찾아온 죽음의 신호를 친구처럼 받아들이고 남은 시간을 삶을 마무리하고 지금까지 알았던 이들과의 작별인사를 하는 데 사용했다. 그는 정인혁 교수의 담대한 모습을 통해서 죽음은 완전한 삶을 선사하는 기회라는 느낌을 받았다.

제6장

코의 새로운 좌표

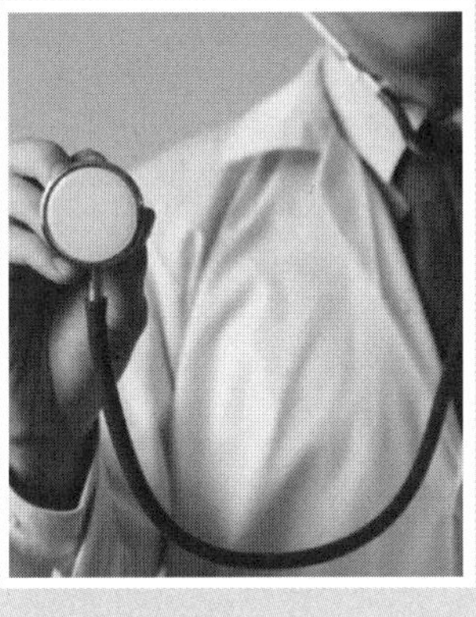

새로운 의학 지식을 발견하는 여정들
한국인의 코 구조 연구
코 연구의 현실
코 내부기관의 순우리말 이름들
새롭고 안전한 부비동염 수술법
코의 비밀
코점막 정상상피세포의 체계적 계대배양법 구축
코 기관의 새로운 이름
냄새의 추억
국가의 호흡기 감염병 연구소가 있어야 하는 이유
잊을 수 없는 환자들, 꽃의 눈동자
환자에게 마음이 전해질 때
후각, 맛, 그리고 치매
치매의 깊고 깊은 얼굴
병원용·가정용 후각 검사 키트를 개발하다

환자를 진단하고 치료에 도움을 줄 수 있는 새로운 의학 전문 지식은 수없는 고민과 시도, 연구를 통해서 이루어진다. 그에게는 새로운 지식을 과연 얼마나 만들 수 있을까 하는 고민이 늘 있었다. 좌절의 시간도 많이 찾아왔다.

"제가 얼마나 각고의 노력을 해야 환자한테 도움이 되는 새로운 의학 지식을 만들어낼 수 있을까 하는 고민을 참 많이도 했어요. 일단은 뭐든지 시작해야 하니까 뭐든지 도전해야겠다고 결심했지요. 영어가 완벽하지 않아도 제 아이디어로 의문점을 던져놓고 풀어가는 과정을 발표하면 해외 의학계에서 '아, 저 사람이 독특한 아이디어를 가지고 있고 실제로 그게 중요한 연구과제이구나' 하고 관심을 가집니다. 메일을 통해 만나자는 연락이 오고 우리 대학에 와서 발표 좀 해달라고 합니다."

그가 미국 국립 환경건강과학연구소에서 돌아온 뒤 3년이 지나서부터 해외 의학계에서 초청이 오기 시작했다. 코점막의 점소유전자(mucin gene)에 대한 연구를 한다는 정보를 듣고 경비를 제공할 테니 세미나를 해달라고 요청해왔다. 그들이 비즈니스석 왕복 항공편, 호텔 숙식. 강의료 등을 그에게 제공했고 그런 제의는 그를 자신감과 자긍심을 갖게 했고 새로운 의학 연구로 나아가는 동기부여가 되었다.

"정치인은 사회를 변화시킬 수 있는 사람이 하는 것이지, 착한 사람이 하는 게 아니잖아요. 의과대학 교수는 자기 전공 분야에 새로운 지식을 만들어내는 것이 교수의 가장 큰 역할이에요. 우리가 그걸 심각하게 생각하지 않고 있었던 거죠. 과거에는 영어로 된 의학 교재를 번역해서 우리나라 환자한테 적용했거든요. 서양인과 동양인은 유전학적으로도 다르고 환경학적으로도 다릅니다. 또 먹는 음식도 다르고 어떤 외부 자극에 나타나는 면역반응이 다른데 우리나라 의학에 우리 자료가 하나도 없는 거예요. 한국인에 대한 자료를 우리 스스로 못 만들어내고 있었으니까 미국이나 유럽에서 나오는 자료가 우리나라 국민들도 똑같을 것으로 생각하고 그냥 받아들이는 거지요. 70~80퍼센트는 동일하지만 20~30퍼센트는 다르거든요. 그 차이를 밝혀내는 작업을 했지요."

한국인의 코 구조 연구

그는 시체를 직접 해부해서 한국인 코의 해부학적 구조 연구에 뛰어들었다. 그 전까지는 코 분야의 내시경 수술을 비롯한 모든 수술법이 외국에서 개발되었다. 한국인의 머리 크기가 다르고 앞뒤, 좌우 길이가 다르다. 그는 서양인의 해부 구조를 한국인의 해부학석 지표로 쓰기에는 미흡한 부분이 있다고 판단했다.

"우리 자료가 있어야지 우리 자료에 근거한 우리 주장을 할 수 있습니다. 최근에는 아시아 국가에서도 자국민의 인체 구조를 연구하기 시작했습니다. 질병에 대한 새로운 개념을 만드는 것을 서양인과 다를 수 있다는 의미에서 저는 그들과 공동 연구를 하고 있습니다. 의료 선진국과 한국이 질병에 대한 정의가 서로 다를 수 있지요. 예를 들면, 코 용종, 천식 등의 호흡기 질병이 잘 일어나는 체질인 코점막 호산구과다증이 있는데, 지금까지 국제적으로 서로 다른 정의를 사용하고 있습니다. 지금까지는 일방적으로 서양 의학에서 언급된 것을 그대로 받아들여왔는데, 우리가 새롭게 정의를 만들어 보자라고 했지요. 한국에서만 주장하면 국제적으로 인정받기 어려우니 일본, 중국, 대만, 싱가포르 의학자들과 함께 아시아 5개 국가에서 동일한 프로토콜을 이용하여 결과를 분석함으로써, 이제 지금까지

와는 반대로 아시아에서 우리가 이런 것이 "코점막 호산구과다증"이라고 국제 의학계에 새로운 정의를 내려보자며 의기투합을 했지요. 아직은 진행 중입니다."

우리가 서양 의학이 과학적이고 훌륭하기는 하지만, 모든 질병에 대한 의학 지식이 밝혀져 있는 것도 아니고 또 모든 것이 맞는 것도 아니다. 서양 의학 교재 내용을 100% 믿으면 안 되는데 아시아 사람들이 서양 의학을 늦게 시작했기 때문에 그들의 의학 지식을 받아들여 환자 치료에 적용하기 급급했지 의학 연구를 체계적으로 하지 못하거나 거기에 대한 비평을 할 수는 더더욱 없었던 것이 사실이다. 우리 데이터가 아무것도 없으니까, 경험도 없고 남의 말이 옳은지 그른지 판단조차 할 수 없었던 것이다.

"2015년 가을 일본 가와우치 교수, 싱가포르의 왕대윤 교수, 그리고 저와 제자이자 동료인 김창훈 교수 네 명이서 서울에서 모임을 가져 작은 국제 학술대회를 열기로 결정하였지요. 그리고 2016년 10월, 한국 일본 대만 중국 싱가포르 5개국 의학자들이 모여 서울에서 첫 국제심포지엄을 가졌습니다. 이름이 '아시아 비과 연구포럼(Rhinology Research Forum in Asia)'입니다. 2022년에는 7회째가 됩니다. 아시아 국가 공동으로 새로운 질병의 중요한 바이오마커를 발견하는 국제 공동 연구인데 이에 대한 정부 지원 시스템은 아직 없습니다. 각자가 자기 연구비로 환자를 분석하고 실험적 연구를 해서 데이터를 모아 시작하고자 했지요. 아시아 국가들이 공동 참여하여 만드는 바이오마커는 매우 의미 있는 중요한 연구인데 이러한 연구를 지원하는 제도가 아직 없어서 안타까운 마음이 크지요. 앞으로 환자들의 진단과 치료에 실질적인 도움이 되는 이러한 연구에 국가 차원의 시스템이 만들어지기를 바랍니다. 우리나라는 제가 해부를 통해서 서양 의학 교과서에 기록된 내용이 한국인의 해부 구조와 차이가 있다는 것을 많이 발표했죠. 제가 항상 중요하게 생각하는 게 서양 의학과의 차별성과 새로운 개념이거든요. 질병의 차별성, 서양 의학 교과서 내용이 100% 맞는 게 아니라는 시각을 가지고 환자를 보고 또 실험적 연구를 하기 시작한 거예요. 어떤 차이점이 있을까, 이것은 왜 밝혀져 있지 않지?라는 의문점을 가지고 그길 찾아내면 그 근거를 다양한 연구를 통해 증명해야 합니다."

사람에 따라 코의 크기, 모양 및 내부 구조가 다 다르지만 그는 성인 한국인 코의 평균적인 값을 찾았다. 코 위에 눈이 있고 그 위에 뇌가 있다. 우리나라 사람은 평균적으로 코 앞에서부터 접형동(나비동굴) 앞쪽까지 길이가 평균적으로 7㎝이다. 수술기구가 그것 이상 들어가면 뇌 부위를 침범할 가능성이 높다. 코는 좁은 콧구멍으로 들어가서 수술하기 때문에 굉장히 섬세하고 정확해야 하므로 그의 코 해부학은 수술의 안전성을 크게 높였다. 최근에는 수술 네비게이션이 개발되어 시술자가 사용하는 수술기구의 끝이 부비동의 어디 부위에 가 있는지를 모니터를 통해 알 수 있는 세상이 되었다. 그의 수술 방법은 하나의 이정표가 되었다.

코 연구의 현실

화가가 사람을 그릴 때도 먼저 코를 그려 그 형상을 잡는다는 기록이 옛 문헌에 나와 있다. 코는 숨결이 드나드는 통로이다. 입으로도 숨을 쉬지만 입은 음식이 드나드는 통로이고 따라서 입으로 숨을 쉬면 목 안이 빨리 메말라서 건강에 좋지 않다. 인도의 수행자들은 코로 깊이 숨을 들이쉬고 입으로 오래 숨을 내뱉으라고 한다.

코는 예부터 시작을 이른다. 생명체의 시작을 이르는 코는 얼굴 가운데 튀어나온 부분으로 외부의 공기가 인체로 드나드는 입구, 숨길의 첫 통로이다. 코를 연구하는 의학 분야는 이비인후과에 속해져 왔고 최근까지 그리 중요하게 다루지 않았다. 코는 생명을 유지하는 호흡의 출입구인데도 불구하고 홀대받았던 인체 기관이다. 한국에서 처음으로 연세의대에 기도점액연구소가 생기면서 코 분야가 이비인후과에서 비로소 독립되어 연구가 활발하게 진행되어왔다.

의학 연구 논문은 해당 분야에 5만 개 이상이 나와야 그 다음에 환자한테 적용할 단계에 겨우 간다. 이런 과정을 거치면서 인용 횟수가 늘어나고 환자에 적용할 의학 기술이 최종적으로 걸러지고 재검증되면서 안전성에 대한 수많은 검토를 거친다.

"보통 하나의 중요한 사실에 대한 기초과학 논문 숫자가 과거에는 최소한 5만 편 정도 나와야 최소한 신뢰를 획득했습니다. 그 다음에 해당 분야에 대한 연구 논문이 20만 편 정도 나와야 그 동안 축적된 결과를 가지고 약을 만드는 시도가 있게 됩니다. 한 논문을 가지고 바로 환자한테 적용하는 게 아니지요, 어떤 의학자가 A라는 새로운 사실을 밝혀내는 논문을 처음에 냈다면 임팩트팩터(Imfact factor), 즉 그 논문의 영향지수는 점수로 수치화가 되어 있습니다. 그 다음 수년간에 걸쳐 그것을 검증하는 낮은 점수의 수많은 논문이 나옵니다. 그래서 연구 결과에 대한 검증과 확인이 수없이 걸러지고 걸러지지요. 왜냐하면 아무리 새로운 논문이라고 해도 제한된 조건에서 나온 결과이기에 보편성을 가지기까지의 과정이 필요합니다. 그래서 또 다른 조건에서도 이게 적용이 되는가 하는 수많은 논문이 쏟아져 나옵니다. 그래야 제약회사들도 신약을 개발하는 과정에 실패도 줄이고 비용도 줄일 수 있습니다. 신약 후보 물질을 만들고 사람한테 투여할 수 있는 예비 물질까지 만드는 데 최소한 몇 십 억에서 수백 억이 들어가지요. 환자에게 투여할 수 있는 신약 후보 물질을 만드는 데까지를 전임상시험이라고 합니다. 임상시험의 가장 초기인 1단계 임상시험을 phase 1이라고 하는데, phase 1에 진입하려면 환자한테 투여할 수 있는 약의 형태로 만들어야 하니 엄청난 비용이 들지요"

신약 후보 물질이 되기 위해서는 그 물질의 유효성과 독성을 연구하는 데만 엄청난 연구 비용이 들어간다. 신약 후보 물질이 초기 임상시험에서 FDA 승인을 받을 때까지 수백 억이 들어갈 수 있다. 그래서 어떤 논문 한두 편으로 바로 인체 적용을 시도할 수는 없다. 새로운 의학적 사실을 발견한 연구 논문의 수준이 높으면 국제적으로 평판이 높은 의학 잡지에 실린다. 이미 연구가 나와서 새로운 사실은 아니지만 그걸 보완하는 사실이면 조금 낮은 10점대의 평가를 받는다. 임팩트팩터는 해마다 커지는 경향을 보이며 바뀌지만 현재 가장 큰 논문 평점은 약 50점 정도이다. 임팩트팩터는 신문의 구독률, 방송의 시청률과 같다.

"예를 들면 의사 가운데 내과 의사는 그 수가 많습니다. 이비인후과 의사는 그 오 분의 일도 안 됩니다. 내과에서 제일 좋은 잡지의 임팩트팩터는 40~50점이 되지만 이비인후과에서 제일 좋은 잡지는 3~4점밖에 되지 않습니다. 내과 논문은 전공하는 의사와 의학자가 많아 임팩트팩터가 높고, 전공하는 의사가 적은 분야의 논문은 임팩트팩터가 낮지요. 그래서 서로 다른 전공 분야에서 임팩트팩터만으로 논문의 상대적인 질적 수준을 비교 평가할 수는 없습니다."

코 연구로 경제적으로 형편이 좋아지거나 저명한 의학자로 인정받기는 쉽지 않다. 의사들은 진료를 보고 돈을 벌 수 있으니 사회적 대우도 받고 경제적으로 부담이 적지만 실제 연구실에서 연구만 하는 전문 의학자는 급여 등 생활 여건이 별로 좋지 않다. 코를 연구하는 연구 인력이 적으니 영향력도 적고, 국가 연구비 지원을 받을 수 있는 기회도 적다.

"의사들은 돈 벌고 환자 보는 데 바쁘지, 누가 연구실에 박혀서 힘든 연구를 하려고 하겠습니까? 최소한 3년 정도 연구실에서 파묻혀야 논문이 하나 나오는데 과학자 입장에서는 인용지수가 높고 인정받을 수 있는 분야를 하고 싶어 할 수밖에 없습니다. 코만 연구해서는 생활이 안 됩니다. 연구비 따기도 힘들지요."

전 세계적으로 새로운 바이러스에 의한 팬데믹이 다시 올 수 있다. 호흡기 감염병에 대비해 코에 대한 연구가 더 많아져야 하지만 국내 의학계의 연구 조건은 그리 좋지 않다. 기존의 폐 연구 그룹들에 코 전문 연구원이 거의 없으니까 코 분야를 자신의 연구 분야에서 조금 연장해서 할 수 있다며 코 관련 연구비까지 선점해버리기도 한다. 폐와 코는 서로 연결되어 연관성이 있지만 코와 폐는 생물학적 환경이 확연히 다르다. 상호 협업해서 연구할 분야일 뿐이다. 코에서 시작해 폐로 넘어가는 질병은 코의 점막면역 연구가 필수적이고 바이러스의 감염이 시작되는 코점막 상피세포에 대한 연구가 선천면역의 핵심이다.

"코 연구 과학자가 사람의 코점막 혹은 상피세포 샘플을 얻기 위해서는 코 전공 의사의 협조를 얻어야 합니다. 코 분야 연구에 일생을 바치는 연구자들은 거의 없습니다. 국내뿐 아니라 전 세계적인 현상입니다. 코에 대한 체계적인 지원과 연구가 이루어져왔다면 이번 코로나 팬데믹처럼 호흡기 감염병에 대한 연구가 더 잘 이루어져서 피해 규모도 줄일 수 있었을 겁니다. 폐는 바이러스나 세균이 들어가면 바로 심각한 질환을 일으키지만 코는 외부에서 평소에 들어오는 수많은 세균과 바이러스에 노출되어 있어 이에 대한 방어시스템이 있어 완전히 다릅니다."

이번 코로나바이러스는 코가 우리 인체에서 결정적으로 중요하다는 가르침을 주었다. 생명의 시작인 호흡기 통로를 견고하게 하고 의학적 연관성을 밝혀서 바이러스로부터 방어하면 수많은 생명을 구할 수 있다. 그런데 바이러스에 대처하는 전문의 혹은 과학자들의 전공 영역이 코가 아니라 감염내과이거나 폐를 다루기도 하는 의학자들이어서 실질적이고 목적 지향적 연구가 진행되기 어렵다.

코 내부기관의 순우리말 이름들

— 해부학교실 정인혁 교수와의 추억

미국식과 일본식 용어를 거의 우리말로 번역해 쓰는 인체 기관 내부의 명칭은 그 구조를 정확하게 이해하는 데는 한계가 있었다. 그는 『코임상해부학』을 출판할 때, 코의 해부학 명칭을 우리말 용어를 사용하기로 했다. 이 과징에서 인체의 우리말 병칭을 부여하기 위해 애써온 해부학교실의 정인혁 교수와 공동으로 우리말 이름을 짓는 연구에 들어갔다.

지금까지 전혀 사용하지 않았던 용어로 바깥코, 코가쪽벽, 나비굴, 벌집굴, 위턱굴, 나비굴, 코이마뼈관, 갈고리돌기, 코숫구멍, 벌집굴의 뼈판, 위턱동맥, 나비입천장동맥, 앞벌집판, 코눈물관, 위턱뼈 등등. 우리말로 코 내부기관의 이름을 짓는 네이밍 작업은 비(鼻)과 연구뿐 아니라 해부학의 신기원을 이루는 이정표가 되었다. 야생화 이름처럼 코 속의 내부기관들 이름이 친근하게 다가왔다. 한국인의 코를 우리말 의학 용어로 처음 부르기 시작하면서 비로소 의학 분야에서 국적 없는 '코'는 한국인의 '코'가 되었다.

이름을 짓는 작업은 코에 대한 새로운 연구가 출발하는 이정표이며 코 연구에 새로운 의미를 부여하는 결정적 출발점이다. 우리말로 코의 내부기관 이름을 불러준 것은 한국인의 코 연구의 출발점이 되었다.

이름이 있어야 의미가 있고 존재 자체도 증명이 된다. 서양 해부학에 익숙했던 지금까지의 흐름에서 본다면 코에 순우리말 이름을 붙이기 시작한 것도 혁명적 사고. 코페르니쿠스적 대전회와 같다. 그 이전까지는 서양인의 코 내부기관의 이름으로 존재했고, 모든 수술 기록도 서양 해부학의 이름으로 정리되어왔다.

『코임상해부학』은 순우리말 해부학 용어로 출판된 된 첫 책이다. 2001년 2월에 나왔다. 코의 기관에 우리말의 이름을 붙여줌으로써 코 연구의 새로운 기원을 이루었다.

"정인혁 교수가 그러셨어요. '우리나라 의학 용어가 전부 다 일본 용어를 번역한 거다. 일본 색채가 너무 진하다. 그래서 우리나라 말로 쉽게 만들자'고. 그러면서 '윤 선생이 약속을 하나 해줘야 해. 이 해부를 통해 책을 출판할 때는 순우리말로 된 의학용어를 사용해주어야 한다'고 하셨어요. 저는 당연히 그 약속을 지켰습니다. 비로소 우리 인체 구조가 순우리말 용어를 가짐으로써 우리 자신을 학문적으로 확인한 거죠. 처음에는 그 용어가 낯서니까 옆에다가 영어를 병기했습니다."

정인혁 교수는 인체의 기관 명칭을 가능한 한 순우리말 의학 용어로 바꾸려고 했다. 그 과정에서 의학 용어를 우리말로 번역할 수 없는 경우도 많았다. 순우리말로 하다보니까 용어가 길어지면 한자어와 함께 써서 어떤 용어를 써도 의미가 통하게끔 했다. 지금은 의학협회에 나오는 용어사전에는 정인혁 교수가 만든 순우리말 용어와 기존의 용어 두 가지가 동시에 기록되어 있다. 그 작업은 우리의 인식구조와 의학의 지식을 전환하는 기초를 놓은 작업이었다. 이름이 달라지면 사고도 인식도 달라진다. 인식이 바뀌면 의학 기술도 바뀌고 새로운 진료 방법과 새로운 신약 물질도 나오게 된다.

새롭고 안전한 부비동염 수술법

그가 코에 새로운 이름을 붙이면서 지금까지 분명하지 않았던 코의 해부학적 구조가 드러났다 그는 국제 학술지에 부비동염(축농증)의 새로운 수술 방법을 제시하는 논문 세 편을 발표했다.

"의과대 학생들은 외국 의학 교과서를 가지고 공부하고 실습합니다. 그런데 서양인의 두상과 한국인 두상은 다릅니다. 한국인의 뇌하수체를 예로 들면 코 입구서부터 그곳까지의 각도가 서양인과 어떻게 다르고, 거리가 얼마나 떨어져 있는지 정확하게 파악하면 수술의 오차를 줄일 수 있습니다. 100구 이상 해부해서 분석하면 평균적으로 한국인의 코 구조와 길이는 서양인과 확연히 차이가 난다는 것을 알게 됩니다. 제 연구 이전에는 내시경 수술에 필요한 한국인의 코에 대한 체계적인 실측 자료가 없었어요. 축농증 수술도 미국 교과서를 보고 공부하니 외국의 수술 방법을 그대로 따라 할 수밖에 없지요. 그런데 수술을 자꾸 하다보니 기존 교과서의 내용으로는 궁금한 점이 해결이 되지 않는 문제점이 있었지요. 기존 교과서에 없는 부분을 해결하려면 한국인의 코 해부 구조를 정확히 파악해서 평균값을 찾아야 합니다. 그리고 그 평균값이 서양인의 계측과 어떻게 다른지와 해부학적 구조의 차이를 알아야 기존과 다른 새로운 수술 방법을 제시할 수 있습니다. 예를 들면 서양인은 얼굴의 앞뒤가 길어서 코 입구에서 축농증이 있는 부분까지는 8센티미터를 들어가야 하지만 한국인은 7센티미터만 들어가면 됩니다. 서양 교과서를 믿고 8센티미터를 계속 들어가게 되면 결국 수술기구가 뇌 안으로 들어가 뇌 손상을 주게 됩니다. 수술할 때 코 입구서부터 중요 구조물까지의 거리가 7센티미터라는 것을 알게 되면 항상 7센티미터 이상 들어가면 안 된다는 사실을 명심하게 되니 수술의 합병증을 크게 줄일 수 있습니다."

그는 서양인들의 두상과 한국인들의 두상의 차이점을 설명하고 수술을 정교하게 하기 위해서는 기준점에서 각종 주요 부위까지의 길이와 각도의 평균치를 계산해냈다. 과거와 달리 내시경 수술법이 보편화되어서 정교한 실측 자료가 필요했다. 축농증 수술은 흔히 시행하는 수술이지만 시신경을 건드리거나 코 안쪽 눈동자를 움직이는 안근육을 잘못 건드려 물체를 두 개로 보이게 하기도 한다.

코를 해부해 실측 자료를 구하기 위해서는 시체가 누워 있는 상태에서는 여러 각도에서 계측할 수 없어서 머리를 잘라 세워두고 해야 한다. 여러 각도로 돌려보아야 입체적인 구조를 파악할 수 있기 때문이다. 무수한 해부학적 자료를 정리해서 그는 한국인에 맞는 새로운 코 수술 방법을 위해 앞서 말한, 그의 이름으로 된 두 가지 종류의 윤스포셉(Yoon's through cutting forceps, Olympus)을 만들게 되었던 것이다.

"축농증 수술에는 뼈를 잘라내는 기구가 필요합니다. 보통 흔히 말하는 축농증이 부비동염입니다. 부비동은 그 안이 동굴처럼 되어 있어요. 얇은 뼈들이 벌집처럼 되어 있는 부비동도 있습니다. 그 위치가 뇌 바로 아래 얇은 뼈로 둘러싸여 있거든요. 이 뼈를 그냥 잡아당기거나 비틀면 주변의 뼈 전체가 같이 부러져 합병증을 일으킬 수 있습니다. 그래서 벌집을 이루는 뼈를 끊어서 제거할 수 있는 절단 겸자로 그 안의 병변을 제거해야 합니다. 벌집 안에 점액 혹은 농이 차 있으니까요. 하나하나 열어서 고름을 제거해야 완전히 치료할 수 있고 재발이 없게 됩니다."

새로운 개념을 제시하면 수술 방법도 새로워진다. 그리고 그 개념을 실천하는데 필요한 수술기구도 필요하다. 기존의 개념에 근거한 수술기구로는 새로운 개념의 수술을 하기가 어렵다.

이비인후과 전문의들이 가장 어려워했던 부비동 수술은 이마 안쪽에 텅 비어 있는 전두동 수술이다. 이 수술은 콧구멍을 통해서 들어가 이마 안 동굴을 여는 것이다. 여기에 염증이 생기면 두통과 압박감이 발생한다. 얼굴 안에는 네 개의 동굴이 있고 그것은 소리의 울림. 습도 조절 등의 역할을 한다. 그는 기존의 수술 방법과는 다른 새로운 해부학적 지표를 이용하여, 안전하고 정확한 수술 방법을 코 해부 연구를 통해 찾아냈다. 모든 분야에서 새로운 이론은 복잡하지 않고 간결하며 분명한 것이 바람직하다. 복잡한 내용일수록 사실에서 멀어지기 쉽다.

코의 비밀

— PCR 검사로 밝혀낸 코 점소유전자

"공기 중에 세균도 있고 바이러스도 있고 곰팡이도 있고 알레르기 원인 물질 꽃가루도 있고 중금속도 있습니다. 이런 것들이 코로 들어옵니다. 코에는 흡입하는 공기의 온도와 습도를 조절하는 기능 외에 여과 기능이 있어요. 필터 기능이지요. 흡입하는 공기가 그대로 폐로 넘어가는 게 아니고 코점막에 달라붙어 여과되어 일부는 코딱지가 되고 일부는 우리가 삼켜서 위로 들어가면 위산 때문에 다 죽어버리게 되죠. 코는 이물질을 없애려는 물질들을 스스로 만들어내서 분비합니다. 예를 들어서 세균을 죽일 수 있는 물질도, 바이러스 번식을 억제하는 물질도 분비합니다. 쉽게 말씀드리면 코는 숨도 쉬지만, 인체 방어의 최전선에서 보초 역할을 합니다."

코는 호흡기에서 군대로 치면 휴전선 최전방과 같다. 코로 세균, 바이러스, 및 곰팡이 등 이물질이 들어왔을 때 우리의 코는 '아! 적군이 침입하였구나'라고 알아채고 면역시스템을 작동시킨다.

"코점막을 현미경으로 보면 섬모가 막 물결치듯이 움직이는 것이 보입니다. 외부에서 해로운 놈들이 들어왔구나 하면 우리 몸의 면역력을 가동합니다. 즉 이물질을 격파하는 군대를 파견하는 거지요."

하기도 호흡기관인 폐에 세균이나 바이러스가 침투하면 바로 염증이 일어난다. 상기도 호흡기관인 코에 바이러스나 세균이 들어왔을 때는 코는 어떻게 반응할까? 지금까지 상기도 기관인 코에 대한 연구와 관심은 별로 높지 않았다. 호흡기기관이라고 하면 다들 폐를 먼저 떠올리지만 몸의 최전선 방어막을 구축하는 기관은 코인데도.

콧물의 점도나 색깔은 코의 건강 상태를 파악하는 중요한 지표이다. 보통 가래라고 말하는 점액은 섬모운동에 의해 코에서 목 뒤로 넘어간다. 가래는 순우리말이고 점액은 의학 용어로 쓰인다. 콧물도 점액에 포함된다. 그는 미국에서 공부하고 돌아온 뒤 점액이 목 뒤로 넘어가서 불편해하는 후비루 환자들이 많아서 점액 연구를 시작했다. 코에서 나오는 점액 양이 적을수록 목이 건조해진다. 점액이 목 뒤로 넘어가 윤활유 역할을 하는데, 양이 적어지고 점도가 높아지면 목이 건조할 수밖에 없다.

"코의 점액(粘液, mucus)에는 점소(粘素)유전자(mucin gene)라는 핵심 물질이 있어요. 해외에서 점액을 만드는 점소유전자가 1980년대 말부터 밝혀지기 시작했습니다. 정상적인 콧물과 질병에 걸렸을 때 나오는 콧물에는 특정 점소유전자의 양이 달라집니다. 병이 생기면 경우에 따라서는 코를 풀어도 나오지 않을 만큼 점액이 끈적끈적해지기도 하거든요. 그렇다면 도대체 어떤 점소유전자가 그러한 병적인 상태를 유발하는가 하는 질문이 생기지요."

점액에는 20가지 정도의 점소유전자가 있다. 그는 국내에서 처음으로 환자의 콧물을 분석해서 핵심 점소유전자를 찾아내어 그 점소유전자가 신호 전달 체계에 의해 어떻게 조절되는지를 연구했다. 그는 이런 연구 과정을 통해서 병적 점소유전자를 효과적으로 억제할 수 있는 억제제를 찾아나가면서 코의 신비, 코의 비밀을 밝히는 길로 나아갔다.

코점막 정상상피세포의 체계적 계대배양법 구축

― 미국 도축장에서 소 뇌하수체를 구입하다

그는 코 점액 연구를 체계적으로 하기 위해 점액을 분비하는 코점막 상피세포를 배양하는 방법을 구축하기 시작했다. 코의 상피세포 배양기술은 체계적으로 연구되지 않았을 때였다. 1997년 미국 NIH에서 귀국 후 코 정상상피세포 계대배양법을 고안해내고, 2000년 그는 코점막의 상피세포를 계대배양시키는 방법을 최초로 국제 학술지에 발표했다. 그것은 상피세포를 증식시켜 얼려두고 실험할 때마다 바로 사용할 수 있는 방법에 대한 배양법 논문(Yoon JH, Kim KS, Kim SS, Lee JG, Park IY. Secretory differentiation of serially―passaged normal human nasal epithelial cells: Mucin and lysozyme expression. Ann Otol Rhinol Laryngol 2000;109:594―601.)이다.

"제가 한국 의사로서는 처음으로 미국 국립 환경건강과학연구소에서 계대배양방법을 배웠습니다. 즉 세포를 세대를 거쳐 증식시키는 거죠. 충분한 상피세포를 만들어놓고 질소 탱크에 보관하여 필요할 때마다 꺼내서 연구를 안정적이고 지속적으로 가능하게 했지요."

그는 폴 교수의 연구실에 2년간 일하면서 상피세포를 이용한 분자생물학적 연구에 흠뻑 빠져들었다. 그것은 코점막 상피세포 배양법을 연구하는 계기가 되었다. 한국으로 돌아와서는 상피세포 배양액의 핵심 재료인 소의 뇌하수체를 직접 구하기 위해 백방으로 노력했다.

"세포 배양액이 500㎖ 한 병이 발렌타인 30년산 750㎖과 가격이 같았습니다. 양으로 따지면 세포 배양액이 더 비쌌지요. 배양액을 만들기 위해서는 소의 싱싱한 뇌하수체가 필요해요. 근데 그게 너무 비싼 거예요. 그래서 당시 마장동 도축장에서 그걸 구할 수 있는지 알아보기도 했습니다. 한국에서는 소의 뇌하수체만 딱 끄집어낼 때 세균 오염이 안 되어야 하는데 여기 도축장에서 그런 개념이 없어 지속적으로 오염 없이 구입하는 것은 불가능했습니다."

그는 연구 경비를 줄이기 위해 미국에서 직접 소 뇌하수체를 대량 구입하는 방법을 찾았다. 미국 도축장에서 채취한 것을 대량 구입하면 기존 가격의 5분의 1 가격으로 구입할 수 있었다. 소 뇌하수체 하나의 크기는 큰 땅콩 한 개 정도였다. 미국에서는 소의 뇌하수체만 따로 모아 판다. 그는 구입할 수 있을 만큼 최대한 구입해서 비행기로 가져와 믹서기에 집어넣고 갈아서 세균을 걸러내고는 500㎖씩 튜브에 나눠서 영하 80도의 냉동실에 얼려 보관한다.

"소 뇌하수체에는 중요한 영양분이 너무 많아요. 세포가 자라는 데 필요한 각종 호르몬을 가지고 있는 거예요. 그 전까지는 사람의 기관지 정상 상피세포가 배양이 안 됐는데 폴 네테샤임 박사가 배양액에 그걸 쓰기 시작하면서 기관지 정상상피세포 배양에 성공했습니다. 저는 소 뇌하수체를 이용해 최초로 코 정상상피세포의 계대배양에 성공했지요. 1998년이었습니다. 비로소 코를 체계적으로 연구할 수 있는 환경을 갖춰놓은 거죠."

지금은 국내에서 소 뇌하수체 추출물 수입회사가 생겼다. 요즘 상피세포 배양액 500㎖에 100만 원 정도 한다. 미국이나 유럽과 달리 국내에서는 상피세포를 연구하는 과학자가 많지 않아 수요는 그리 많지 않다.

코 기관의 새로운 이름

— 공동코선반뼈판, 벌집깔대기위판

그는 2001년 논문에서 의학 교과서에도 없는 코 내부기관 2개의 새로운 해부학 용어를 만들고 정의를 내렸다. 그것은 공동코선반뼈판(갑개판, conchal plate)과 벌집깔대기위판(상누두판, suprainfunddibular plate)이다. 이 기관은 그동안 이름이 없었으므로 의학계에서 관심도 없었고 코 수술에서도 배려받지 못한 내부기관이었다.

공동코선반뼈판은 코점막에서 후각신경이 분포하는 곳으로 수술 시 이곳을 손상하면 후각장애가 나타날 수 있기 때문에 축농증 수술에서 조심해야 하는 부분이다. 벌집깔대기위판은 코 누두(infundibulum) 위쪽에서 두개골 바닥까지 연결되어 있는 판이다. 벌집깔대기위판을 해부학적으로 이해하면 전두동(앞이마굴) 수술을 할 때 안전하고 정확하게 수술할 수 있다. 그래서 이 새로운 이름은 국제비과학회에서도 많이 쓰이고 있다.

그들은 한국의 의사 하나가 코 내부기관에 지금까지 없던 이름을 부여하고 새로운 수술 방법을 제시하는 논문을 발표하니 관심을 가지기 시작했다. 두 개의 새로운 이름을 가진 기관은 무엇보다 축농증 수술을 성공적으로 할 수 있게 했다.

"지금까지 서양 의사들은 두 기관을 중요한 구조물이라 생각을 안한 거지요. 이름이 없으니 설명도 없습니다. 이 이름을 지을 때 해부학교실의 정인혁 선생님과 상의를 많이 했어요. 이름을 짓는 데 도움을 많이 받았습니다. 그분의 이름을 소리내니 갑자기 선생님이 그리워집니다."

주로 축농증 수술의 경우 두개저를 뚫고 들어가서 뇌척수액이 콧구멍으로 새어나오는 합병증이 종종 있었다. 뇌척수액이 콧구멍으로 새어나온다. 그의 첫 영어 논문이 뇌척수액비루를 수술하는 방법에 대한 것이다. 주로 개원의들이 환자를 그에게 보내왔다. 그는 구멍난 부위에 환자의 코점막을 떼어서 갖다붙인다.

뇌척수액이 새면 굉장히 위험하다. 뇌에 구멍이 뚫렸으니 코에 있는 세균이 위로 올라갈 수도 있다. 그러면 뇌막염, 경기, 고열 증상이 나타난다. 그 수술 방법이 국제 학술지에 첫 논문을 내는 계기가 되었다.

냄새의 추억

— 공동코선반뼈판(갑개판)의 중요성

투구 같은 모양의 공동코선반뼈판은 하비갑개, 중비갑개, 상비갑개가 위쪽에서 합쳐져 한 덩어리로 두개저로 연결되어 있어서 그동안 이름을 가지지 못했다. 그러나 이 속에는 후각신경이 점막으로 뿌리를 내리고 길게 누워 있는데 냄새 입자가 달라붙으면 바로 무슨 냄새인지 알게 한다.

"수술할 때 이 부위가 손상받으면 냄새를 잃어버리게 됩니다. 이 작은 기관이 손상받아 후각장애가 발생하면 삶의 질을 형편없이 만들어버릴 수 있습니다. 그동안 해부학에서 이름이 없었기 때문에 수술할 때 이 구조물을 손상주는 경우가 적지 않았습니다. 우리가 보통 음식을 씹고 삼킬 때 발생하는 냄새 입자가 목 뒤로 해서 코로 들어가 후각신경을 자극합니다. 음식을 삼키면서 냄새를 느끼지요. 혀는 단맛, 신맛, 쓴맛, 짠맛, 감칠맛의 기본적인 맛을 느끼고 그 다섯 개에다가 후각신경이 느끼는 음식의 풍미, 즉 향을 합친 것이 보통 우리가 맛이라고 느끼는 것입니다. 우리가 맛이라고 느끼는 것은 사람의 오감인 후각, 미각, 촉각, 시각, 청각 모두가 작동하여 느끼는 것인데, 이 중 후각이 가장 중요한 역할을 하고 있습니다."

후각장애가 일어나게 되면 음식을 먹어도 음식 맛이 무미건조해진다. 즉, 음식의 풍미가 없어진다. 사람들의 기억의 절반은 음식, 냄새와 관련이 있다고 해도 지나친 말은 아니다. 시골집 굴뚝에서 피어나는 연기 냄새를 맡으며 어린 날 고향을 떠올리고 군고구마 냄새에 형제끼리 걸었던 겨울 밤길을 떠올린다. 음식의 풍미가 사라지면 삶의 풍미도 사라진다. 그러니 갑개판은 더없이 중요하다. 후각신경과 후각세포가 들어 있기 때문이다. 전문 의학 용어이기는 하지만 우리가 어쩌면 꼭 알아야 할 내용이다.

기억과 냄새는 시간의 한 모습이기도 하고 이런 냄새를 되찾는 일은 한 사람의 생애를 풍성하게 한다. 더구나 코로나바이러스 후유증으로 후각을 상실하는 이들이 많아 냄새가 얼마나 중요한지를 우리에게 새삼스럽게 가르쳐주었다.

"코로나바이러스뿐만 아니라 냄새를 잃어버리게 하는 바이러스 가운데는 흔한 감기바이러스도 있습니다. 바이러스가 몸에 감염이 되면 후각신경을 먼저 침범합니다. 아직 기전이 확실하게 밝혀지지 않았지만, 후각신경은 뇌에서 뇌기저부의 작은 구멍을 통해 콩나물 시루처럼 코 안의 후각점막으로 내려오는데, 바이러스가 후각신경을 침범해 후각신경이 붓게 되면 후각신경이 마비가 오는 것으로 설명하기도 합니다."

최근 코로나바이러스가 후각장애를 일으킨다고 알고 있지만 사실은 리노바이러스, 인플루엔자바이러스 등 코로 감염되는 모든 감기바이러스는 후각장애를 일으킬 수 있다. 후각장애의 원인 중 약 50%가 바이러스 감염으로 인해 발생하고 있다. 뉴스에서 코로나바이러스를 붉은 색, 혹은 파란 색 등의 색을 입혀 보여주고 있지만, 사실은 바이러스를 찍을 수 있는 전자 현미경에서는 모두 흑백으로 나온다. 이해하기 좋게 색깔을 입힌다. 바이러스가 가지고 있는 고유의 색이 있을 수 있지만 뭔지는 아직 모른다.

국가에 호흡기 감염병 연구소가 있어야 하는 이유

호흡기는 코를 의미하는 상기도와 폐를 의미하는 하기도로 나누어져 있지만, 코를 연구하는 과학자 수가 아주 적어 상기도는 제대로 연구가 되지 않았다. 주로 하기도의 연구 결과로 상기도도 같을 것이라는 전제 아래 설명을 해왔던 것이다. 그의 발생기전의 차이를 밝히는 연구로 같은 호흡기 질병이라 할지라도 질병의 발생기전이 서로 다를 수 있어 향후 환자를 위해서나 의학 발전을 위해서도 상기도에 대한 집중적인 연구의 필요성이 절실해졌다. 그동안 보통 호흡기연구소하면 주로 폐를 연구하던 과학자들에 의해 호흡기 질병에 대한 연구가 이루어져 왔고 또 많은 연구를 발표해왔다.

"호흡기는 코에서부터 폐까지를 말합니다. 목의 성대를 기준으로 해서 상기도와 하기도로 나누어져 있는데 앞으로는 상기도를 집중 연구하는 의과학자가 더 많아지면 좋겠습니다. 그리고 두 기관의 특성이 다르고 또 의학자와 과학자의 역할이 다르기에 임상 샘플과 연구 정보를 공유하고 상기도와 하기도 연구자들의 질병 연구에 대한 상호협조를 높여 우리나라에서 환자에게 실질적인 도움이 되는 의학 정보를 많이 만들어 질병의 새로운 개념과 진단 및 치료 방법을 선도하는 나라가 되기를 바라지요."

앞으로도 전 세계에 또 다른 바이러스나 세균에 의한 팬데믹 상황이 일어날 수 있다. 그 외에도 사실 우리나라 같이 분단되어 휴전 상태에서는 전시를 대비하여 군인의 보건, 위생이나 전상병의 진료와 방역을 연구하는 군진의학이 강화될 필요성이 있다. 무엇보다 집단생활을 해야 하는 군대에서는 호흡기 감염병이 전투력을 크게 약화시킬 수 있어 이에 대한 대비를 확실히 세워야 한다. 제1차 세계대전 때 스페인독감으로 군인들의 피해가 가장 컸다. 전염력이 높은 호흡기 감염병에 대비하는 국가 차원의 연구소가 있어야 하지만, 아직은 이러한 중요성에 대한 인식이 부족하고, 우리나라에는 바이러스에 대한 전문 연구 인력도 부족하다.

"국가 차원의 호흡기 감염병 연구소는 아직 없습니다. 팬데믹으로 수많은 이들이 목숨을 잃고 고통을 받았는데도 말이지요. 이게 지나가고 나면 또 그뿐이겠지요."

현재의 일상생활에 없어서는 안 되는 GPS의 논리적 기원은 데카르트가 시작했다. 철학적 사색의 결과가 오늘에는 모든 생활에 없어서 안 되는 기술로 나타난 것이다. 그가 구성해낸 한국인의 코 해부, 코에 대한 새로운 기관 발견과 이름을 부여하는 연구 과정은 코의 좌표를 새롭게 만든 것과 같다.

호흡기 감염병을 전문적으로 연구하는 국가 차원의 연구소는 전 세계를 뒤덮었던 코로나바이러스의 위협이 또 다른 변이로 나타나 인류를 위협하고, 점점 심해지는 미세먼지 속에서 일상생활을 위험하게 만드는 오늘의 현실에 더없이 필요한 기관이다. 이번 팬데믹 사태를 보더라도 군을 포함한 국가 차원의 호흡기 감염병 연구소가 만들어져 미래에 대비해야 할 때가 왔음을 알려준다.

그가 젊었을 때는 암 수술을 굉장히 적극적으로 하는 스타일의 의사였다. 판단 기준은 재발 없이 환자를 살리는 것이었다. 그는 처음에는 의사로서 환자의 병을 완전히 없애 더 살게 해주는 것이 중요하다고 생각했지만 경험이 깊어갈수록 환자가 오래 사는 것보다 살아 있는 동안 얼마나 인간으로서 삶의 질을 유지하면서 사느냐에 우선 순위를 두었다. 그래서 그는 환자의 신체 기능을 살려 수술 후에도 삶의 질을 최대한 유지할 수 있는 수술 방법을 선호했다. 대부분의 의사가 판단했을 때, 환자를 살리기 위해 어쩔 수 없이 수술 후 외모의 이상을 초래할 수밖에 없는 경우를 제외하고는 코와 구강의 생리적 기능과 원래의 외모를 살리는 방향으로 수술을 해왔다.

"우리가 호흡을 할 때 꼭 코를 통해서 공기가 폐로 들어가도록 해야 합니다. 흡입한 공기가 코에서 여과되고 온도와 습도가 조절이 되어 폐로 들어가야 하니까요. 오랜 기간 입으로 숨을 쉬면 폐가 다 망가져요. 여과되지 않은 공기가 그대로 폐로 직접 들어가기 때문에 코 안에는 세균이나 바이러스가 살아도 코에 지장을 주지 않지만 폐는 청정지역인데 균이나 바이러스가 들어오면 민감하고 가끔 치명적입니다. 코 안에 비갑개가 두꺼워져 숨쉬기가 답답한 경우가 흔히 있습니다. 과거에는 이것을 단순히 다 제거하기도 했습니다. 그러면 환자들은 수술 직후에는 숨쉬기가 너무 편하다고 그러죠. 그런데 장기간 추적 조사를 하면 나중에는 목 뒤가 건조해 너무 불편하다고 그래요. 차고 건조한 공기가 온도와 습도 조절이 안 된 채 코로 바로 들어와 목 뒤를 건조시키기 때문에 환자들이 힘들어하지요. 코에서 생리적으로 분비되는 점액이 건조해져서 점도가 높아지기에 항상 목 뒤에 뭔가 달라붙어 있는 듯한 느낌을 가지는 겁니다. 그래서 수술은 수술 직후의 편안함도 중요하지만, 세월의 흐름과 사람의 노화에 따른 코의 기능이 지속적으로 유지되게 해야 합니다."

그에게는 환자에 대한 기억이 많다. 잘 치료해서 환자와 가족이 제일 감사했다는 기억보다는 결혼을 앞둔 한 20대 환자를 떠올리면 가슴이 저린다.

"결혼을 6~7개월 남겨둔 상태였어요. 그런데 눈물샘에 암이 생겨 눈과 상악동을 동시에 침범하고 있는 상태였어요. 2000년이었는데 한쪽 눈과 상악동을 동시에 제거할 수밖에 없는 수술이었습니다. 다행히 재발이 안 되어 지금까지 정기적으로 진료를 받고 있습니다. 수술 후 의안이 가능하면 해드리려고 했는데 아직 국내에서는 상악동암 수술 후 의안을 제대로 해주는 전문가가 없었습니다. 그 후 우연히 네덜란드에서 열린 상악동암 심포지엄에 참석했다가 의안을 전문적으로 해주는 전문팀이 있는 것을 보고 깜짝 놀랐습니다. 눈만 없으면 의안을 할 수 있는데 암 수술을 하면 안구의 지지대인 광대뼈를 제거합니다. 그래서 상악동암 수술 후에는 눈이 중력에 의해 아래로 푹 꺼지게 되지요. 수술 후에 안구의 지지대를 안 만드는 이유는 혹시 암이 재발하는 경우 쉽게 암을 발견할 수 있는 장점이 있어서지요. 상악동 절제술 후에는 내시경을 코 안으로 넣어보면 안구의 아래 부위가 훤히 보여서 암의 재발 유무를 조기에 알 수 있습니다. 그 분은 꽃만 전문적으로 그리는 화가로서 독신으로 살고 있지요, 저는 그런 생각이 들었어요. 아, 그때 눈까지 살려둘 수 있었으면 하는 아쉬움이 드는 거죠. 환자는 처음에는 너무 감사해하지만 자기 삶에 대한 회한이 있지요. 수술 후에는 항상 안대를 하고 다녔어요. 꽃은 그 분에게는 영원의 눈동자이지요."

암은 주위의 뼈를 녹여서, 암 수술로 눈과 광대뼈를 동시에 제거하는 경우에 감쪽같이 의안을 만드는 전문기술이 국내에는 없다. 〈미션임파서블〉 같은 영화에서 보듯 네덜란드에서는 미용 재건술이라고 해서 미용적으로 마치 눈이 있는 것처럼 전혀 표시나지 않도록 만든다. 문제는 아쉽게도 우리나라에는 그런 전문가가 육성되어 있지 않다. 외국에서 눈을 미용 재건해주는 기술을 배워 오더라도 눈의 미용 재건이 필요한 경우가 너무 드물어 국내에서 고용 기회도 거의 주어지지 않는다. 그는 현지 연수를 보내 배워오는 것이 필요하다고 제자들에게 제안했지만 현재의 여건상 아직 적극적인 지원자가 나서지 않았다. 이 특수 미용 재건술은 한 사람으로 되는 게 아니라 여러 명으로 구성된 전문 작업팀이 있어야 가능한 일이다. 눈의 미용 재건술을 필요로 하는 사람이 수년에 몇 명에 불과해 수요도 적으니 전문가를 육성하기 어렵다는 문제점이 있다.

"최근 엄청난 약값이 드는 항암 치료제가 의료보험이 되어 많은 환자가 혜택을 받고 있듯이, 이러한 특수한 경우에도 의안을 만들어 주어 일상에서의 삶의 질을 회복할 수 있게 건강보험관리공단에서 지원을 해주어야 합니다. 한 사람에게 지원해야 하는 금액은 매우 크지만, 이런 지원을 필요로 하는 환자가 매우 적어서 공단 입장에서 많은 비용이 들지는 않지요. 모든 질병 분야에서 환자의 치료 지원으로 끝나는 것이 아닌, 치료 후 환자들이 사회로 복귀하는 데 필요한 부분까지 건강보험공단이 세심하게 지원해주는 날이 오기를 학수고대하고 있습니다."

우리가 특수 미용 재건술에 관심을 가지고 전문가를 육성하고 투자를 하면, 그러한 기술로 환자의 삶의 질이 높아지고 또 이차, 삼차의 긍정적인 파생 효과를 가져오지 않을까 싶다.

환자에게 마음이 전해질 때

그는 어느 날 아침, 보호자로 자식 둘을 데리고 온 초로의 여인에게 코에 악성 흑색종이 생겼다는 검사 결과를 전했다. 갑자기 진료실 안은 침묵과 당혹감으로 가득 차올랐다.

"평소에 죽음에 대해 생각해보지 않고 사는 사람들은 더 당황해하지요. 저는 천천히 말씀드렸습니다. 지금 62세이신데 이런 병에 걸린 것은 안타까운 일이지요. 하지만 이전에 주위에서 혹은 방송에서 보셨겠지만, 암으로 이른 나이에도 참 많은 사람이 세상을 떠나가지요. 다른 분들보다 조금 일찍 큰 병이 찾아왔지만, 그래도 우선 지금까지 건강하게 사신 것도 감사한 일이라고 말씀드리지요. 사람이 살다가 생명에 영향을 주는 큰 병에 걸리면, 본인의 면역력을 잘 유지하는 것이 매우 중요합니다. 환자분이 심리적으로 힘들다는 것은 충분히 이해합니다. 보통 암에 걸리면, 환자들은 부정, 분노, 우울, 수용, 타협 등의 심리적 단계를 겪게 됩니다. 심리적으로 힘든 단계를 피해갈 수는 없지만, 가능하면 심리적으로 우울하고 힘든 시기를 빨리 벗어나야 암세포에 대한 면역력이 떨어지지 않는다고 말합니다. 그래야 치료에 대한 반응도 좋아집니다. 또 요즈음은 새로운 항암 약물이 많이 개발되고 있어서 암 치료에 긍정적인 마음으로 희망을 가지고 임하면 좋겠습니다. 가족들은 옆에서 말로 위로를 줄 수 있을 뿐 환자분의 상황을 누구도 대신해줄 수는 없기에 본인 스스로가 최대한 긍정적인 마음으로 치료에 임하셔야 합니다. 우리나라 사람은 삼 분의 일이 암으로 죽어요. 치명적인 질병인 뇌졸중, 심장질환, 암에 걸리지 않아 좋다고 오래 살다보면 나중에는 치매가 기다리고 있습니다. 모든 사람은 다 죽게 되지요. 그 누구에게나 병에 걸려 죽는 과정은 어렵고 고통의 지난한 시간입니다. 환자분이 지나치게 불안해하거나 걱정하는 것은 암 치료에 도움이 되지 않습니다. 오히려 면역력을 떨어뜨려 암 치료의 효과를 반감시킵니다. 치료는 의사에게 맡기고 환자분은 스스로 병에 대해 조금은 담대하셔야 합니다. '앞으로 환자분과 가족들은 질병과 치료에 대해 궁금한 것이 있으면 언제라도 제 진료실로 오십시오'라고 차근차근 말씀드립니다."

그가 설명을 하는 동안 자식들은 훌쩍거렸지만 오히려 환자는 놀라움을 주저앉히고 편안한 얼굴로 돌아갔다. 의사의 진심이 환자에게 전해지면 치료 과정도 순탄하게 진행되고 결과도 좋아진다. 위턱동굴(상악동)에 암이 생겨 온 환자도 있었다. 위턱동굴은 위로는 눈이 있고 아래로는 치아가 있다. 암세포는 주위 뼈를 녹인다. 위쪽으로는 눈을 직접 침범하기도 하고 아래 구강쪽으로는 입천장을 침범하기도 한다. 암세포는 프로티네이즈(proteinase), 즉 단백질 분해효소를 엄청 분비하기 때문에 주위의 뼈를 녹이면서 주위 조직으로 퍼져나간다.

"환자와 가족들은 당장 입원해서 수술받기를 바라지만 의사들은 암이 확진되면 주위 조직으로 얼마나 퍼져 있는지 그리고 다른 장기로 전이된 게 없는지 알아보기 위한 검사도 해야 하고 또 전신 마취에 문제가 없는 건강 상태인지 확인하는 여러 검사에 들어가거든요. 수술 후에 방사선 치료가 필요하면 미리 치과 진료도 받아야 하고. 모든 것이 확인이 되고 수술 준비가 다 되었을 때, 가능한 빠른 시간에 수술 날짜를 정합니다. 그러다보니 이미 암이 아닌 일반적인 병으로 그 날짜에 수술 예약을 잡아놓았던 분들에게 암 환자 수술 때문에 수술을 조금 연기하고자 한다고 말씀드리면 대부분의 다른 환자분들은 양해를 해주십니다. 이러한 과정을 잘 모르기에 바로 며칠 내에 수술하는 것으로 알고 대부분 수술 날짜부터 묻고 빨리 수술해달라고 합니다. 암 수술에 필요한 준비가 모두 끝나야 수술 날짜를 잡을 수가 있는데 마음이 급한 것이지요. 환자의 입장에서는 충분히 그럴 수 있다고 이해가 가기에 자세한 설명을 통해 이해를 시킵니다. 그러면 비로소 고개를 끄덕이며 이해를 해주시지요. 마음이 안타깝고 급하시겠지만."

다른 병원에서 반전성 유두종으로 수술을 세 번 한 끝에 다시 재발됐다며 찾아온 환자가 진단 검사 결과 암으로 판명이 된 경우도 있다. 환자와 가족들은 이전에 수술받았던 병원을 원망하며 함께 온 부인과 함께 눈물을 뚝뚝 흘렸다. 본인의 질병에 대해 오해를 하고 있는 것이었다. 반전성 유두종은 처음부터 암이 생기는 것이 아니고 세월이 흐르면서 반전성 유두종의 약 10~15%가 암으로 이행되는 질병이다. 그 병원에서 수술받을 당시에는 암세포가 없었다가 최근에 암세포가 발생한 것이라는 자세한 설명을 통해 질병에 대해 이해를 시키고 암이 발생하였더라도 현재 수술로 완쾌될 수 있다고 이야기하면 환자들의 만족도와 의사에 대한 신뢰도가 훨씬 높아진다.

후각, 맛, 그리고 치매

자연에서 나오는 피톤치드에는 새벽 냄새가 난다. 황톳길에 쏟아지는 비 냄새는 고향으로 돌아가고 싶게 하고, 커피 향 냄새는 젊은 날의 싱싱한 시절을 떠올리게 한다. 냄새를 맡지 못하면 기억의 많은 부분을 상실하고 만다.

"후각을 잃으면 음식 맛도 무미건조해집니다. 왜 이렇게 밥맛이 없지 하는 노인들은 후각을 잃어버린 경우가 많지요. 나이가 들어서 어떤 음식을 먹어도 맛이 비슷하게 느껴집니다. 뇌과학자들은 뇌가 제일 중요하다고 그래요. 그런데 뇌는 스스로는 아무것도 못해요. 뇌는 컴퓨터에 비유하면 하드드라이브와 같지요. 컴퓨터의 소프트웨어에 해당하는 것은 인간의 오감 즉 촉각, 청각, 후각, 시각, 미각인데 이 오감을 뇌에 저장하는 것이지요. 인간의 뇌는 오감을 통해 들어오는 각종 정보를 저장하고 종합적으로 판단하는 기능을 하고 있습니다. 오감에 장애가 생겨 정보를 뇌에 제대로 저장을 못하면 뇌도 기능을 제대로 못하지요. 사람이 일생을 살면서 느끼는 오감이 뇌만큼이나 중요합니다. 사람들이 일상생활에서 맛이라고 말하는 것은 음식을 삼킬 때 느끼는 후각, 혀로 느끼는 미각, 음식의 재질에 의한 촉각, 음식을 씹을 때 나는 청각, 음식을 보고 느끼는 시각 즉 오감이 모두 작용하여 느끼는 것인데 그 중 맛에는 후각이 가장 중요합니다.

코 후각점막에서 오는 정보를 일차적으로 종합하는 뇌의 후신경구(olfactory bulb)는 뇌의 앞쪽 아래 부위에, 정면에서 보면 두 눈썹 사이에 있다. 그는 치매가 오기 10년 전에 베타 아밀로이드 단백질이 후신경구에 먼저 쌓여 후각장애가 먼저 나타난다고 한다. 후각장애가 온 노인들은 냄새를 잘 못 맡는다는 것을 스스로 인지하지 못하면 보통 입맛이 없어 음식을 먹기 힘들다고 표현을 한다. 나이가 60세 이상 되면 정기적으로 후각 검사를 통해 후각기능이 정상인지를 점검할 필요가 있다. 치매가 나타나기 10년 전에 보통 후각장애가 먼저 나타나기에 매년 5월 어버이날에 부모의 후각 검사를 해보는 것도 '내 부모님이 치매가 오는 것이 아닌가 알아보는 하나의 방법'이 될 수 있다.

"지금은 어머니도 노인성 난청과 치매가 어느 정도 와 있어요. 항상 밝고 활발하셨던 어머니가 점점 늙어가는 모습을 보는 것이 가슴 아프지요. 눈을 보면서 대화하면 정상인 것처럼 자식들은 느끼지요. 서로 눈을 마주치며 대화하기에 내 부모님이 이미 인지기능이 손상되어 있다는 것을 자식들은 잘 생각하지 못합니다. 여러 번 당부 말씀드렸던 것도 잊어버리고 또 최근 기억은 다 잊어버려 현실적 판단을 못하는 어머니를 보면서 자식들은 왜 이렇게 여러 번 말씀드렸는데도 자신의 이야기를 듣지 않느냐고 짜증을 내기도 하지요. 옛 어른들은 그것을 부모님과의 정을 떼는 과정이라고도 이야기합니다. 부모님이 노화로 뇌세포가 많이 망가져 제대로 판단을 못하는 상태에서도 심해지기 전까지는 자식들은 보통 제대로 알아채지 못하지요."

도대체 이 치매는 어디서 오는 것일까.

마음은 본디 손상된 바가 없는데 치매가 오면 많은 언어와 기억들, 이름들, 풍경과 의미까지 침묵의 어둠 속으로 데려가버린다. 그러나 한순간 기억이 돌아오기도 한다. 아주 짧은 순간. 환등기처럼. 삶의 종착역으로 가는 길에 들러야 하는 치매역에서 남녀노소, 부귀영화를 가리지 않고 모든 열차 승객들을 평등하게 맞이한다.

치매의 깊고 깊은 얼굴

그는 어머니의 이야기를 담담하게 전했다. 나이가 들면 치아가 안 좋아지고 딱딱한 것을 잘 못 씹으시고 소화력이 떨어져 저절로 식사량이 줄어 체중이 빠져 여위게 된다. 자주 가서 냉장고에 어머니가 좋아하는 음식을 채워두고 온다. 그는 어머니에게 몸에 열이 나거나 통증이 생기면 이 약을 하루에 몇 번 드시라고 여러 번 말씀드려도 조금 지나 다시 물어보면 그의 당부는 어머니의 기억에 없다.

"자식 입장에서는 누구나 짜증이 날 수 있지요. 여러 번 이야기했는데 계속 잊어버리니까요. 눈이 오면 길이 미끄러우니 절대 밖으로 나가지 마시라고 합니다. 눈길에 미끄러지면 뼈가 쉽게 부러지거든요. 어머니는 눈 구경을 좋아해서 무조건 밖으로 나가십니다. 약도 봉투마다 다 이름을 써두고 언제 먹어야 하는지도 적어두지만 그게 무슨 약인지 다 잊어버리시지요. 그러면 처음에는 약을 잘 복용하고 계시는 줄 압니다. 그러나 나중에 가서 보면 그 약이 그대로 있는 거예요. 인지장애가 있는 부모님의 입장을 이해하지 못하고 자식의 기억 속에 늘 정상인이었던 부모님이라고 생각하고 대화를 하니 오해가 생기기도 합니다. 이미 뇌세포가 많이 손상이 되어 일상생활을 하기 힘든 정도의 인지장애 과정으로 나아가고 있는데, 그 상태를 오히려 자식들이 인지하지 못하고 있는 거지요. 저도 처음에는 어머니의 인지 능력이 떨어져 있다는 자체를 인지하지 못하고 있었어요. 그렇게 인정하고 싶지 않아서일 수도 있겠지만. 서로 눈을 마주 보면서 대화하고 약속도 하지만 최근 기억을 저장하는 뇌 기능이 많이 떨어져가고 있으니 바로 잊어버리게 되고 또 어머니는 현실적인 판단을 할 수가 없는 거예요. 그걸 가족들은 자신들의 입장에서가 아닌 부모님 입장에서 이해를 해줘야 합니다. 자식들에게 어머니에 대한 기억은 어릴 때부터 늘 자신을 돌봐주는 모습으로 존재하고 있으니까 더 안타깝지요. 그래도 자식들은 노화가 다가와 뇌기능이 떨어진 어머니에게 정상인처럼, 어릴 때의 어머니 모습처럼 계시기만을 원합니다."

휴대전화기의 문자로 자주 실종 신고가 들어오는 이들도 거의 노인들이다. 자식들은 부모가 갑자기 그렇게 집을 나가 돌아오지 않는 게 이해가 되지 않는다. 어려서 자신을 돌봐주기만 했던 부모가 자신의 속을 썩이리라고는 아무도 믿지 않는다. 그러나 그 모습은 머지않아 자식의 먼 미래 모습이기도 하다.

그러나 자식들은 물론 정상적인 사람들은 똥오줌을 가리지 못하고 전혀 낯설고 엉뚱한 말을 하는 치매의 얼굴을 이해할 수가 없다. 치매가 오면 기저귀를 찬 채 냄새나는 몸으로 밖으로 나간다. 이웃들은 오히려 집 밖을 못 나오게 하거나 왜 시설에 수용하지 않느냐고 비난하기도 한다. 요양원이나 요양병원에서의 치매노인의 삶은 더 애절하다.

"아주 짧게나마 맑은 정신이 드는 한순간, 치매노인들은 누구나 수용된 낯선 현실을 처음에는 받아들기가 어렵지요. 평생을 가족을 위해 헌신하고 살았는데 병들었다고 버림받았다는 느낌이 들지요."

2004년에 개봉된 영화 〈노트북〉은 노아와 엘리의 사랑 이야기이다. 이 영화는 장인어른의 사랑 이야기를 들은 니콜라스 스팍스가 쓴 소설을 원작으로 해서 만든 영화이다. 요양원에서 치매에 걸린 엘리를 위해 노아는 그들이 함께 했던 젊은 날을 기록한 공책(노트북)을 읽어준다. 상실된 기억을 찾아나가는 데 도움을 주기 위해서다. 이 영화는 동서양을 막론하고 관객들의 가슴을 울렸다. 그러나 현실은 영화보다 더 멀고 힘들다. 치매가 길어질수록 가족들의 고뇌도 깊어져간다.

"장인어른에게도 안타깝게도 치매가 찾아왔지요. 젊은 날의 기억은 일부 남아 있지만, 최근 기억은 거의 사라지고, 하루 종일 장인어른의 핸드폰으로 친구들의 전화도 한 통이 없다고 외로워하셨습니다. 친구들이 다들 세상을 떠났으니까요. 아내와 캐나다에서 살던 처제가 돌아와 돌봐드립니다."

치매는 수행의 정도도 가리지 않는다. 지식의 유무도 가리지 않는다. 재산의 유무도 가리지 않는다. 소리 없이 어느 날 문득 찾아오는 것처럼 여겨지지만 이미 인지 능력이 조금씩 떨어지면서 모르게 다가와 마치 친구처럼 어깨동무를 하고 인생을 잡고 놓지 않는다.

우리는 생애의 마지막 길에 들어서는 노화 과정의 정점에 있는 치매를 품어 안아야 한다. 치매에 걸린 그들만의 세계를 보호하고 평화로운 길의 목적지에 이르도록 배려하는 사회적, 인간적 책무가 우리에게 있다. 이를 위한 의학적 노력에 더 많은 정부 예산을 투입해서 치매역에 내리지 않도록 사전 예방과 관리에 힘을 쏟아야 한다. 이와 함께 불가피하게 찾아오는 치매노인들을 수용 일변도의 복지시스템에 묶어둘 게 아니라 인간의 존엄성을 유지해줄 수 있도록 하는 길을 찾아야 한다.

"그 길은 어디에 있는지, 우리는 어떻게 해야 하는지 정부와 의학계가 나서서 치매를 사전 인지하고 예방하는 시스템부터 시작해서 존엄한 이별을 할 수 있는 새로운 복지시스템을 찾아나서야 합니다."

평균수명이 길어질수록 신은 왜, 삶의 종착역에 이르는 순간을 평화롭게 허용하지 않는 것일까.

병원용·가정용 후각 검사 키트를 개발하다

바이러스 감염뿐 아니라 교통사고에 의한 머리 충격으로 후각을 잃어버린 사람들도 점점 늘어난다. 그동안 후각장애의 정도를 진단하는 후각 검사 키트는 외국에서 수입해 사용해왔기에, 한국 사람들이 알기 어려운 향이 섞여 있었다. 향은 어릴 때 맡아 그 기억이 뇌에 저장이 되어 있지 않으면 무슨 향인지 알 수가 없는데, 외국 사람들에게 익숙한 향으로 한국인들을 검사해온 것이다. 그는 한국인이 쉽게 인지할 수 있는 향으로 구성된 한국형 후각 검사 키트 개발의 필요성을 느꼈다. 2년간 후배 교수들과 함께 각고의 노력으로 한국형 후각 검사 키트를 개발하였고 현재 많은 대학병원과 의원에서 사용 중이다.

"의대 학장 임기를 끝내고 교실로 돌아온 후 이제부터는 후각 연구에 집중할 필요가 있다고 이야기하며 후배들에게 한국형 후각 검사 키트를 개발하겠다고 선언했습니다. 국내 향료회사 키맥스와 협업하여 생산했어요. 나라마다 문화가 달라서 그 나라에서 국민들이 평소 잘 인지할 수 있는 향이 필요했어요. 외국 후각 검사 키트를 수입하면 키트에 들어 있는 향이 한국인이 맡아서 잘 인지하기 어려운 향이 섞여 있었거든요. 또 한국에서 우리가 직접 만들어 오히려 해외로 판로를 개척해야겠다라고 생각했지요. 그리고 조향사와 상의해서 한국인의 대부분이 인지하는 향 12개를 선택했고, 그 중 4가지는 숯불고기 향, 한약 향, 누룽지 향, 홍삼 향으로 우리나라 사람만이 맡아서 알 수 있는 향이고 8개 향은 국제적으로 모든 나라 국민들이 인지 가능한 향으로 구성된, 병원용 후각 검사 키트를 개발했습니다."

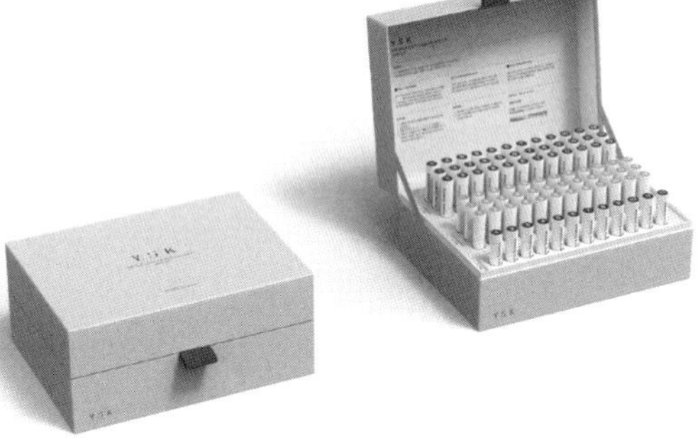

그는 병원용 후각 검사 키트를 개발하기 전에 미각 검사 키트를 먼저 개발했다. 미각 검사 키트는 다섯 종류의 맛으로 구성되어 있고 후각과 미각 검사 키트 모두 특허를 출원했다. 그 다음 그는 고가의 병원용 제품보다 개인이 쉽게 약국에서 저렴하게 구매하여 집에서 부모님 후각 검사를 할 수 있는 가정용 후각 검사 키트를 만들고 있다. 부모님의 후각 검사를 하여 정상 후각, 후각 저하 혹은 후각 소실을 판단할 수 있도록 하고, 후각기능이 떨어져 있으면 병원에서 정밀 후각 검사를 받을 수 있도록 조기에 도움을 줄 수 있다.

일 년에 한번씩 어버이날에 후각 검사해보라고 부모에게 선물하거나 직접 사서 부모의 검사를 도와드릴 수 있도록 1회용으로 만든다. 가정용 후각 검사 키트는 8개의 향으로 구성되어 있고 비교적 저렴한 가격으로 부모의 후각기능을 테스트하는 진단 키트이다.

향은 단백질이다.

모든 단백질은 특수한 구조를 갖고 있다. 알츠하이머나 치매가 오는 환자들에게 어떤 구조를 가진 향에 대한 인지기능이 먼저 떨어지는지 아직 아무도 모른다. 향을 맡는 수치의 평균값이 떨어진다고 알고 있지만, 동시에 모든 냄새에 대해 같은 정도로 후각장애가 일어나는 것은 아니다. 어떤 향에 대한 냄새는 먼저 없어질 수 있고 어떤 향에 대한 냄새는 마지막까지 남아 있을 수 있다. 그는 연구를 통해 어떤 구조를 가진 향이 어느 시기에 후각장애가 나타나는지를 알기 위해, 서로 다른 구조를 가진 12가지의 향으로 후각 검사를 하고 그 데이터를 축적하고 있다.

"처음에는 가정용 후각 검사 키트를 먼저 만들어 각 가정에 먼저 제공하려고 했는데 그것보다는 대학병원에서 먼저 사용해서 제품의 신뢰와 정확도를 높이고 난 후 가정용 검사 키트를 만드는 것으로 방향을 바꾸었습니다. 이제 정년이 다가오고 조금씩 정리할 때가 막상 오니까 저의 연구를 통해 후각장애가 온 사람들의 고통을 들어주고 치매가 올 가능성을 미리 예측 가능한 한국형 후각 검사 키트를 완성하여 제공하는 것이 제가 할 수 있는 실질적인 작은 기여이며 흔적이라는 마음이 듭니다. 아주 작고 작은 보람이 되기를 기대하고 있습니다.

후각 진단 키트를 개발하는 그의 심사 속, 속에는 아버지와 어머니, 장인어른의 깊은 고뇌가 함께 들어 있다. 그는 나이가 들어서인지 출근하는 차 안에서 아버지, 어머니 하고 속으로 소리내어 불러본다.

제7장

새로운 의학을 위한 열정

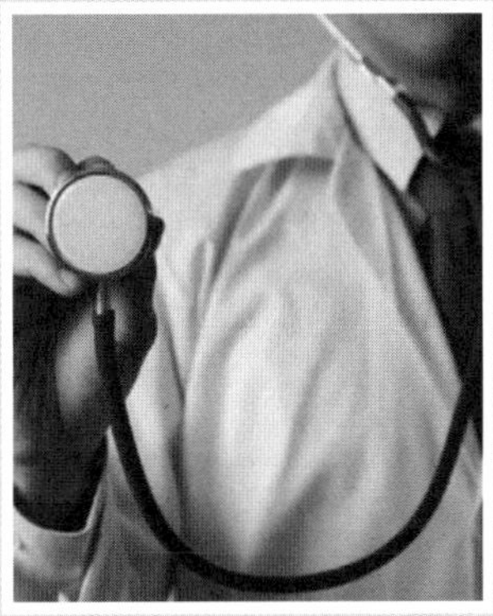

후각 연구와 선천면역 연구의 중요성
생물학 연구의 새로운 제안, 중개연구의 활성화
국가 연구 시스템의 구조 조정
교육시스템의 혁신
바이오 연구 인력의 양성과 축적
연구실 창밖을 보며

후각 연구와 선천면역 연구의 중요성

코로나 광풍이 세상을 휩쓸면서 냄새를 못 맡는 사람이 더 많아졌다. 사람에 존재하는 12개 뇌신경 중에서 외부 환경에 직접 노출된 것은 후각신경밖에 없다. 다른 뇌신경은 몸 내부에 모두 숨겨져 있다. 후각신경은 뇌로부터 나와 콩나물시루에 들어 있는 콩나물 뿌리처럼 코 안의 후각점막에 분포하고 있다. 후각신경은 흡입하는 공기에 있는 냄새 입자를 인지하기 위해 공기에 노출되어 있다. 일반적으로 뇌 중추에서 기인한 후각장애는 치료가 불가능하고, 말초에서 기인한 후각장애는 치료가 가능하다. 따라서 후각장애를 유발한 부위가 중추인지 말초인지를 아는 것은 매우 중요하다. 그러나 후각장애가 중추 즉 뇌의 손상에서 발생하는 것인지 혹은 말초 즉 코 안의 후각점막에서 발생한 것인지를 구별할 수 있는 검사 방법은 아직 없다.

그는 후각장애를 유발한 부위가 중추인지 말초인지를 구별할 수 있는 검사법 개발하기 위해 KIST와 협업으로 쥐의 후각 검사기와 쥐에 적용 가능한 뇌 전극을 개발하였고, 쥐에 특정 냄새를 맡게 한 후 뇌의 특정 부위에서 뇌파의 변화를 조사하여 국제 잡지에 논문을 내기도 했다.

"우리가 어떤 냄새를 맡으면 냄새 입자가 숨을 쉴 때 코 안으로 들어와 후각점막에 달라붙는 거예요. 그러면 그 자극이 후각신경을 통해 뇌로 전달이 될 때 사람들은 아! 이것이 무슨 냄새구나라고 알게 되는 것이지요. 보통 후각장애의 원인 중 50%는 감기바이러스가 후각신경에 침투해서 나타납니다. 약 20%는 머리에 충격을 받아서, 나머지 30%는 원인불명이지요.

우리의 기억 대부분은 냄새와 연관이 되어 있다. 냄새를 못 맡게 되면 음식의 맛을 모르게 되지만 일상생활에서 문제가 되는 중요한 두 가지가 있다. 첫째는 음식이 타거나 화재가 발생했을 때 정상인은 타는 냄새로 금방 알게 되지만, 후각 소실 환자는 연기 혹은 화염을 보기 전에는 타는 냄새를 못 맡아 위험에 빠질 수 있다. 둘째는 보통 여름에 상한 음식은 입으로 먹기 전에 냄새로 미리 알 수 있지만 후각 소실이 있는 이들은 바로 구분하지 못해 배탈이 나기도 한다.

그래서 후각이 사라지면 그리움도 사라질 것만 같다. 빛나는 기억도.

"치매 같은 질병에서도 후각장애가 나타나지만, 감기바이러스에 의해서 후각장애가 일어납니다. 보통 독감에 심하게 걸려서 후각이 마비되면 정상으로 회복되는 사람은 셋 가운데 하나 정도입니다. 다른 한 사람은 약간 좋아지는 정도로 회복이 되고 나머지 한 사람은 전혀 회복이 되지 않습니다. 치매 환자에게 환자가 10살 이전에 살던 곳의 환경을 고려한 향을 선택해서 그 향을 자주 맡게 함으로써 환자의 기억을 되돌리는 데 도움을 주려는 시도도 있습니다. 치매 환자는 옛날 기억은 모두 기억을 잘하는데 최근 기억은 뇌에 저장을 못해서 다 잊어버리거든요."

결국은 베타 아밀로이드란 물질이 뇌 조직에 얼마나 침착되느냐에 따라서 치매가 온다고 알려져 있다. 아밀로이드는 후각신경에 가장 빨리, 쉽게 침착이 일어난다. 그처럼 모든 호흡기 질병에 먼저 노출되는 데가 코이고, 코를 통해서 폐로 간다. 적은 양의 바이러스가 코로 들어오면 인체 면역력이 작동하여 방어를 하기도 하지만, 많은 바이러스가 한꺼번에 들어오면 인체 방어력을 무너뜨려 질병을 일으키게 되고, 몸으로 들어온 바이러스가 너무 많이 증식이 되면 혈액으로 들어가 모든 장기에 침범한다. 호흡기 질병의 출발점은 보통 코에서 시작하기에 지금까지 우리가 스스로 인체에서 홀내했던 코의 기능에 대한 연구를 활발하게 하면, 호흡기 질병으로 고생하는 많은 환자의 고통을 덜어주지 않을까 싶다.

"인체 선천면역의 핵심은 상피세포입니다. 코 상피세포의 능력을 강화하면 세균, 바이러스, 항원에 의한 호흡기 질병의 예방과 치료에 도움을 줄 수 있습니다. 그러나 그런 연구가 많이 되어 있지 않아요, 과거에는 코는 기능보다는 성형 차원의 관심이 훨씬 컸지요. 전 세계적으로 코 연구가 많이 안 된 이유가 있습니다. 코 상피세포를 연구하는 전문가가 적어요. 대부분 임상 의사들은 관심이 없지요. 연구를 하는 PhD 선생님들은 코 정상상피세포를 연구하려면 임상의사가 계속 제공해줘야 그 연구를 지속적으로 할 수 있습니다. 그런데 그 과정에 갈등이 일어나기 쉽습니다. 예를 들어서 협업할 때 처음부터 서로의 역할과 목적을 명확히 해서 잘 진행해야 하는데, 우리 문화가 협업에 익숙하지 않아 미리 역할과 목적을 명확히 하지 않은 채 시작하는 경우가 많고 또 나중에 논문의 저자 문제로 갈등이 생겨 협업이 지속적으로 잘 되는 경우는 오히려 드물지요."

미국의 연구 협업 문화는 처음부터 목적과 역할을 분명히 하기 때문에 서로 큰 갈등 없이 전문가 사이의 협업 약속은 상호 신뢰 아래 그대로 진행된다. 보통 아무도 약속을 깨려고 하지 않는다. 갈등을 유발하고 약속을 일방적으로 깨면 평판이 나빠져 더 이상 그 분야에서 협업하려고 하는 전문가가 없어 학자로서 살아남을 수 없다는 불문율이 있다.

"한국 의학계에서 코 연구 분야는 선진국에서 선도하고 있지 못하는 틈새 지역이고, 사각 지역이며, 동시에 블루오션이면서 우리가 선도할 수 있는 연구 영역입니다. 미국이나 유럽에서도 코를 전문으로 하는 의사 수가 적고, 그 의사들 중 실질적으로 코를 주로 연구하는 의학자는 더 적기 때문입니다. 상대적으로 선진국 의학자들과 학문적으로 경쟁할 만하다는 것이지요. 코점막에서 흡입하는 공기와 처음 접촉하는 세포가 상피세포이어서 코의 실험 연구를 체계적으로 하려면 코 정상상피세포 배양이 중요한데 PhD 선생님들은 코점막 상피세포를 구하기가 어려워 코 연구에 집중을 못하지요. 대부분 폐를 연구하고 있지요. 왜냐하면 폐는 당장 목숨하고 관계되고 연구비 규모도 코보다는 훨씬 큽니다. 코는 대부분 목숨과 관계없어 연구비 규모도 떨어지니 연구자들이 몰리지 않는 것이지요. 또 폐 연구 관련 잡지는 임팩트팩터가 코보다 높습니다. 연구 논문을 냈을 때도 임팩트팩터가 높아야지만 훌륭한 연구자로 인정받아 정부 연구비를 따기 쉬우니 호흡기 연구를 하는 연구자들은 대부분 폐 분야로 몰리고 있지요. 그러니 역으로 코를 전공하는 젊은 의학자들에게는 세계적 수준에 도전할 수 있는 최고의 기회이기도 합니다."

미국 의학계의 경우 의사과학자들이 연구를 주도하지만 그런 의사들이 그리 많지 않다. 코 정상상피세포는 배양하기도 어렵고 비용도 많이 든다. 정상상피세포를 가지고 연구를 해야 외부 유해 물질에 코점막이 어떻게 반응하는지 알 수 있는데, 정상상피세포는 구하기도 어렵고 배양하기도 어려우니 대부분 상품화된 상피세포를 사용하고 있다. 연구에 대부분 사용하는 상품화된 상피세포는 코에 생긴 암세포이거나 유전자 조작을 해서 죽지 않고 계속 증식이 가능하게 만들어둔 상피세포이다. 이러한 상피세포를 가지고 연구함으로써 정상상피세포의 반응을 유추하고자 하는 것이다. 사람의 정상 상피세포는 코점막을 배양하는 기술을 가진 의사만이 구할 수 있다.

"상품화된 코 상피세포는 계속 증식을 시킬 수 있어 연구에 사용하기 편안하지요. 그런데 그 상피세포들은 유전자 조작을 한 것들이어서 원래 유전자의 20~25%가 변형되어 있어요. 상피세포의 유전자가 변형되어 있으니 정상상피세포와 같은 실험 반응이 나올 수가 없습니다. 정상상피세포는 수명이 있어 그렇게 계속 증식시킬 수가 없어요. 최대한 두 달 정도는 유지할 수 있는데 그 이상은 배양할 수 없고 대량으로 증식시킬 수도 없어 체계적인 연구에 사용하기 어려운 점이 있습니다."

코를 통해 침입하는 바이러스에 대한 정확한 연구를 위해서는, 바이러스가 상피세포에 침범해서 증식하기에 사람의 정상상피세포를 채취해 지속적으로 제공 가능한 비과 임상 교수의 도움을 청하거나 혹은 협업 연구를 진행하는 것이 가장 바람직하다.

생물학 연구의 새로운 제안, 중개연구의 활성화

1990년대 후반부터 우리나라에 바이오벤처들이 많이 생겨나기 시작했다. 생물학, 분자생물학, 생물정보학 등을 전공한 PhD 교수들이 바이오벤처기업을 출범시켰다. 미국에서 인체 질병에 관한 연구는 의학자가 주도하고 있지만, 국내에서는 의학자들이 생명과학 분야 교수들보다 뒤늦게 연구에 뛰어들었다. 과거에는 국내에서 바이오 연구를 주도하는 인력은 대부분 생명과학 전공자였는데 요즈음 점차 의학자들의 참여도가 높아지고 있는 실정이다.

미국 의학계에서는 바이오 연구가 실제로 환자 진단과 치료에 도움이 안 된다면 의미가 없다는 자각이 일어나 1990년대 초반부터 트랜스레이셔널 리서치, 즉 중개연구라는 개념이 등장했다. 기초학문과 환자의 진단, 치료에 필요한 의학이 각각 별도로 진행되고 과학자와 의학자 사이에 협업이 되지 않아, 그동안 투자되었던 연구비에 비해 실질적인 성과가 너무 미흡하다는 평가에 따른 것이었다. 그는 기초학문과 의학을 직접 연결하여 연구비의 효율성을 높이자는 연구가 중개연구라고 설명한다. 즉 연구를 과거의 바름업(Buttom up) 방식에서 톱다운(Tom down) 방식으로 대전환하는 것이다.

"생명과학 분야 박사들은 질병에 대해서 임상 경험이 없으니 어떤 질병에서 현재 무엇을 해결해야 하는지에 대한 지식이 부족하고, 임상 의사들은 어떤 질병에서 해결되지 않고 있는 시급한 문제점은 알고 있지만 어떤 분석 방법과 어떻게 접근해야 답을 찾을 수 있는지를 잘 모릅니다. 중개연구는 기초학자와 의학자의 협업을 통해 투자의 효율성을 극대화하고 환자들에게 실질적인 도움을 주는 지식을 얻고자 하는 시스템이지요."

최근 바이오업계에서는 의학자들과 생명과학자 사이에 학문적 경쟁이 치열하다. 동일한 주제에서 의학자와 생명과학자 사이에 선의의 경쟁이 가속화되고 있다. 선의의 경쟁은 학문의 질을 높이는 긍정적 효과가 있지만, 때에 따라서는 서로 학문적 주도권과 논문의 저자 문제로 갈등을 일으키기도 한다. 전문 분야가 다른 전문가끼리 불필요한 갈등을 일으키기보다는 신뢰와 협업을 통해 시너지 효과를 내는 쪽으로 유도해야 한다. 그리고 이러한 갈등은 누가 먼저 아이디어를 냈고 누가 연구비를 주로 부담하는가, 또 기여도에 따라 자연스럽게 교신저자 혹은 공저자로 결정이 날 수 있다.

우리나라의 현실은 다른 분야도 비슷하겠지만 연구 협업이 쉽지 않다. 협업이 잘 되려면 서로 자신의 전문 분야에서 최고 수준의 전문가가 되어야 한다. 그러지 못한 상태에서의 협업은 어쩌면 일방적으로 상대방에게 도움을 요청하는 상황이 되기도 한다. 상대방에 대한 신뢰가 충분하지 않은 상태에서 협업을 하다보면 중간에 오해가 생기고 결국 연구 과정 중에 갈등으로 번져 협업이 깨지는 경우도 가끔 보게 된다.

"우리나라는 미국이나 유럽에 비해 의학자와 과학자의 총 숫자가 적고 또 총 연구비 규모도 크지 않은 환경을 고려해야 합니다. 우리나라가 바이오산업을 세계적으로 선도하게 하려면 우리나라 연구자가 잘하는 분야에서 분명한 연구 목적을 정하고 그것을 해결하기 위한 연구비를 집중 지원하는 탑다운 방식으로 접근해야 하는 거지요. 미국은 연구 환경이 워낙 좋아 세계의 훌륭한 인재들이 모여들어 전문 연구 인력이 많고 연구비 규모도 엄청난 규모로 주요 의제를 선점하고 있습니다. 이미 선진국에서 새로운 아이디어를 내서 선점하고 있는 분야를 뒤늦게 따라가서는 우리나라가 바이오 분야에서 선도 국가로 나설 수 있는 기회는 없지요. 개인의 창의적 연구에 대한 대폭 지원을 늘려야 하고 개인의 연구 성과가 실패했을 경우 페널티를 주는 제도로는 개인의 창의적 연구를 독려할 수도 없습니다."

실패를 용인하는 시스템으로 변화해서 젊은 학자들이 자신의 아이디어를 마음껏 연구해볼 수 있는 연구 문화와 분위기가 만들어져야 한다. 연구의 목적에 따라 국가에서 필요한 목적 연구는 탑다운으로, 개인의 창의적인 연구를 바틈업으로 지원을 해야 한다. 그는 "그래야만 바이오산업에서 세계적으로 선도하는 분야가 나올 수 있다"고 강조한다.

국가 연구 시스템의 구조 조정

미국의 국립보건원(NIH)은 전 세계가 나아가야 할 미래의 연구 방향성을 제시한다. 현재 코로나바이러스 팬데믹시대에 미국 국립알레르기감염병연구소(NIAID, National Institute of Allergy and Infectious Diseases)의 엔서니 파우치 소장은 38년째 소장을 계속 맡고 있다.

우리나라 정부 출연 연구소 소장 임기가 보통 3년인 것을 고려하면 상상도 못하는 기간이다. 팬데믹에 대한 길잡이 역할을 하고 전 세계 감염병 연구에 방향성을 제시하며 학문을 선도하고 있다. 오래된 역사를 가진 이 연구소는 좋은 연구 과제를 선정해 비용을 지원하고 특허 등의 연구 성과는 연구자와 미국 국립보건원이 공유한다.

이에 비해 우리나라의 연구 지원은 부처 별로 다소 산만하게 나누어져 있다. 우리나라도 머지않은 미래에 바이오 강국이 되어 미국 국립보건원같이 연구자와 특허를 공유하고 세계를 선도하는 연구소가 많이 만들어지는 시스템을 만들기 위해서는 어떻게 해야 할까?

“우리는 연구 인력과 연구 환경 측면에서 아직 갈 길이 멉니다. 국가 연구비가 최근 들어 크게 증가했다고는 하지만 미국에 비해서는 규모가 훨씬 작고 특정 분야에 전문 연구자 수도 절대적으로 부족합니다. 세계적인 수준과 경쟁하기에는 많이 부족하지요. 그렇지만 우리나라에도 국립보건원이 있습니다. 그 기관이 미국 국립보건원의 역할을 하는 게 바람직한데 우리의 국립보건원은 여러 이유가 있겠지만 역할을 제대로 못하고 있지요. 국가 연구의 지휘 체계가 조직적이지 못하지요. 우리나라의 수많은 정부 출연 연구소를 재조직하고 전체 바이오산업이 국제적으로 경쟁력 있게 제대로 발전할 수 있도록 방향성을 제시하고 조직화하는 것이 필요합니다. 그런데 지금은 정부 부처 이기주의와 지역 이기주의 등 다양한 이해관계에 맞물려 효율적인 구조 개혁이 되지 않고 있습니다. 지금 우리나라 정부 출연 연구소들이 대덕연구단지를 비롯해 엄청 많습니다. 국가 연구비의 효율성을 높이고자 구조 조정을 하려고 해도 기존 인력의 재배치, 지역 국회의원의 이해와 충돌되어 구조 개혁이 전혀 되지 않고 있습니다. 문제점은 서로 모두 알고 있지만, 이해 충돌로 현실에서는 구조 조정이 잘되지 않는 것이지요. 우리나라가 수십 년간 반도체산업을 먹거리로 삼아 발전해왔는데, 미래에 새로운 먹거리로 가장 우수한 인재들이 모이고 있는 바이오산업을 기대한다면 더 늦기 전에 국가 연구시스템의 지휘 체계와 더불어 구조 조정이 되어 효율성이 극대화되어야 하지요."

그는 삼성바이오나 셀트리온 같은 바이오회사가 그나마 성공한 이유를 오너에 의한 톱다운 방식으로 갔기 때문에 가능했다고 해석한다. 엄청나게 많은 경비와 실패 가능성이 있는 신약 개발을 한다는 장기적 목적을 정해놓고, 회사를 운영하기 위해서 당장 생산할 수 있는 복제약의 위탁 생산으로 회사의 운영, 유지비를 마련하는 현실적인 방식이다. 특히 한국의 임상시험 수준은 매우 뛰어나고 외국에서도 그 실력을 인정한다. 그러나 환자를 대상으로 하는 임상시험에 들어가기 전 단계인 전임상시험에서 약의 효용성과 안전성 검사 분야는 국내 기반이 충분치 않아 아직 국제적으로 신뢰성이 부족하다.

"우리나라 벤처회사의 규모는 사실 영세합니다. 약을 개발하려면 사람한테 테스트하기 전에 테스트할 수 있는 물질을 먼저 만들어야 합니다. 그 물질을 만드는 단계에서 독성과 유효성 검사를 해야 합니다. 유효성과 독성 검사를 해주는 회사들이 지금은 많은 발전을 했지만, 아직 국내에서 시행한 유효성과 독성 검사는 해외에서 잘 인정을 해주지 않아 대부분 외국 연구기관에 전임상시험을 의뢰합니다. 전임상시험 수준을 국제적으로 신뢰받는 수준으로 끌어올려야 합니다. 전임상시험을 지원하는 두 가지 모델이 있는데 독일은 국가가 지원하는 막스플랑크 연구소에서 직접 전임상시험을 맡아서 해주고 미국은 4~5곳의 사립 연구기관을 정해 전임상시험을 해주는 시스템입니다. 두 시스템 중에서 우리나라에는 독일의 시스템이 더 효율적이라고 생각합니다. 독일은 신약 후보 물질을 만들 때부터 연구자가 후보 물질 아이디어를 내면 그 후보 물질을 검토하여 막스플랑크 연구소에서 체계적으로 지원하여 만들어줍니다. 그러니까 독일의 제약회사들이 다양한 신약 개발을 선도하고 있습니다. 매우 효율적으로 신약 후보 물질을 만들어내고 있지요."

우리나라의 경우는 국내 신약 개발 산업을 키우기 위해 국가에서 어느 정도의 전임상시험 경비를 제공하고 있기에 해외 업체로 의뢰하기 전 국내 회사에서 미리 한번 유효성과 독성 검사를 해보는 수준으로 진행되고 있다. 국내에서 검사하여 결과가 긍정적으로 나오면 다음에는 해외 업체에 정식으로 의뢰한다. 왜냐하면 전임상시험 의뢰 비용이 비싸니까 해외 업체로 바로 보냈다가 실패하면 돈만 날리는 셈이 되기 때문이다. 지금 신약 개발 업계의 현실이다.

"국가 출연 연구소에서는 단순 논문으로만 연구자를 평가하지 말고 출연 연구소의 설립 목적에 맞는 목적 지향적 연구를 해야 경쟁력이 생깁니다. 소속 연구자가 원하는 연구를 하게 두어서는 출연 연구소가 원래의 목적을 이루기가 어렵습니다. 정부에서는 우리나라 국가의 연구 개발 예산이 해마다 20조가 넘고 세계에서 GDP 대비 1위라는 자랑을 많이 합니다. 그런데 20조 중에서 1조5천억만 즉 약 15%만이 공모로 선발하여 창의적 아이디어에 지원할 수 있는 예산입니다. 나머지 85%는 국가 출연 연구소의 인건비, 유지비 등으로 나갑니다. 국가 연구 개발비의 85%를 쓰고 있는 출연 연구소에서 국가가 필요한 연구 성과가 나오는 게 당연하지요. 15%를 투자하는 곳에서 국가가 필요로 하는, 바이오 성과에 의한 미래먹거리가 나오길 기대하는 것은 본말이 전도된 것이지요."

교육시스템의 혁신

현재 상기도 바이러스를 연구하기 위한 인체의 코점막 정상상피세포를 계대배양할 수 있는 기술이 셋업되어 있는 곳은 그가 만든 기도점액연구소밖에 없다. 그런데 정부의 공모 연구비를 따는 시즌이 오면 1조5천억의 연구비를 받아내기 위해 자신의 능력을 과대 포장하기도 한다. 물론 선정 평가 과정에서 어느 정도는 선별이 된다고는 하지만.

미국 국립보건원의 1년 예산이 320억 달러, 국립과학재단(NSF)의 1년 예산이 70억 달러가 넘고 일본의 과학기술연구비 총액은 190조가 넘고 있다. 17세기부터 시작된 과학기술혁명을 주도하기 위해 국가간 치열한 경쟁을 벌이고 있다. 과학기술에 대한 투자와 발전 역량이 곧 그 나라의 미래 경제 수준을 결정하기 때문이다.

바이오 연구에 투자를 시작한 지 오래되지 않았고 전문 연구 인력의 수가 절대적으로 적고 보건과학기술 총 연구비 규모가 작은 우리나라가 가까운 미래에 보건과학기술 발전을 통해 바이오산업에서 세계 시장을 선도하는 것은 매우 어렵겠지만, 그래도 희망은 있다. 똑똑한 젊은 인재들이 의과대학에 진학하고 있어 그들을 잘 육성하면 바이오의 세계 시장을 선도할 기회를 가지는 날이 올 것이다.

"우리가 바이오 선진국으로 가려면 교육시스템이 바뀌어야 합니다. 초등학교부터 학업 성취도 평가 방법도 달라져야지요. 학생들은 경쟁의식이 강해서 평가 방법을 바꾸지 않으면 변하지 않습니다. 초등학교서부터 고등학교까지 이미 엄청난 경쟁과 상대적 평가를 통해 대학에 들어온 우수성이 입증된 학생들을 다시 암기에 근거한 상대평가로 줄 세울 필요가 없습니다. 바이오산업 선진국인 이스라엘은 국가의 지속적인 발전에 필요한 최고 수준의 과학기술을 교육하는 것을 목표로 하고 있고 학생들에게 사고하는 습관을 길러주고, 짝을 만들어주어 학생이 자신이 머리로 이해한 내용을 말로 서로 짝에게 설명하게 합니다. 자기가 알고 있는 지식을 말로 표현할 줄 모르면 지식이 아닌 거예요. 언어로 표현하기 위해서는 구체적으로 사고하는 능력이 있어야 합니다. 표현하는 능력이 달라지면 상상력은 더 깊어집니다. 의과대 학생들의 성적 평가를 절대평가로 바꾸니 학생들의 사고에 엄청난 변화가 일어났습니다."

상대적 평가로 학생을 줄 세우면 학생들은 성적이 자신의 미래를 결정하기에 시험 때마다 잘 이해도 되지 않는 것을 조금이라도 더 외우려고 많은 시간을 소모한다. 정해진 답만 잘 외워 알고 있을 뿐, 답이 없는 사고력을 요구하는 질문에는 논리적으로 사고하는 습관이 되어 있지 않아 당황해한다. 어떤 것이 답이 된 이유를 깊이 사고해본 경험이 적어 질문도 할 줄 모르게 된다. 자신의 사고를 논리적으로 설명할 수 있는 교육시스템에서 교육받은 학생들이 앞으로 성장하여 세계 시장에서 바이오산업을 선도하고 우리나라의 미래먹거리를 책임지게 될 날이 올 것이다.

바이오 연구 인력의 양성과 축적

지금 바이오 연구에 종사하는 연구원들은 계약직이 많다. 연구 분야에서 박사학위를 받아도 안정된 일자리를 구하기 어렵다. 또 임금도 다른 업종에 비해 아주 낮은 편이다. 오랜 기간 연구에 몰입해온 고급 인력이 안정된 일자리를 구하지 못해 연구를 떠나 일반 회사에 취직하는 사례도 많다. 대학의 전임교수가 못되더라도 박사학위를 딴 사람이 가정을 꾸리면서 비교적 안정된 삶을 영위할 수 있도록 기회를 주어, 본인이 진행하던 연구를 계속할 수 있게 제도를 만들어주어야 한다. 왜냐하면 대부분 대학의 전임교수가 되는 사람들은 박사과정과 박사후 연구원 시기에 좋은 성과를 내어 그 성과로 전임교수가 되지만 그 수는 연구 인력의 10~15%정도 밖에 되지 않는다.

"국가가 정책적으로 그런 연구자들이 지금까지의 경험과 열정으로 지속적으로 연구를 할 수 있게 지원하는 제도를 만들어주는 것이 필요하지요. 아마도 이런 제도가 마련되면 우리나라의 과학기술 역량을 세계적인 수준으로 끌어올리는 데 큰 도움이 될 것입니다."

연구자는 박사학위 취득 후 보통 30여 년간 연구를 하는 것을 고려하면, 삶의 어느 시점에 세계적인 수준의 훌륭한 업적을 낼지는 알 수 없다. 뒤늦게 훌륭한 성과를 내는 연구자도 충분히 있을 수 있다. 오랜 시간 열정으로 공부하여 박사를 취득한 연구자가 대학의 전임교수 혹은 안정된 연구직을 갖지 못하는 경우, 그런 연구자를 연구와 무관한 다른 길로 가게 하는 것은 국가적으로 전문 연구 인력의 큰 손실이다.

"박사학위 취득 후 연구원들이 중간에 그만두고 다른 직업을 찾는 경우가 많지요. 바이오 연구원들은 거의 2년 계약직이고 10년 경력이 넘어도 대기업 초임 수준이 되지 않습니다. 전임교원 혹은 안정된 연구직을 구하지 못하는 박사후 연구원을 연구 분야에서 떠나보낼 것이 아니라, 예를 들면 5년의 연구 기간을 보장해준 뒤 업적 평가로 연장이 가능하면서 55~60세까지는 계속 연구를 할 수 있는 여건 보장, 즉 국가 차원의 고용을 해주면, 국가적으로 전문 연구 인력의 수도 늘어나고 연구 결과도 축적되는 효과가 있으니 이를 제도적으로 뒷받침해주어야 합니다."

연구실 창밖을 보며

그는 너무 완고하게 살았는지도 모른다. 고집스럽게 의학자로서의 길을 걸어왔다. 그러니 후배들이 그를 어려워 한다.

"사실은 저도 일정한 삶의 원칙을 지키기가 어려운 적이 많았습니다. 후배들이 더러는 제게 말합니다. 왜 그렇게 사느냐고. 그러면 답하지요. '그 이유는 나도 잘 모른다. 다만 후배들에게 일관성과 정직이 중요하다고 이야기해왔고 교수로서 교수다움을 지키기 위해 나름 노력했을 따름이다'라고."

그는 집과 연구실, 진료실, 수술실로 가는 길이 하루의 모든 길이었다. 남들은 그를 두고 유연성이 부족하다고 할지 모르지만 그에게는 삶에서 타협하고 싶지 않은 부분이 있었다. 그는 그가 자신의 길을 걸어가면 또 다른 후학들의 물결이 그가 걸어온 길을 이어받아 더 깊고 푸르게 흘러가기를 바랄 뿐이다.

"국내에서 아무리 내 지식이 최고라고 한들 외국에서 그 연구를 인정하고 인용하지 않으면 아무 의미가 없습니다. 의과대학 학생들은 대학 입시생처럼 성적에 사로잡혀 있었지요. 성적이 좋아야 원하는 임상과에서 수련을 받고 전문의가 될 수 있거든요. 그러나 지금 시대에는 기존의 지식을 잘 이해하고 암기하는 것만으로는 국제 사회에서 경쟁력이 없습니다. 우리나라 학생들은 답을 외우는 데는 능하지만 논리적 사고의 훈련 교육이 안 되어 있어 그것이 왜 답이냐고 물으면 대부분 그 이유를 말하지 못합니다. 답이어서 외운 것뿐이니까요. 책에 답이 있는 것들은 책을 보면 다 알 수 있습니다. 현재 답이 없는 것의 답을 논리적 사고의 연구를 통해 찾아내고 그 지식이 검증되고 다른 이들이 인용하면서 국제 사회에서 비로소 인정됩니다. 연구 논문은 밝혀지지 않은 사실에 대한 가설을 세우고 실험을 통해서 밝혀나가는 과정입니다. 창의적 지식을 만들어내는 젊은 의학자를 육성해야 합니다. 그런데 교수 생활 초기에는 제가 속한 대학의 교세를 확장하고 외국 대학과의 경쟁력을 높이는 데 힘을 보태고자 했습니다. 후배들의 연구 의욕을 높이고 훌륭한 의학자로 육성하기 위해 그들의 박사 연구 실험도 전폭적으로 도와주었습니다. 박사학위가 있어야 다른 대학의 교수로 선발될 수 있으니까요. 그게 우리 교세가 확장되기에 좋을 것으로만 생각했습니다. 제 생각이 너무 좁았던 것이지요. '청출어람'이라는 말처럼, 후배들의 박사학위를 위한 연구에 드는 시간과 노력을 경감시켜주면 나머지 시간에 후배들이 여러 대학에서 경쟁력을 가지고 새로운 의학 과제에 도전하는 데 도움이 될 줄 알았지요. 선의를 가지고 했는데 결과는 오히려 좋지 않은 면이 있었습니다. 후배들이 실험의 모든 면을 잘 알아야 하는데 어쩌면 너무 도움을 주어 스스로 더 크게 성장할 수 있는 도전적인 기회를 주지 못했던 것이지요. 오히려 후배들을 안주하게 만드는 일이 된다는 것을 뒤늦게 알았습니다."

그의 도움으로 학위를 받은 후배들의 일부는 다른 대학의 교수로 가서도 제대로 된 연구를 못하는 문제점이 발생했다. 나중에 연구 능력을 키워 훌륭한 교수로 성장한 후배들도 있지만. 이것을 깨달은 이후에는 풀타임으로 실험실에 와서 직접 실험하고 연구 논문을 쓰는 대학원생만을 제자로 받아 가르치던 패기 넘쳤던 날들을 떠올리며 아련하게 웃음을 짓기도 한다.

그는 젊은 날과 달리 자주 연구실 창밖을 바라본다.

푸르른 날들과 함께했던 공간에서는 이제 머무를 날짜가 얼마 남아 있지 않다. 창밖으로 지나가는 바람과 구름, 햇빛 사이로 그가 지도한 박사학위 학생들, 수없이 수술했던 환자들의 얼굴, 그를 오늘에 이르게 하는 멘토들의 얼굴이 지나간다. 창밖을 바라보면 담담한 자신의 모습도 보인다. 그 길고 또한 짧은 시간은 문득 그에게 후회와 아쉬움으로 반짝이기도 하고 명상과 성찰의 메아리처럼 번져오기도 한다.

제8장

모든 시간이 모이는 곳

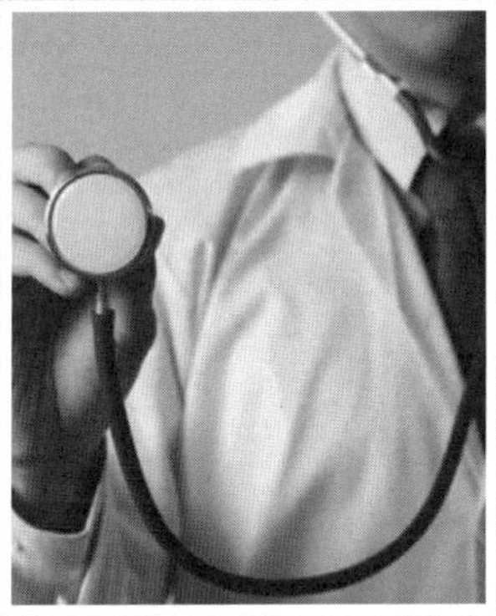

정년의 시간 앞에 서서
앞날에 있는 추억
마리아 수녀회에서 아프리카까지
연세비과모임과 이비인후과학 교실
미리 쓰는 정년 퇴임사

정년의 시간 앞에 서서

그는 의과대학을 졸업한 뒤 모교의 정교수가 되었다. 대학에서 정교수가 되면서 정년까지의 기간을 한꺼번에 계약한다. 그는 소박하지만 자신이 뜻한 목표를 이루었다. 한눈팔지 않고 의학자로서 아무도 가려하지 않는 길을 맨발로 쉼 없이 걸어왔다. 문득문득 그는 어릴 때의 꿈이 무엇이었는가를 되짚어본다. 꿈은 간결하고 소박했다. 남에게 어떤 피해도 주지 말아야 한다는 것. 장남으로서 부모님을 잘 모시고, 결혼해서는 좋은 남편이 되고, 괜찮은 아버지가 되는 것이었다. 의학자로서도 병든 이들을 위로하고 새로운 학문을 추구해왔다. 새로운 의학은 인간의 삶을 평화롭고 안전하게 하며 존재의 가치를 보전해주는 것이다. 앞으로 맑고 치열한 정신이 얼마나 그에게 허락될 수 있는지 알 수 없지만, 아직도 가야 할 길이 펼쳐져 있는 지평선을 본다.

"정년 퇴임이란 제도가 어떻게 보면 세속적 갈등에서 의도적으로 벗어나게 해주는 넉넉한 의미도 있습니다. 이제는 자연스럽게 남들과 경쟁하거나 신경을 안 써도 되는 제도 속으로 저절로 편입해 들어가니까요. 그러나 한편으로는 지금까지의 진료 환경과 소속 이런 것을 다 내려놓고 온전히 혼자서 새로운 길을 시작하는 제2의 인생으로 받아들일 것인지, 아니면 그냥 모든 걸 내려놓고 연금을 받으며 편한 삶을 따라갈 것인지는 사람마다 다를 것 같군요."

보통 정년을 하면 직업이 주는 후광도 없어지고 직업이 가져다주는 사회적 위치도 더 이상 영향을 발휘하지 못한다. 그래서 은퇴하는 사람들은 안전한 삶을 살기 위해 오히려 직업을 가지고 있을 때보다 더 눈치를 보고 자신의 과거 영역에 대한 미련을 버리지 못하기도 한다. 잠시 멈추어 서든 오래 멈추어 서든 정년의 제도는 하나의 무대를 마감하고 새로운 무대의 막을 연다는 뜻이 있다. 지금까지 그는 본능적으로 자신의 이익과 욕심을 위해 질주하는 수많은 이들을 주변에서 보아왔다. 오히려 그들의 모습은 때로는 자신의 자세를 가다듬어주게 하는 본보기이기도 했다.

"이제 분명한 것은 살아온 날보다 살 날이 얼마 남지 않았다는 사실이지요. 정년 퇴임을 하고 나면 얼마나 많은 후배들이 찾아오는지가 교수로서 중요한 가치가 될 거라는 생각이 듭니다. 대학을 졸업하고 모교에서 종신 교수가 되었으니 저로서는 영예롭기만 합니다. 선배와 후배, 선생과 제자 사이의 관계는 참고 기다려주고 서로 배려하는 선한 리더십 관계입니다. 그 어떤 경우에도 보스십(bossship), 즉 군대식의 상관, 부하 개념은 아니거든요. 흔히들 후배를 군대식 부하 개념으로 막 다루는 이들도 있지만, 그 행동은 결국 자신에게 독화살이 되어 다 돌아옵니다.

그는 학교 생활 동안 주어지는 보직은 바닷가에 흩어지는 물거품과 같다고 말한다. 파도는 쉼 없이 밀려오지만 물거품은 순식간에 솟구쳤다가 사라진다. 거기에 존재 이유를 거는 사람들도 많다. 일생을 욕망에 집중하면서 거품을 더 화려하게 만드는 이들도 적지 않다.

"거품이 일기 위해서는 바다가 있어야 하고 파도의 깊이가 또 있어야 하지요. 흰 포말이 솟구치려면 그 바다가 깊고 맑아야 합니다. 거품은 일순간이지만 흐린 눈에만 물거품이 계속되는 것으로 보이지요. 더 중요한 것은 물거품보다 저 멀리 있는 바닷물의 맑음과 깊이이지요."

앞으로 '살아야 할 날은 지금까지 살아온 날들에 대한 말 없는 찬사'라는 시 구절이 있다. 그 뜻은 이런 의미일까? 삶이 존재하는 동안 은퇴는 없다고 일러주는 노래 같기도 하다. 서산에 노을이 지고 어둠에 잠기면 가만히 길을 멈추고 먼 길을 잠시 쉬고 내일 갈 길을 준비하라는 뜻일까 싶기도 하다. 어둠에 잠긴 길보다 밝은 길은 없지 않은가.

"정년 퇴임 이후 아프리카에서 의대 학생들을 가르치고 진료 봉사하는 기회가 오면 그게 저의 임무가 아닐까 하는 생각도 들어요. 예전에는 신림동에 조그맣게 개업을 해서 고시촌에 사는 노동자들, 특히 호흡기에 치명적인 타격을 주는 산업에 종사하는 노동자들을 진료하고 치료할까 하는 생각을 하기도 했습니다. 지금까지 공부하고 연구했던 의학을 가난하고 어려운 삶을 살아가는 사람들을 위해 진료해주면 어떨까 하고, 이런저런 생각을 아내와 두런두런 의논하고 있습니다."

어떤 후배는 그가 평생 코 수술을 전문으로 해왔으니 자신의 병원에 와서 수술 기법도 전수하고 난이도 높은 수술도 직접 해주기를 바라기도 한다. 또 "일주일에 2~3일만 병원에서 일하고 나머지는 편하게 지내면 어떠신가" 하는 제안도 귀에 들어오지 않는 것은 아니다. 정년 날짜가 다가올수록 이런저런 고민이 들었는데 아무것도 결정한 바는 없다. 다만 확실한 기준은 결국 평생을 부려온 '작은 재주', 환자를 진료하고 치료하며 또한 새로운 의학 연구에 밤잠도 없이 집중했던 일에 남은 시간이 다할 때까지 집중하는 게 오히려 가장 마음이 편하겠다는 느낌이 찾아왔다.

그가 가난하고 어려운 사람들이 모여 있는 곳에서 진료를 해볼까 하는 생각을 아직 접은 것은 아니다. 부평 장애인마을과 영등포 쪽방촌은 독거노인이 많이 모여 살고 있는 곳이다.

"제가 겨울에 연탄 배달을 나갔어요. 의대 학장을 할 때인데 고맙게도 교무부 직원들이 주축이 되어 연탄 봉사 조직을 만들었습니다. 외곽지의 겨울은 더 춥지요. 1년에 연탄 3천 장을 사서 한 집 당 추운 겨울 석 달을 견딜 수 있는 연탄을 독거노인 집으로 직접 배달을 해줍니다. 앞으로는 점점 더 혼자 사는 노인들이 많아지겠지요. 옆집에 누가 죽어도 며칠이 지나서야 알 수 있게 단절감이 깊은 세상이 왔어요."

그가 대학 교직원들과 처음 연탄 배달을 갔던 곳은 부평에 있는 산동네 장애인마을이었다. 영등포 쪽빵촌에도 갔다. 그곳에는 헐벗은 이들을 진료해주는 요셉의원이 있고 길 건너편 교회 주변에는 벌집 같은 쪽빵촌이 있다.

"아침 9시부터 연탄을 쌓아주기 시작하면 하루해가 다 가지요. 노인들도 있지만 4,50대 좌절하고 하루하루 사는 이들도 많습니다. 그들 가운데는 집에 쌓이는 연탄에 아예 관심 없는 이도 있고 아침부터 소주판을 벌이고 싸우고 골목에 오줌을 누는 이들도 있지만, 배달이 끝나고 나면 어떤 이들은 두 손바닥 안에 귤을 감싸들고 와서 주기도 합니다. 체온으로 데워서 이것이라도 대접하고 싶다고…."

연탄 배달은 겨울이 시작되기 전 한번하는 봉사활동이었다. 보통 3개월치 250장을 한 집에 넣어준다. 11월 3째주나 4째주에 한다. 많은 집들이 산동네 위쪽, 차가 들어갈 수 없는 좁고 꾸불꾸불한 골목길에 있다. 일부 직원들은 아이들까지 데리고 나와 봉사에 참여시킨다. 그는 강사와 레지던트들을 데리고 갔다. 서울의 겨울은 길고 춥다. 쪽빵촌 사람들은 최대한 연탄 불길을 살려 봄이 올 때까지 연탄이 떨어지지 않도록 애쓴다. 주는 사람이나 받는 사람이나 그 시간이 지나고 나면 알게 되는 게 있다. 누군가에게 온기를 전한다는 것, 그것을 받는다는 것은 서로 이해하고 함께한다는 것임을. 그리고는 어느 순간 익숙하게 되어서 또 다른 누군가에게 온기를 전하는 씨앗이 된다는 것임을.

앞날에 있는 추억

사람의 얼굴은 생각과 행동의 그림자이다. 살아온 이력은 얼굴에 다 나와 있다. 그래서일까. 사람의 얼굴에는 삶의 풍경이 새겨져 있다. 강과 바다와 산, 나무와 바람의 모습처럼 풍경은 아무것도 감추지 않고 속이지도 않는다. 정년을 앞두고 점점 하얗게 늘어나기만 하는 머리카락처럼 그의 얼굴에 새겨진 풍경들은 강물 같기도 하고 강물이 바다에 잘 이르도록 길게 바다까지 줄지어선 강둑 같기도 하다.

"짐바브웨의 의대 학장으로부터 절더러 현지 학생들을 3개월이나 6개월 정도 의학 교육을 시켜달라는 부탁을 받았습니다. 케냐에서는 그 지역 선교사의 도움을 받아 시골 지역에 가서 의료 봉사팀을 꾸려 진료를 하기도 했습니다. 제가 현지 의료 봉사를 가면 느끼는 것이 있습니다. 과거 무의촌 진료하듯이 약은 지어줄 수 있지만, 수술이 필요한 환자들에게는 현지에 수술 장비가 없으니 수술을 해줄 수가 없어요. 그래서 케냐 나이로비에 있는 병원 수술실을 빌려 수술을 해주기도 합니다. 시골 원주민들이 수술을 받으려면 나이로비까지 서너 시간을 이동해야 하는데 버스비가 듭니다. 그래서 환자들에게 수술하는 전날 병원으로 오라고 버스비도 줍니다. 그런데 워낙 가난하니 병원으로 올 때 쓰라고 준 버스비를 생활비로 쓰고 병원에 오지 못하는 경우도 있습니다. 또 현지에서 수술 기구 등의 문제로 수술을 해주기 어려운 환자들은 세브란스병원으로 초청하여 수술을 해주기도 합니다. 그때 든 생각입니다. 나눈다는 것, 봉사한다는 것은 '깃발을 들고 내가 이런 일을 하는 사람이다'라고 보여주는 것이 아니고 또 내가 줄 수 있는 것을 주는 것도 아니라는 것이었습니다. 봉사한다는 것은, 도움이 필요한 그 사람들이 필요로 하는 것을 해주어야 한다는 자각이 들었지요."

그는 아프리카에 직접 비행기 타고 가서 일부 지역 환자들에게 진료를 해주는 의료 봉사활동도 중요하지만, 그 경비로 케냐에서 앞으로 의사가 될 학생들에게 우리 병원의 선진 의료 시설과 시스템을 눈으로 보여주어 스스로 깨우치게 만드는 것이 케냐의 보건 의료시스템 개선에 훨씬 더 효과가 있을 것으로 판단했다. 그래서 케냐 나이로비 의과대학 학생 2명을 해마다 한 달씩 초청하고 있다.

이 프로그램은 케냐 나이로비 의과대학에서 경쟁률이 50 대 1이나 되는 인기 프로그램이다. 나이로비 의과대학 학생들의 눈을 뜨게 만들어주고 다시 케냐로 보내면 친구들에게 눈으로 본 선진 의료시스템에 대해 이야기할 것이고 그것이 비행기 비용을 들여 내가 케냐로 가서 직접 의료 봉사하는 것보다 더 효율적이라는 생각을 했다.

"나이로비 의대는 한 학년에 거의 천 명이에요. 이 가운데 졸업하여 의사가 되는 수는 절반이 안 됩니다. 케냐에서는 의사가 잘 사는 직업이 아닙니다. 그래서 의대 학생의 50% 정도가 중간에 그만두고 다른 직업의 길로 갑니다. 저는 나이로비 의대 학생들을 세브란스병원으로 초청하여 해외에 사는 다른 의사들이 어떻게 공부하며 사는지도 보여주고 또 환자들을 치료하는 사명감도 가르쳐서 너희들도 얼마든지 훌륭한 의사가 될 수 있다는 목표를 심어주고 싶었지요."

그는 나이로비 의대생들에게 이렇게 말했다. '나보다 더 못 가진 사람, 나보다 더 못 배운 사람…, 이런 사람들과 손을 잡고 같이 그 구렁텅이에서 빠져나올 수 있도록 하는 삶을 이끌어주는 것, 그 자체가 말할 수 없이 풍요롭다'고.

"학생들을 세브란스병원에 초청해서 케냐에서 상상도 못하던 수술을 보고 최신 장비 작동법도 가르치면 학생들에게 동기부여가 굉장히 됩니다. 한국 학생도 마찬가지입니다. 모든 젊은 세대들에게 식견과 경험을 이야기해주지만 그들 귀에 잘 들어가지 않습니다. 그 친구들에게는 눈으로 새로운 세상을 보여주는 것이 훨씬 더 효과적이지요. 예를 들면 미국의 의료 선진시스템, 의대 분위기도 보여주고 넓은 세상, 큰 모습을 보여주면 우리 청춘들도 훨씬 빨리 철이 들 거라고 믿어요."

그동안 어느 사회이든지 청춘들은 경험이 부족한 상태로 너무 좁은 세상에서 성적으로 경쟁하고, 취업으로 고민하고, 스펙으로 가슴을 태울 뿐 더 넓고 또 다른 세상이 있다는 것을 생각할 겨를 없이 살았다. 의대생들도 다를 바가 없다. 그러면 학생들의 감정이 피폐해지고 의사가 되어서도 자기 이해에만 민감하고 공감 능력이 부족한 의사들이 많아지게 된다.

"아프리카 의대생을 가르쳐보면 나라가 워낙 가난하다보니까 해외에 나가본 경험 없고 바깥세상 정보에 어둡다는 것을 알게 됩니다. 아프리카에서는 인터넷도 잘 안 되고 이용하려면 비용도 듭니다. 그들끼리는 다른 부족이 어떻게 사는지는 알지만 선진국들이 어떻게 사는지는 몰라요. 그래서 제가 케냐 나이로비 의대생 2명 초청을 시작하였지만, 다행히 그 효과가 매우 좋아 지금은 의료선교센터에서도 짐바브웨 의대생 2명을 초청하여 아프리카 의대 학생들에게 세브란스병원 연수 기회를 주고 있지요."

아프리카 학생들은 우리의 의료 시설과 장비에 감탄할 수밖에 없다. 마침 병원에서 교체할 시기는 되었지만 사용하기에는 별 어려움이 없는 구식 장비를 그들에게 지원해주었다. 거기에는 그가 개발한 윤스포셉 중고 세트도 있었다. 한국의 병원에서 사용 연한이 지나 폐기 처분해야지만 쓸 만한 도구들도 그들에게는 중요한 의료 장비였다. 의료기기회사들도 중고 의료기기를 기증하는 데 동참해주었다. 그가 가르친 아프리카 학생들이 자라서 현지에서 미래의 재목이 되는 일은 그에게는 다가올 앞날의 추억이다.

마리아 수녀회에서 아프리카까지

그는 정년이 다가오기 몇 년 전부터 고민이 깊어졌다. '지금 이 순간에서 10년 이후의 나는 어떤 모습일까?' 하는 생각이 들면 그는 젊은 날을 떠올리곤 했다. 연구는 무르익어갔고 국제 학회에서도 인정받고 있고 한국을 빛낸 사람들(한빛사) 논문에도 선정이 되었다. 사소하지만 다른 사람을 위한 삶을 살 수 있을까 하는 고뇌를 하던 와중에 케냐와 짐바브웨 의료 봉사를 나갔다.

"케냐는 아프리카에서 3번째로 잘 사는 나라이고 짐바브웨는 아프리카에서도 가장 못 사는 나라이지요. 거기 가면 원주민들은 진료소까지 맨발로 두세 시간씩 걸어서 찾아옵니다. 평생 의사를 만나본 적이 없는 사람들이 수두룩합니다."

그는 현지 선교사들의 도움을 받아 나이로비에서 차로 3시간 더 내륙으로 들어가는 마을에서 동양인을 본 적도 없고 의사를 만난 적도 없는 부족들의 마을에 진료소를 차렸다. 짐바브웨의 어느 마을은 전기가 오후 5시부터 밤 11시까지만 들어왔다. 낮에는 자가 발전기를 돌려야 했다. 짐바브웨에는 나라 전체에 이비인후과 전문의가 10명밖에 없었다.

그가 아프리카 오지까지 찾아간 데는 마리아수녀회 덕분이었다.

2003년 11월부터 그는 이비인후과 동료의 권유로 마리아수녀회에서 운영하는 서울 시립 소년의 집 도티병원에서 주말 진료를 시작했다. 처음에는 진료만 했는데 점차 수술이 필요한 아이들이 눈에 띄기 시작했다.

"아! 단순 진료는 개원의 선생님들에게 맡기고 나는 주로 수술을 해주는 것이 더 도움이 되겠다라는 생각이 들었습니다. 세브란스병원에서 제 치료를 받고 완치된 기업의 회장님들에게 도움을 요청했지요. 모두 흔쾌히 도움을 주셨습니다. 어떤 분은 현금을 소년의 집에 직접 기부해주셔서 진료 장비를 구입했고 어떤 분은 아이들 옷을 한 트럭 제공해주셨어요. 마음 따뜻한 많은 분들의 후원을 받아 서울 은평구에 있는 서울 시립 소년의 집 도티병원 이비인후과 외래에 진료 장비와 수술 장비를 구비할 수 있었습니다.

그는 주말에 전공의와 함께 이비인후과 수술 장비를 미리 소독해서 가지고 가서 편도선 수술을 해주는 일을 시작했다. 서울 소년의 집에 의료 봉사를 가게 된 계기는 친구인 개원의 이제선 원장과 선배인 이의석 원장이 일찍부터 그곳에서 먼저 의료 봉사를 하면서 함께하자는 제의를 받았기 때문이다. 그 무렵 그곳에는 갓난아이서부터 초등학교 6학년까지 고아들이 1,000명이 넘게 있었다.

그렇게 14년이 지났다. 부산에도 김병지 국가대표 축구선수가 자랐던 부산 시립 소년의 집이 있었다. 서울과 부산 소년의 집에는 마리아수녀회에서 직접 병원을 운영하고 있었는데, 내과, 외과, 산부인과, 소아과는 병원에서 의사를 고용했고 나머지 분야는 자원봉사를 받아 운영했다. 그는 담당 전공의, 유선영 간호사와 함께 일요일 새벽 수술 세트 2개를 챙겨 첫 KTX를 타고 부산으로 갔다. 일요일. 부산에 내려가면 아침 9시 30분부터 다섯 명의 아이를 편도선 수술을 해주었다. 오후 세 시 무렵 수술이 끝나면 다시 열차를 타고 서울로 올라왔다.

"마리아수녀회에서 운영하는 도티병원의 1년 예산은 30억 원 정도입니다. 마리아수녀회가 소속된 로마 교황청에서 한국은 의료시스템, 복지시스템이 이제 잘 되어 있으니 그 예산으로 더 어려운 나라에 병원을 지어 운영하기로 했습니다. 탄자니아에 고아들을 위한 새 병원을 짓기로 해서 도티병원은 문을 닫고 아이들을 위한 의무실 기능만 유지되고 있지요. 그래서 인연이 닿은 곳이 케냐와 짐바브웨였습니다."

그 무렵 세브란스병원 의료선교센터에서 아프리카 봉사활동 참여 기회가 있어 자연스럽게 아프리카 현지를 가게 되었다. 봉사활동은 전부 자비 부담이었다. 숙박비와 비행기 값도. 케냐에는 가장 유명한 나이로비 의대가 있다.

"케냐 나이로비 의대 학생들을 만나서 이야기를 해봤더니 바깥세상을 보고 싶은데 기회가 없다는 거예요. 그때 제가 고민한 게 적은 돈을 어떻게 효율적으로 쓸 수 있을까라는 문제였는데 비행기를 타고 가서 한 지역에서 의료 봉사를 하고 오는 것보다 그 비용으로 의대 학생들 두 명을 초청하는 게 더 낫겠다는 생각이 들었습니다. 이 사업이 의미가 있으려면 지속성이 있어야 했습니다. 적어도 제가 정년 퇴임하기까지의 6년간 초청 사업이 계속 유지되기 위해서 기부금이 필요했습니다. 저의 혼자 힘으로는 힘에 부치는 사업이어서 부족한 경비 마련을 위해 동료와 후배들에게 다시 기부를 요청했습니다. 놀랍게도 단 이틀 만에 목표로 했던 기부금이 모아졌습니다. 그래서 지금까지 학생 둘을 초청하여 비행기 경비와 숙식을 제공하면서 한 달 동안 교육도 시키고 이비인후과 수술방도 보여주고 우리 의료시스템을 보여주게 되었던 겁니다. 학생들이 세브란스병원에 머무는 동안 기부해주었던 동문들과 저녁 자리도 만들어 함께 이야기를 나누는 시간을 가지기도 했습니다."

인류애와 생명에 대한 존중을 가장 잘 실천한 인물인 슈바이처 박사는 부인과 함께 1913년 아프리카 가봉에 알레르트 슈바이처병원을 세워 많은 원주민들에게 헌신적으로 의술을 베풀어 원주민들은 그를 오강가(마법사), 원시림의 성자로 칭송했다. 1952년 노벨평화상을 받았다. 하지만, 슈바이처병원은 더 이상 발전하지 못하고 지금은 박물관처럼 옛 모습 그대로 남아 있다.

세브란스병원은 1900년, 1904년 2회에 걸쳐 미스터 세브란스가 4만 달러를 기부하여 서울역 앞에 처음 건립되었는데 옛 건물만 보존되어 있는 슈바이처병원과는 달리, 세브란스 의과대학을 만들어 자체적으로 의사를 배출함으로써 세브란스병원은 획기적 발전을 거듭하여 지금의 세브란스병원의 모습으로 남아 있다. 어쩌면 슈바이처병원보다는 세브란스병원에 신의 더 큰 역사가 있다고 할 수 있다.

그는 해마다 두 명씩 나이로비 의대 학생들을 초청하였다. 왕복 항공비와 숙소, 한 달 생활비와 용돈이 전부였다. 한국의 의료 시설을 보고 교육을 받으며 반짝거리는 검은 눈동자는 별처럼 빛났다. 그들 눈동자에는 선진 의료 시설을 보고 훌륭한 의사가 되고 싶다는 희망이 차올라 있었다. 아프리카는 늘 정세가 불안하고 쿠데타가 자주 일어나지만 그래도 청년의학도들의 열정을 막을 수는 없다.

닥터 윤주헌, 그는 멀고 먼 나라에서 온 학생들의 이정표였다.

극작가 샤무엘 베케트는 "우리는 지구에 살고 있으니까 있는 힘을 다해 견디어야 한다"고 한다. 그 견디는 모습은 어떤 모습일까? 살아낸다는 것은 엄숙한 일이다. 아프리카 의대생이 직항도 없는 그 멀고 먼 거리를 비행기를 타고 와서 힘을 다해 한국의 의료 시설을 보고 공부를 하며 꿈을 품는 것은 바로 그들의 희망을 위하여 스스로의 힘을 다해 견디는 일이다. 그리고 그의 희망처럼 학생들이 다시 아프리카로 돌아가 그들 이웃을 위해 살아내는 일이다.

연세비과모임과 이비인후과학 교실

— 선후배들 모습, 제자들의 얼굴

그는 처음 교수 발령을 받았던 때를 떠올려보았다. 1992년 이비인후과 교수가 되면서 그는 주위의 후배들로부터 존경받는 선생이 되고 싶었다. 그리고 30년이 지났다. 그 시간 동안 걸어온 거리는 아득하다. 도대체 어느 순간에 이렇게 멀리까지 걸어왔는지 문득 신기한 생각까지 든다. 그의 길 앞에 주어진 조건은 그리 평탄하지 않았지만 회귀하며 고향으로 돌아가기 위해 깊은 바다의 속살을 지나 강물을 거슬러오르는 연어처럼 헤엄치며 지칠 줄 모르는 열정과 인내심, 목표를 정해두고 연구에 매달리다보니 머리카락이 허옇게 세는 줄도 몰랐다.

그는 어느새 노교수가 되었다. 교수로서 의학자로서 그에게 주어진 임무는 후배들, 제자들과 함께 만든 기도점액연구소가 국제적으로 연구를 선도하는 자리로 나아가고 소속교수 스스로 의학자로서의 품위를 드높이고 비과 질병의 새로운 개념과 치료법을 지속적으로 연구하여 인류의 질병을 치료하고 고통을 덜어주는 데 크게 기여할 수 있게 만드는 것이다.

"어쩌면 저는 운이 좋았습니다. 저를 이끌어주신 은사님들이 계셨고 후배와 제자들도 고지식할 정도로 타협하지 않는 저를 이해해주었고 그 뜻을 따라주었으니까요. 개인적인 영광도 많이 누렸습니다. 세계이비인후과 학자 모임(Collegium), 한국과학기술한림원, 대한민국 의학한림원의 정회원이 되었고 많은 학술상도 받았지요, 무엇보다 한국과학재단 선도연구센터에 생체방어연구센터가 선정되어 해마다 10억 원씩의 연구비를 지원받아 비과 분야 연구를 후학들이 계속할 수 있는 기반을 마련했지요. 실망과 좌절의 순간도 있었지만 이 과정은 동시에 새로운 연구에 대한 도전과 성취감을 가져다주는 밑거름이 되었습니다. 이제 후학들이 지금의 연구 환경을 발판삼아 저를 뛰어넘는 의학자가 계속 배출될 것이고 기도점액연구소가 세계적 수준으로 나아가고 있으니 비로소 마음이 느긋해집니다."

그는 선생으로서 가장 기쁠 때는 그가 가르친 학생들이 자신의 운명을 개척하고 세상 곳곳에서 등불처럼 자리잡고 자신의 역할을 다할 때이다. 가끔씩 그는 제자들이 보낸 편지를 들여다보며 빙그레 웃는다.

그는 잘 안다.

가르친다는 것은 학생들의 앞날에 등불을 켜두는 것이라는 것을. 그가 가르친 학생들은 그 등불이 꺼지지 않도록 열정의 기름을 부으며 각자의 시간을 살아나갈 것이다. 옛 편지를 다시 읽어볼 때는 후딱 지나가버린 기억의 저편에서 아련한 마음이 다가선다.

— 한해를 돌이켜보니 학장님께 감사드릴 일뿐입니다. 부족한 제게 의과대학 교육이라는 새로운 시작을 가질 수 있게 큰 비전을 볼

수 있는 기회를 허락해주셨고 그 가운데 선택과 집중의 중요성을 일깨워주셨습니다. 2011.

권자영/ 현 산부인과 교수

— 선생님께. 실험할 때 선생님께서 격려 한마디씩 해주고 가실 때마다 힘이 나요. 저희 논문 자꾸 미뤄지는데 조언 많이 해주고 기다려주셔서 감사해요.

김민지/ 현 폴란드 연구교수

— 윤주헌 교수님은 제가 세상에서 가장 존경하는 선생님입니다. 연구실에서는 철저하고 정확하셨고, 연구실 밖에서는 연구원들에게 한없이 자애로우신 우리 선생님. 한결같은 목소리가 그립습니다.

최혜정/ 홍콩 중문대학 연구교수

— 더 오래 근무하지 못하고 공부를 시작하게 되었지만 교수님 말씀처럼 피나도록 공부해서 편입생이라는 편견도, 다른 분들보다 늦은 나이라는 편견도 떨쳐버릴 수 있도록 노력하고 또 잘 하겠습니다. 2009. 10. 16

심보화/ 현 간호사, 당시 행정비서

— 스스로의 자리에서 부활의 신비를 살아가고 있는 마리아수녀

회 가족과 작은 우리들의 손을 기꺼이 잡아주시는 윤주헌 학장님께 감사드리며 부활하신 예수님의 사랑이 가득하기를 기원합니다.
2011년 부활절에

권글라라 수녀

— 소리내어 표현하기에는 용기가 없지만 '니 멘토가 누구냐?'는 질문에 저는 항상 교수님을 떠올립니다. 항시 저희를 일깨우시는 교수님의 가르침을 늘 가슴에 간직하고 기억하겠습니다.

민현진/ 현 중앙대 의대 교수

— 에비슨 의생명연구소 개소식 들었어요, 시설이 최고라고 소문이 자자합니다. 그동안 교수님께서 정성을 들이고 많은 노력을 하신 결과라고 생각합니다.

주정희/ 이화여대

— 예전처럼 자주 뵙지는 못하여도 언제나 자랑스럽고 고마우신 우리의 멘토!

홍재민/ 제주도 최고이비인후과 원장, 민현진 구용철/ 강사

— 43병동입니다. 병동에서 뵙기는 힘들지만 교수님의 명성은 저희들을 춤추게 합니다.

43병동 드림

— 언제나 든든히 큰 소나무처럼 견고히 우뚝 지키고 계신 모습에 늘 감사드리고 마음이 기쁩니다. 지원 아빠도 말이 적어 표현은 없지만, 그런 형을 많이 자랑스러워 합니다.

막내 가족/ 뉴질랜드에서

— 선생님 전상서. 찾아뵐 때마다 선생님 시간을 방해하는 것 같아서 이번엔 미리 글을 준비했습니다. 선생님 보시기에 그리 바람직한 모습은 아닐지라도 열심히 잘 살고 있습니다. 선생님께 언제나 감사하고 죄송합니다.

골칫덩이 박영덕/ 현 시약회사 대표

— 믿고 챙겨주셔서 감사합니다. 선생님, 아버지처럼 생각하고 있으니 궂은 일도 불편해하지 말고 시켜주세요.

이쁜이 최가희/ 연구소 행정직원

— 인턴 레지던트 과정을 밟으면서 많이 배우고도 연구에 대한 흥미를 잃지 않도록 하겠습니다. 학생으로 받아주고 그동안 성심성의껏 지도해주셔서 감사합니다.

최혜지/ 현 마취과 교수

— 항상 인자한 미소로 저를 위한 많은 이야기를 해주셨고, 함께 덴버에 갔을 때 모두가 즐겁게 젠가 게임을 했던 것도 생각이 납니

다. 평생 잊지 못할 것 같아요.

오치환/ 파스퇴르 연구소

— 미국학회에 초대해주어 잊지 못할 소중한 추억을 많이 만들었습니다. Holtzman, Augustine Choi 교수 같은 석학들의 발표를 들으면서 머리가 즐거웠고, 아름다운 에코 레이크의 자연 경관을 보면서 눈이 즐거웠고, 한국에서 맛볼 수 없는 베이글과 함께 만들어 먹는 요리로 입이 즐거웠습니다.

박상천/ 현 한림의대 교수

학창시절 받았던 은사의 옛 정에 보답하기 위해 장학금을 내겠다는 뜻을 전해온 선배의 편지는 그에게 오래 잊히지 않았다.

— 윤주헌 학장님, 그동안 너무나 학교와 연락 없이 살아온 삶이 부끄럽습니다. 저는 1962년 연세대 의과대학을 졸업한 이욱자라고 합니다. 1965년 미국에 정착해서 소아과 개업을 하다가 2006년 은퇴해 지내고 있습니다. 의과대학시절 김명선 선생님의 사랑과 도와주심이 없었더라면 제가 의사가 될 수 없었을 것입니다. 선생님께서는 등록금만이 아니고 수학여행비, 졸업앨범비, 미국 올 때 비행기표까지 사주신 분이고 (…) 김명선 선생님께서는 항상 의사가 되기 전에 사람이 되어야 한다고 하셨습니다. 이번에 김명선 선생님 기념장학금을 통해서 한 명의 여학생에게 특별한 이유가 없는 한 4년을

계속해서 도울 수 있었으면 합니다. 2011년 1월 26일

이욱자 드림

미리 쓰는 정년 퇴임사

1982년 3월 의사가 되고 난 후 군의관 생활 3년을 제외하면 연세대학교 의과대학과 세브란스병원에서 보낸 38년간의 긴 여정이 끝났습니다. 무엇보다 지금 이 순간 "하나님, 고맙습니다. 감사합니다"는 말이 입가에 맴돕니다. 그리고 오랜 세월 까다로운 저를 묵묵히 후원해주었던 아내와 가족들에 대한 고마움이 가슴 깊이 파고듭니다. 그동안 함께 시간을 보내는 기회를 가졌던 소중한 분들과의 만남의 기억들이 뇌리를 스치고 지나갑니다.

배움의 길을 열어주셨던 은사님들, 평생 저를 믿고 후원해준 홍성수 원장과 그 수련 동기들, 이제선 원장과 윤희영 원장 동기들, 항상 힘들 때마다 옆에서 큰 도움을 준 김성식 원장과 동기들, 제가 가고자 하는 여정을 오랜 시간 함께 하며 가장 어려운 일을 도맡아해준 김창훈 교수, 조형주 교수, 부족한 저를 따라와준 후배들. 이분들은 저에게는 그 어떤 값진 보물과도 비교할 수 없는 보석이었습니다.

연세대학교 의과대학과 세브란스병원은 저에게 더 할 수 없는 축복의 자리였고, 환자를 치료하는 의사로서, 그리고 후배를 가르치고 모범을 보여야 하는 교수로서의 소명을 깨닫는 복된 자리였습니다. 강사, 전공의들을 교육하면서 저는 우리 이비인후과학 교실의 희망을 볼 수 있었습니다. 후배들의 초롱초롱한 눈을 보면 우리 세브란스 이비인후과는 국제적 수준의 학문적 인지도를 계속 유지하고 발전시켜나갈 것을 믿습니다.

무엇보다 오랜 기간 제가 후배들과 함께 경험하고 나누고 싶었던 것은 새로운 지식을 추구하는 학문적 즐거움과 우리는 '원팀(one team)'이라는 것이었습니다. 각자 부족한 역량은 상호보완하고 서로 격려하면서 함께 소속감을 가지며 동시에 인간적 성숙을 이루고자 하였습니다. 신촌 세브란스병원 비과의 시작은 우리나라에서 비과학을 개척하신 초대 박인용 교수님, 2대 이정권 교수님, 그리고 3대는 부족한 제가 그 벅찬 역할을 수행하였고 이제 4대 책임교수로서 훌륭한 후배인 김창훈 교수에게 책임을 맡기게 되어 기쁘고 감사한 마음입니다. 김창훈 교수에게는 미안한 마음과 고마운 마음, 두 가지 마음이 같이 있습니다. 어쩌면 너무 무거운 짐을 넘기게 되어서 미안한 마음이고, 이 일을 기꺼이 해낼 것이기 때문에 고마운 마음입니다.

부족한 사람이 힘들고 어려울 때, 힘내라고 시간내어 같이 술잔을 기울여준 동문들, 몸과 마음이 아픈 사람들을 위한 의료 봉사에 즐겁게 함께 해준 후배들, 이름도 빛도 없이 연세대 비과를 위해 섬겨주셨던 분들 얼굴이 하나하나 떠오릅니다. 그동안 너무 사랑을 많이 받고 축복 속에 살아왔습니다.

여러분! 모두 항상 강건하고 평안하며 복된 사람으로 살아가기를 기도합니다.

그리고

하나님!

이 세상 사는 동안 외롭고 캄캄한 어둠이 다가올 때

내 손 잡아주시고

연약하여 지치고 쓰러질 때

내 손 잡아주소서.

온힘으로 살아가는 동안

울부짖는 나의 기도 응답해주소서.

내 생명 다 하여 끝마칠 때

하나님의 손길로 인도해주소서.

새로운 형식으로 구성한 의학자의 삶

로자 룩셈부르크(Rosa Luxemburg)는 "나는 글을 쓸 때 쓰는 내용에 열중하고 깊이 생각하는 일을 언제나 잊지 않으려 한다, 철저히 생각하고 느끼면 쉽고 의미에 맞게 사물을 표현하는 신선한 언어를 발견할 수 있으리라고 믿는다"고 합니다.

윤주헌 교수와 인터뷰를 하고 그의 생애를 구성하는 내내 로자 룩셈부르크의 말처럼 쉽고 의미에 맞으며 신선한 언어로 문장을 이루고자 했습니다. 기자로 일하고 소설가로 타국을 다니며 가난한 사람과 돈 많은 사람, 국내외 대통령을 비롯해 눈 먼 사람과 눈 밝은 사람 등등 수많은 사람을 만나서 인터뷰를 하고, 이를 기사로 쓰거나 소설로 구성하고 책으로 내기도 했습니다. 이런 기록문학 형식은 제가 가장 잘할 수 있고 또 관심이 깊은 장르입니다.

2020년 봄부터 만나서 이야기를 나누었던 윤주헌 교수와의 목소리를 내면화시키고 구성하는 데 오랜 시간이 걸렸습니다. 그의 목소리와 품고 있는 언어, 그의 모습이 오차가 없어서 속으로 당황하기도 했습니다. 왜냐하면 그의 얼굴과 생각과 행동이 일치해서 언어의 상상력이 개입할 공간이 별로 없었습니다.

그와 했던 이야기를 쓰면서 의학자로서 철저하고 정직한 모습, 삶에 대한 견고한 자세를 저는 한번도 시도하지 않은 완전히 새로운 형식으로 구성해서 드러내고자 하는 욕심을 내어보았습니다. 쉼이 없는 연구 과정과 애환, 간결한 눈빛을 풍경화처럼, 때로는 목탄 스케치처럼 구체화시키고 싶었지요. 이 책을 읽는 독자들에게 이야기하듯 들려주는 그의 목소리를 담아내려고 했습니다.

무엇보다 사람의 코점막 정상상피세포를 세계 최초로 계대배양한 의학자로서의 윤주헌 교수의 업적은 놀랍습니다. 세계적으로 팬데믹 현상을 겪고 있고 언제 또 새로운 팬데믹이 나타날지 알 수 없는 두려운 현실 속에서 그의 연구가 팬데믹 사태를 대처하고 극복할 수 있는 이정표이자 새로운 치료 전략으로 활용되기를 정말 기대합니다.

코점막 정상상피세포의 계대배양법은 정상세포를 늘리면서 분화능력도 유지하는 아주 어려운 기술이고, 정상상피세포를 배양하기까지 많은 정성과 비용이 듭니다. 대부분 국내외 실험 현장에서는 코점막 정상세포를 구하기 어려워서 병적 상태의 상피세포를 단순배양하거나, 유전자 조작을 해서 상피세포가 죽지 않게 만들어놓은 세포주(cell lines)나 동물세포를 이용해 실험하고, 그 결과를 통해 사람의 코점막 정상세포의 반응을 유추하는 방법을 씁니다. 이런 실험은 결국은 시간과 비용을 낭비하고 맙니다. 왜냐하면 세포주의 세포들은 세대를 거칠수록 세포의 유전자가 변형되어 정상세포상태에서와 같은 현상이 일어날 수 없기 때문입니다.

윤주헌 교수는 "코를 통해 침범하는 바이러스 연구는 절대적으로 사람의 코점막 정상상피세포를 이용한 실험만이 정확하고 엄밀한 연구 결과를 얻을 수 있다"고 강조합니다. 우리 의학계의 소중한 연구 자산이 있는데도 여러 가지 문제로 코로나바이러스 연구자들이 이를 활용하지 못하는 연구 현실이 안타깝습니다. 호흡기 질병을 연구하는 의학계와 바이오기업의 연구실에서 사람의 코 정상상피세포를 활용한다면 세계적인 팬데믹 혼란 속에서 우리의 연구가 다른 어떤 국가의 호흡기 연구보다 앞서는 미래 바이오산업의 방향을 제시할 수 있을 것입니다.

서양철학에서의 '인간'은 백인을 기준으로 하듯, 서양 의학에서 인간도 백인을 기준으로 합니다. 무엇보다 한국인 코의 임상 해부를 통해 최초로 한국인의 코 구조 연구를 확립한 그의 연구 의미를 철학적으로 풀이하면 인간 존재의 범위를 확대시킨 탁월한 업적입니다.

모든 것은 이야기로 남습니다.

그의 목소리가 새겨진 이야기는 삶의 풍경이면서 지층의 단면처럼 오랜 시간의 흔적을 품고 있습니다. 세상의 모든 삶은 언젠가 다 이야기로 남아 강물처럼 산 메아리처럼 멀리멀리 전해집니다. 울림이 깊은 이야기는 꽃잎들도 알아듣고 공중의 새들도 귀를 기울이겠지요. '닥터 윤주헌 이야기'가 그렇게 전해지기를 바랄 뿐입니다.

이제 원고를 마치며 저도 노화 과정에 들어섰음을 비로소 알게 되었습니다. 글을 쓰느라 오래 의자에 앉아 있으면 다리가 붓고 글씨도 눈에 잘 안 보이는 노화의 모습을 가만히 품으며 새벽의 숲을 바라봅니다. 늙어가는 모습이 얼마나 아름다운지, 남아 있는 시간에 더 많은 생각을 하고 더 오래, 더 먼 곳을 걸으며 노화의 장엄함이 삶에 가장 가깝게 이르게 해주는 선물임을 새벽 이슬처럼 받아 듭니다.

2022년 가을 앞에 서서

문형렬 / 소설가

부록 1

새로 풀어쓰는 윤주헌 연보

1957년 12월 27일 아버지 윤영식과 어머니 백영순의 2남 1녀 중 장남으로 대구 중구 봉산동 212번지에서 출생했다.

어릴 때 살던 집은 일본식 집이었는데, 마당이 넓었고 큰 창고가 있었다. 창고 옆에는 나무 지게도 있었다. 창고 앞에서 바로 아래 여동생 성원, 막내 주혁과 찍은 흑백사진을 얼마 전 여동생이 보내주었다. 내가 7살 때 우리 삼남매의 모습이 남아 있는 아련한 사진이다.

1964년 3월 대구 교육대학 부속 초등학교 입학(서울 종암초등학교 전학/숭례초등학교 졸업)

초등학교 1학년까지 대구 교대부국을 다녔다. 학교에서 크리스마스 때 소보로빵과 단팥빵을 주었다. 참 맛있었다. 시큼한 요구르트도 주었다.

1970년 3월~1973년 2월 서울 서라벌중학교 입학, 졸업

공부를 열심히 안 해도 성적이 잘 나와서 공부도 놀면서 해도 되는 줄 아는 바보 같은 생각을 했다. 수줍어하는 성격이어서 축구 게임기에 빠져 시간가는 줄 몰랐다. 그래서인지 고입 1차 시험에 떨어졌다.

1973년 3월~1976년 2월 서울 대광고등학교 입학, 졸업

탁구와 영화를 보는 게 취미였는데 어머니가 1차 시험에 떨어져 상심하시는 모습을 보고는 그것도 끊고 공부에 열중했다. 철들고 공부하니까 공부가 재미있었다. 성적이 오르니 시험을 더 자주 보면 좋겠다는 생각이 들기도 했다. 자신의 성장하는 모습을 확인할 수 있었다. 사춘기 시절인데, 공부를 해야겠다는 생각밖에 없었다. 집에서 저녁 먹고 자서 새벽 1시에 일어나서 학교 가기 전까지 수학, 과학, 영어를 공부했다.

1976년 3월~1982년 2월 연세대학교 의과대학 입학, 졸업

연세대학교에서 입학시험을 치르던 날, 아버지와 어머니는 추운 날씨에도 하루 종일 바깥에서 기다리고 계셨다. 점심시간에 잠깐 아버지와 마주쳤다. 제 편한 얼굴을 보고 '시험을 잘 보았나보다'라고 생각하셨다고 한다. 합격자 발표날 전화로 합격했다는 소식을 듣고도 택시를 타고 연세대학교로 와서 합격자 방을 보고 합격한 것을 확인했다. 태어나서 부모님께 가장 큰 기쁨을 드린 날이었다.

예과 때는 당구나 테니스를 치며 놀았다. 친구들과 캠핑을 가서 강가에 텐트를 치고 놀았다. 그때 함께 했던 김도영(한림대 정형외과 교수), 곽기우(분당 가정의학과 개원의) 두 친구와 요즈음도 가끔 만나서 술잔을 나누며 회포를 푼다. 본과 들어가서는 공부에 매달리기 시작했다. 의학 지식 양이 많아서 외워서 시험보고 나면 다 까먹었다. 다른 것을 돌아다볼 여유가 없었다. 꽃이 어떻게 피는지 바람이 어디서 불어오는지도. 동료이지만 늘 경쟁자로 보고 끼리끼리 족보만 주고받는 식의 교육이 뒤에 의대 학장이 되어

성적을 절대평가로 바꾸는 계기가 되었다.

1982년 3월 의사 자격 취득

초보 의사로 환자를 이떻게 봐야 할지 두려움도 컸다. 그때는 인턴을 뽑을 시기에 전공과가 미리 정해질 때였다. 1명만 레지던트를 뽑을 때였는데, 경쟁이 치열했다. 결국 레지던트 과정을 인턴 과정에 이어 바로 하지 못하고 군의관으로 갔다.

1983년 2월~1986년 4월 육군 군의관 대위 제대

전방에 근무했다. 알코올성 질병, 각종 성병이나 무좀 같은 피부질환, 집단생활에서 오는 독감 등 군인들의 감염병 문제가 많아서 어떻게 건강 관리를 해야 하는지『군인들의 건강 관리』라는 책을 썼다. 크리스마스 회식 때였는데, 전방부대 대대장 당번병이 살코기를 다 잘라가버려서 대대장에게 항의를 한 적이 있다. 최전방 철책부대이어서 매복팀들이 동시에 투입되어야 했는데 제 시간에 들어가 매복해 있는 소대가 뒤늦게 철책으로 들어오는 아군 소대를 북한군인 줄 알고 교전을 한 가슴 아픈 현장도 보았다. 2년간 최전방 근무 후 1년은 춘천의 공병여단에서 근무했다.

1984년 2월 강신원과 결혼

삼성 코엑스에서 결혼식을 했다. 군의관 시절이어서 관사가 제공되었다. 어머니와 아내가 이삿짐을 싸서 민통선 안쪽에 있는 관사로 왔는데, 관사와 주위 환경을 둘러보고는 도저히 안 되겠다 싶으셨는지 짐을 풀지도 않고 그 날 밤에 다시 서울로 돌아가버렸다. 관사는 집만 있고 실내는 아무것도 없었다. 심지어는 형광등까지도. 제대 후 병원 가까운 마포 성산동 시영아파트에 세 들어 살았다.

1984년 12월 아들 성현 출생

아버지가 매우 기뻐했고 이름도 지어주셨다. 풍성할 성(盛), 솥귀 현(鉉).

성현이 마음만 여리고 착해서 이름을 너무 선하게 지어서 그런 게 아닌가 하는 생각이 뒤에 들기도 했다. 양가 집안의 첫 손자라서 사랑과 귀여움을 많이 받았다. 이제 아버지가 되었구나 싶었다.

1987년 5월 딸 성아 출생

성아 이름도 아버지가 지어주셨다. 성실한 성(誠), 아리따울 아(⊠). 레지던트 2년차로 일할 때였다. 아내가 입덧을 심하게 해서 고생이 많았다. 수술실에 들어가 있다가 잠깐 아기 얼굴을 보려고 명동 백병원으로 급하게 달려갔다. 수술실 헝겊 캡을 눌러쓴 자국이 이마에 그대로 남아 있는 채.

1989년 3월 이비인후과 전문의 자격 취득

해마다 1월에 시험을 보니 그 전 두 달 반 동안 전문의 수험생들이 돈을 모아 장충동 언덕에 앰배서더호텔 방을 장기로 빌려 시험 준비를 했다. 호텔에서는 침대를 빼고 책상을 넣어주었다. 신촌 강남 원주 세브란스병원의 레지던트들이 모여서 공부했던 시절. 다 시험에 합격했다. 1차 필기시험과 2차 구두시험이 있었다.

1988년 2월 연세대학교 대학원 의학석사 취득(지도교수 박인용)

레지던트 2년차 말에 석사학위를 받았다. 환자들이 코로 숨쉬기를 얼마나 힘들어하는지를 알기 위해 공기의 저항값을 계산해서 숨쉬기 힘든 정도를 객관화시키는 내용이었다. 환자가 코로 숨쉬기가 얼마나 힘든지, 코 안쪽의 어느 부위가 좁은지를 파악하는 것으로 지금도 수술 전에 검사하고 있는 방법이다.

1991년 2월 연세대학교 대학원 의학박사 취득(지도교수 박인용)

코 점액이 당단백질로 구성되어 있는데, 어떤 당이 점소 단백질에 붙어 있는지, 산성 당단백질인지 중성 당단백질인지를 조사하는 연구였다. 코 점액은 약산성인데, 당의 구성 성분에 따라 코 안의 산도가 달라져서 질병이 생기면 당단백질이 변화하면서 알칼리성으로 변한다. 박사학위 논문은 당을 염색하는 렉틴(lectin) 방법으로 점액이 나오는 배세포와 샘(gland)을 염색하면 산성 당단백질이 많은지 혹은 중성 당단백질이 많은지를 분석하는 연구였다. 이 논문에서 코점막을 염색하여 상피세포인 배세포와 점막하 샘들이 정상과 질병, 알레르기 상태, 또 혈액형에 따라서 어떻게 다른지를 밝혔다.

1989년 3월~1992년 2월 연구강사

1992년 3월~1998년 2월 연세대학교 의과대학 이비인후과학 교실 조교수

1992년 3월~1993년 2월 용인 세브란스병원 이비인후과 과장 서리

1993년 3월~1995년 2월 인천 세브란스병원 이비인후과 과장

교수로서의 첫 출발을 용인 및 인천 세브란스병원 이비인후과 과장으로 시작했다. 오후 5시에 진료가 끝나면 총알같이 신촌 세브란스병원으로 와 연구에 몰두했다. 즐거운 시절이었다. 인천 세브란스병원 옆 시장에서 만두를 사서 운전석 옆에 두고 저녁 대신 먹었다. 그 시절, 그 만두가게가 그립다.

1994년 1~2월 일본 가고시마 대학 연수 (지도교수: Prof. Ohyama)

1994년 1~2월의 가고시마 아파트는 다다미방이었다. 일본 남쪽 규슈의 최남단 가고시마의 겨울은 써늘했다. 난방 시설이 없어 전기 난로로 온기를 느껴야 했다. 가고시마 바로 아래에 있는 사쿠라지마 화산이 자주 화산재를 뿜어내었다. 아침에 일어나면 길거리와 자동차에 화산재가 내려앉아 있었다. 매일 저녁을 혼자 슈퍼에서 즉석 우동을 사서 해결하는 생활이었지만, 새로운 배양법을 배우는 재미에 시간 가는 줄 몰랐다. 그곳은 한국인들이 일찍 진출한 곳이어서 도공 문화 흔적들이 꽤 있다.

1994년 10월 대한이비인후과학회 석당학술상

조교수를 시작한 지 3년째 되는 해에 대한이비인후과학회에서 수여하는

석당학술상을 받았다. 강사 시절부터 5년간 연구에 쏟은 열정과 성과를 인정받아서 큰 자부심을 느끼는 계기가 되었다. 논문 성과로 인한 첫 수상이었다.

1995년 3월 세브란스병원 본원으로 전보

3년간 용인, 인천 세브란스병원에서 근무한 뒤, 4월 미국 연수가 결정된 상황에서 신촌 세브란스병원으로 전보되었다. 박인용 선생님은 언제나 나의 연구를 지원해주고 격려해주셨다.

1995년 4월~1997년 3월 미국 국립 환경건강과학연구소(NIEHS) 연수(지도교수 Dr. Paul Nettesheim)

가족들과 미국행 비행기에 몸을 실었다. 노스캐롤라이나의 첫인상은 온통 숲이 많은 지역이라는 첫 느낌을 받았다. Chapel Hill에 아파트를 얻었다. 아이들이 다닌 초등학교는 당시 동양인은 우리 아이들뿐이었다. 아이들도 학교 생활이 낯설고 부모인 우리도 미국 생활이 낯설었지만, 즐거운 일도 많았다. Chapel Hill에는 한국 마트가 없어 가끔씩 4시간을 운전하여 워싱턴에 가서 한가득 장을 보았다. 스미소니언 자연사박물관도 보았다. 휴가를 얻어 가족과 함께 Great Smoky 산맥, 나이아가라 폭포, 뉴욕, 루레이 동굴, 머틀 비치, 디즈니랜드를 여행하며 아이들이 즐거워했던 기억이 지금도 환하게 보인다.

1998년 3월~2003년 2월 연세대학교 의과대학 이비인후과학 교실 부교수

보통 조교수 6년을 해야 부교수 승진 대상자가 된다. 요즘은 진급 심사를 까다롭게 하지만 그때는 시간이 쌓이면 진급하는 시스템이었다.

2000년 5월 제10회 한국과학기술 우수논문상

한국과학기술총연합회에서 주는 상이다. 계대배양하여 확보한 사람 코점

막 정상상피세포의 분화를 유도할 때, 배양액에 레티노익(retinoic) 산 유무에 따라 점액상피세포와 편평상피세포로 서로 다르게 분화한다. 이 과정에 점소(mucin)와 라이소자임 유전자(lysozyme, 세균에 저항하는 항세균성 물질)가 어떻게 발현되는지를 밝히는 논문이다.

2003년 3월~2022년 2월 연세대학교 의과대학 이비인후과학 교실 교수

종신 교수인 정교수가 되었다. 65세 정년까지 한꺼번에 임용 계약을 맺었다. 1982년 의사가 된 후 인턴 1년, 레지던트 3년, 군복무 3년, 강사 3년, 조교수 6년, 부교수 5년까지 21년의 세월이 지난 후였다.

2003년 5월 연세대학교 우수업적교수 표창

교수 가운데 연구 업적이 좋은 교수들에게 주는 소박한 상이다. 2002년까지 해외 학술 논문을 35편을 발표했다. 그때만 해도 해외 학술 논문을 발표하는 데 그리 관심을 기울이지 않았던 시절이었다.

2003년 9월 세계 이비인후과 의학자 모임(Collegium ORLAS) 정회원 선출

세계 각 나라마다 이비인후과 전문의 10명씩의 TO가 있는 의학자 모임의 정회원으로 선출되었다. 이 모임은 부부 동반을 권유하는 모임이다. 선출 첫해에는 무조건 참석해야 하는 의무 조항이 있어 브라질에서 열린 세계 이비인후과 의학자 모임에 아내와 함께 참석하였다. 학회 후 이구아수 폭포 관광을 단체로 가서 엄청난 물줄기를 쏟아내는 자연이 주는 그 웅장한 모습에 감탄했던 기억이 난다. 폭포는 장관이었고 폭포를 보는 사람들이 빨려들어갈 것 같은 느낌이 드는 '악마의 목구멍'은 절경이었다. 나이아가라 폭포는 이구아수 폭포에 비해 왜소하게 느껴졌다.

2004년 3월 제9회 서울시의사회 의학상 대상

2004년 9월 의과대학 기도점액연구소 설립, 초대 소장 역임

이비인후과 동문과 지인들의 기부로 약 1억6천만 원이 모금되었다. 기도점액연구소 개소식을 하고 나서, 이제 연구 기반을 만들어졌으니 기부해주신 분들의 뜻을 살려 이비인후과 연구의 수준을 높여야겠다는 책임감에 차 있었던 시절이었다.

2005년 3월 연세의료원 의과학연구처장

내 자신의 연구뿐만 아니라 연구라는 숲을 보기 시작하는 계기가 되었다.

2005년 10월 대한이비인후과학회 학술상 금상

2005년 11월 대한비과학회 제1회 학술상 최우수상

2006년 MD Anderson Cancer Center 홍완기 교수와의 만남

나와 함께 미국 국립 환경보건과학연구소에서 연구하던 구자석 박사(Peter Kaseok Koo, PhD)의 도움으로 홍완기 박사님을 소개받았다. MD Anderson Cancer Center 의 내과 부장이고 암 연구와 암 진료에 세계적인 학자이셨던 홍완기 박사님이 나를 좋게 보아서인지 훗날 내가 휴스턴을 방문할 때마다 공항에 리무진을 보내주고 댁에서 저녁을 접대해주곤 하셨다. 홍완기 박사님의 적극적인 도움으로 앰디앤더슨 암센터와 세브란스병원이 자매병원으로 인정받았고, 공동 심포지엄을 진행했다. 앰디앤더슨 암센터의 진료시스템이 우리 세브란스병원에 도입되었다. 그리고 드디어 2014년 암병원이 건축되었다. 홍완기 박사님은 세브란스 암병원의 설립과 선진 암 진료시스템 도입에 가장 큰 도움을 주신 분이다.

2007년 9월 — 2016년 2월 한국연구재단 선도연구센터에 생체방어연구센터 선정

과학기술부에서 선정하여 해마다 10억씩 지원하는 국가 선도연구센터에 우리가 지원한 '생체방어연구센터'가 선정되었다. 무엇인가 무거웠던 가슴이 뻥 뚫리는 느낌이었다. 이제 연구에 박차를 가할 수 있는 여건이 조성되어 가슴이 한껏 부풀었다. 개소식에 이비인후과학 교실 교수들과 과학기술 부총

리, 연세대학교 총장, 의료원장, 의대 학장이 모두 참석하여 축하해주었다.

2008년 4월 의협 100주년 기념 대한의사협회 의과학상 우수상

2008년 9월~2010년 8월 연세대학교 의과대학 교무부학장

2009년 11월 대한비과학회 제5회 학술상 최우수상

2010년 6월 19일(음 5월 8일) 아버지 윤영식 선종

그립습니다. 아버지.

2010년 8월~2014년 7월 연세대학교 의과대학 학장 및 의학전문 대학원장

2010년 5월 의과대학 학장 선거에서 학장에 선출되었다. 젊은 날, 나는 내가 우리 대학의 학장이 되리라고는 상상도 못했다. 박창일 선생님의 권유로 선거에 나가 학장에 선출되었다. 막상 학장에 선출되고 나니 고민의 연속이었다. 하나님이 왜 우리나라에서 가장 오랜 역사를 가진 의과대학 학장을 맡기셨을까? '내가 무엇을 어떻게 해야 하지?'라는 고민과 기도의 나날이 4년간 이어졌다.

2011년 3월~2013년 2월 제7대 대한비과학회 회장

2013년 2월 한빛사(한국을 빛낸 사람들) 첫 논문 출판

기존에 알레르기성 비염과 알레르기성 천식은 "하나의 기도(氣道), 하나의 질병"으로 인정하고 있었다. 코와 폐는 점막에 존재하는 미생물의 미세환경이 서로 다르고, 발생학적으로도 다른 기관에서 발생하고, 조직학적으로도 코에는 혈관을 제외하면 폐와 달리 평활근이 없다는 차이점에 근거하여, 알레르기성 비염과 천식은 유사한 점이 있지만, 서로 다른 기전으로 발병한다는 것을 밝혔다. 전 세계에서 출판되는 논문의 가치를 평가하는 F1000에서는 내 논문이 향후 알레르기성 비염과 천식의 치료 방법을 다르게 해야 한다는 내용을 담은 훌륭한 논문으로 꼭 읽어보라고 권유했다.

2013년 4월 의과대학 학장으로서 에비슨의생명연구센터 개원

의과학 연구처장 때 의과대학 연구시설 확충 사업으로 추진해 10년 만에 에비슨의생명연구센터를 완공, 개원식을 가짐으로써 의과대학의 연구력 도약을 위한 기반이 구축되었다. 가슴 벅찬 일이었다.

2014년 4월 제47회 유한의학상 우수상

2014년 11월~2015년 1월 미국 Weill-Cornell 의과대학(Dean & Prof. Augustine Choi) 연수

2014년 12월 보건의료기술진흥 유공자 보건복지부 장관 표창

2015년 5월 연세대학교 학술상(의학 부문)

2016년 3월~2022년 6월 한국연구재단 글로벌 호흡기 알레르기센터 선정

Weill-Cornell 의대 학장인 Dr. Augustine MK Choi 교수와 공동으로 연구재단 글로벌 연구 프로젝트에 선정되어 6년간 해마다 5억씩 지원받아 거의 정년까지 해외 석학과 공동 연구를 지속할 수 있게 되었다. 기쁨과 행운의 6년이었다.

2017년 1월~2018년 12월 한국분자세포생물학회 이사 (Council member)

2018년 2월 제21회 범석의학상

2021년 5월 연세대학교 136주년 창립 기념식 제26회 연세의학대상

연세대학교 의과대학을 졸업하고 모교의 교수로 평생을 살아온 나에게 수여하는, 연세의학대상 수상은 교수로서의 수고에 대한 가장 큰 보상이었다. 또 이제는 떠날 준비를 하라는, 내려놓음에 익숙해지라는 메시지로 느껴졌다.

국제 SCI 논문

1 Yoon JH, Lee JG, Kim SH, Park IY. Microscopical surgical management of cerebrospinal fluid rhinorrhea. Rhinology 1995;33:208— 211

2 Guzman K, Gray TE, Yoon JH, Nettesheim P. Quantitation of mucin RNA by PCR reveals induction of both MUC2 and MUC5AC mRNA levels by retinoids. Am J Physiol 1996;271:L1023— L1028

3 Yoon JH, Gray T, Guzman K, Koo JS, Nettesheim P. Regulation of the secretory phenotype of human airway epithelium by retinoic acid, triiodothyronine, and extracellular matrix. Am J Respir Cell Mol Biol 1997;16:724— 731

4 Cho MS, LL MK, Yang WI, Yoon JH. Granzyme B immunoreactivity in T/natural killer cell lymphomas. Yonsei Med J 1997;38(5):285— 293

5 Yoon JH, Kim KS, Kim SS, Lee JG. Sialoglycoproteins and penultimate sugar expression pattern in developing murine olfactory and respiratory mucosa. Yonsei Med J 1998;39(1):20— 26

6 Kim KS, Kim SS, Yoon JH, Han JW. The effect of botulinum toxin A injection for intrinsic rhinitis. J Laryngol Otol 1998;112:248— 251

7 Yoon JH, Park IY. Mucin gene expression and mucin secretion in human airway epithelium. Rhinology 1998;36(4):146— 152

8 Koo JS, Yoon JH, Gray T, Norford D, Jetten AM, Nettesheim P. Restoration of the Mucous Phenotype by Retinoic Acid in Retinoid— Deficient Human Bronchial Cell Cultures: Changes in Mucin Gene Expression. Am J Respir Cell Mol Biol 1999;20:43 — 52

9 Koo JS, Jetten AM, Belloni P, Yoon JH, Kim YD, Nettesheim P. Role of retinoid receptors in the regulation of mucin gene expression by retinoic acid in human tracheobronchial epithelial cells. Biochem J 1999;338:351— 357

10 Yoon JH, Koo JS, Gray T, Guzman K, Nettesheim P: Lysozyme expression during metaplastic squamous differentiation of retinoic acid— deficient human tracheobronchial epithelial cells. Am J Respir Cell Mol Biol 1999;20:573— 581

11 Yoon JH, Kim SS, Kim KS, Lee JG: Creation of Large Maxillary Sinus Ostium: A Modified antrostomy technique removing palatine bone for improved patency. Laryngoscope 1999;109(4):672— 675

12 Yoon JH, Kim KS, Linton JA, Kim HU, Lee JG. Effects of TNF— alpha and IL— 1 beta on mucin, lysozyme, IL— 6 and IL— 8 in passage— 2 normal human nasal epithelial cells. Acta Oto— Laryngol 1999;119(8):905— 910

13 Ohsawa M, Shingu N, Inohara H, Kubo T, Yang WI, Yoon JH, Aozasa K. Chronological changes in incidences of polymorphic reticulosis in Korea and Japan. Oncology 1999;56:202— 207

14 Kim SS, Kim KS, Lee JG, Park IY, Koo JS, Yoon JH. Levels of intracellular protein and mRNA of mucin and lysozyme in normal human nasal and polyp epithelium. Laryngoscope 2000;110:276— 280 (

15 Yoon JH, Kim KS, Jung DH, Lee JG, Kim SS, Koh KS, Oh CS, Kim HJ, Chung IH. Fontanelle and Uncinate Process in the Lateral Wall of the Human Nasal Cavity. Laryngoscope 2000;110:281— 285

16 Jung DH, Hee Jin Kim, Ki Seok Koh, Chang Seok Oh, Kyung— Su Kim, Yoon JH, Chung IH. Arterial Supply of the Nasal Tip in Asians. Laryngoscope 2000;110:308— 311

17 Yoon JH, Kim KS, Kim SS, Lee JG, Park IY. Secretory differentiation of serially— passaged normal human nasal epithelial cells: Mucin and lysozyme expression. Ann Otol Rhinol Laryngol 2000;109:594— 601

18 Kim DK, Cho ES, Yoon JH, Um HD. FLIP is constitutively hyperexpressed in FAS— resistant U266 myeloma cells, but is not induced by IL— 6 in FAS— sensitive RPMI8226 cells. Mol Cells 2000;10:552— 556

19 Kim CH, Song KS, Kim SS, Kim HU, Seong JK, Yoon JH. Expression of MUC5AC mRNA in the goblet cells of human nasal mucosa. Laryngoscope 2000;110:2110— 2113

20 Moon SK, Lim DJ, Lee HK, Kim HN, Yoon JH. Mucin gene expression in cultured human middle ear epithelial cells. Acta Otolaryngol 2000;120:933— 939

21 Moon SK, Yoon JH, Kim HN, Lim DJ, Chung MH. Effects of retinoic acid, triiodothyronine and hydrocortisone on mucin and lysozyme expression in cultured human middle ear epithelial cells. Acta Otolaryngol 2000;120:944— 949

22 Kim SS, Lee JG, Kim KS, Kim HU, Chung IH, Yoon JH. Computed tomographic and anatomical analysis of the basal lamellas in the ethmoid sinus. Laryngoscope 2001;111(3):424— 429

23 Kim KS, Kim HU, Chung IH, Lee JG, Park IY, Yoon JH. Surgical anatomy of the nasofrontal duct: anatomical and computed tomographic analysis. Laryngoscope 2001;111(4):603— 608

24 Moon HJ, Kim HU, Lee JG, Chung IH, Yoon JH. Surgical Anatomy of the Anterior Ethmoidal Canal in Ethmoid Roof. Laryngoscope 2001;111(5):900— 904

25 Kim GE, Yang WI, Lee SW, Kim YB, Suh CO, Yoon JH, Oh YT, Chung HC, Kim BS. The Significance of Granzyme B Expression in Angiocentric Lymphoma of the Head and Neck. Cancer 2001;91:2343— 2352

26 Kim HU, Kim SS, Kang SS, Chung IH, Lee JG, Yoon JH. Surgical Anatomy of the Natural Ostium of the Sphenoid Sinus. Laryngoscope 2001;111(9):1599— 1602

27 Kim SH, Yoon JH, Choi JU, Chung SS, Lee KC. Transcolumellar incision in transsphenoidal pituitary surgery for small nostril patients. Otolaryngol Head Neck Surg 2001;125(6):609— 612

28 Chung MH, Choi JY, Lee WS, Kim HN, Yoon JH. Compositional differences in middle ear effusion: mucous versus serous. Laryngoscope 2002;112:152— 155

29 Yoon JH, Moon HJ, Seong JK, Kim CH, Lee JJ, Choi JY, Song MS, Kim SH.

Mucociliary differentiation according to time in human nasal epithelial cell culture. Differentiation 2002;70:77—83
30 Choi JY, Kim CH, Lee WS, Kim HN, Song KS, Yoon JH. Ciliary and secretory differentiation of normal human middle ear epithelial cells. Acta Otolaryngol 2002;122(3):270—275
31 Seong JK, Koo JS, Lee WJ, Kim HN, Song KS, Yoon JH. Upregulation of MUC8 and downregulation of MUC5AC by inflammatory mediators in human nasal polyps and cultured nasal epithelium. Acta Otolaryngol 2002;122(4):401—407
32 Yoon JH, Moon HJ, Kim CH, Hong SS, Kim K. Endoscopic frontal sinusotomy using the suprainfundibular plate as a key landmark. Laryngoscope 2002;112(9):1703—1707
33 Kim CH, Song KS, Koo JS, Kim HU, Choi JY, Yoon JH. IL—13 suppresses MUC5AC mRNA and secretion in nasal epithelial cells. Acta Otolaryngol 2002;122(6):638—643
34 Yoon JH, Kim CH, Choi EC. Treatment outcomes of primary and recurrent inverted papilloma: an analysis of 96 cases. J Laryngol Otol 2002;116:699—702
35 Lee HY, Kim HU, Kim SS, Son EJ, Kim JW, Cho NH, Kim KS, Lee JG, Chung IH, Yoon JH. Surgical anatomy of the sphenopalatine artery in lateral nasal wall. Laryngoscope 2002;112(10):1813—1818
36 Choi JY, Cho KN, Yoon JH. Effect of UTP on mucin and lysozyme expression in human middle ear epithelial cells. Acta Otolaryngol 2003;123:362—366
37 Choi JY, Cho KN, Yoo K—H, Shin J—H, Yoon JH. Retinoic acid depletion induces keratinizing squamous metaplasia in human middle ear epithelial cell culture. Acta Otolaryngol 2003;123:466—470
38 Song KS, Lee WJ, Chung KC, Koo JS, Yang EJ, Choi JY, Yoon JH. IL—1β and TNF—α induce MUC5AC overexpression through a mechanism involving ERK/p38 MAP kinases—MSK1—CREB activation in human airway epithelial cells. J Biol Chem 2003;278:23243—23250
39 Kim KS, Shin JH, Kim HJ, Baek SJ, Yoon JH. Expression of non—steroidal anti—inflammatory drug—activated gene—1 in human nasal mucosa and cultured nasal epithelial cells: a preliminary investigation. Acta Otolaryngol 2003;123:857—861
40 Lee JH, Choi JH, Namkung W, Hanrahan JW, Chang J, Song SY, Park SW, Kim DS, Yoon JH, Suh Y, Cho MO, Chang IJ, Nam JH, Kim SJ, Lee JE, Kim KH, Lee MG. A haplotype—based molecular analysis of CFTR mutations associated with respiratory and pancreatic diseases. Human Mol Gen 2003;12(18):2321—2332
41 Song KS, Seong JK, Chung KC, Lee WJ, Cho KN, Kang C—D, Koo JS, Yoon JH. Induction of MUC8 gene expression by Interleukin—1β is mediated by a sequential ERK/ RSK1/ CREB cascade pathway in human airway epithelial cells. J Biol Chem 2003;278:34890—34896
42 Kim KS, Choi Y—S, Kim HJ, Yoon JH. The risk of olfactory disturbance from conchal plate injury during ethmoidectomy. Am J Rhinol 2003;17:307—310
43 Kim CH, Kim DK, Choi SJ, Choi KH, Song KS, Chi J, Koo JS, Hwang SY, Yoon JH, Seong JK. Proteomic and transcriptomic analysis of interleukin—1β treated lung

carcinoma cell line. Proteomics 2003; 3:2454— 2471
44 Choi JY, Namkung W, Shin JH, Yoon JH. UTP and ATPγS induce mucin secretion in calcium dependent pathways in human nasal epithelial cells. Acta Otolaryngol 2003;123(9):1080— 1086
45 Ryu JH, Nam KB, Oh CT, Nam HJ, Kim SH, Yoon JH, Seong JK, Yoo MA, Jang IH, Brey PT, Lee WJ. The Homeobox Gene Caudal regulates constitutive local expression of antimicrobial peptide genes in Drosophila epithelia. Mol Cell Biol 2004;24:172—185
46 Choi JY, Cho KN, Yoon JH. All trans— retinoic acid induces mucociliary differentiation in human cholesteatoma epithelial cell culture. Acta Otolaryngol 2004;124:30— 35
47 Yang EJ, Yoon JH, Chung KC. Bruton's Tyrosine Kinase Phosphorylates CREB at Ser — 133 during Neuronal Differentiation in Immortalized Hippocampal Progenitor Cells. J Biol Chem 2004;279:1827— 1837
48 Yang EJ, Yoon JH, Min DS, Chung KC. LIM kinase 1 activates CREB during the neuronal differentiation in immortalized hippocampal progenitor cells. J Biol Chem 2004;279:8903— 8910
49 Shin JH, Namkung W, Choi JY, Yoon JH, Lee MG. Purinergic Stimulation Induces Ca2+— Dependent Activation of Na+— K+— 2Cl— Cotransporter in Human Nasal Epithelia. J Biol Chem 2004:279:18567— 18574
50 Koom WS, Chung EJ, Yang WI, Shim SJ, Suh CO, Roh JK, Yoon JH, Kim GE. Angiocentric T— cell and NK/T— cell lymphoma: radiotherapeutic viewpoints. Int J Radiat Oncol Biol Phys 2004;59:1127— 1137
51 Choi EC, Choi YS, Kim CH, Yoon JH. Surgical outcomes of radical maxillectomy in maxillary cancer. Yonsei Med J 2004;45(4):612— 628
52 Kim CH, Kim SS, Choi JY, Kim JY, Namkung W, Lee JG, Lee MG, Yoon JH. Membrane — specific expression of functional purinergic receptors in normal human nasal epithelial cells. Am J Physiol: Lung Cell Mol Physiol 2004:287(4):L835— L842
53 Kim JY, Kim CH, Kim KS, Choi YS, Lee JG, Yoon JH. ERK is involved in TNF— α — induced MUC5AC gene expression in cultured human nasal polyp epithelial cells. Acta Otolaryngol 2004;124(8):953— 957
54 Kim CH, Park HW, Kim KB, Yoon JH. Early development of the nose in human embryo: A stereomicroscopic and histologic analysis. Laryngoscope 2004;114(10):1791— 1800
55 Kim KS, Yoon JH, Kim JK, Baek SJ, Eling TE, Lee WJ, Ryu JH, Lee JG, Lee JH, Yoo JB. Cyclooxygenase inhibitors induce apoptosis in oral cavity cancer cells by increased expression of nonsteroidal anti— inflammatory drug— activated gene (NAG — 1). Biochem Biophys Res Commun 2004;325: 1298— 1303
56 Kim HJ, Kim CH, Song MS, Yoon JH. Diplopia secondary to endoscopic sinus surgery. Acta Otolaryngol 2004;124:1237— 1239
57 Kim CH, Kim Hyun Jik, Song KS, Seong JK, Kim KS, Lee JG, Yoon JH. MUC8 as a ciliated cell marker in human nasal epithelium. Acta Otolaryngol 2005;125:76— 81

58 Kim CH, Song KS, Kim KS, Kim JY, Lee BJ, Lee JG, Yoon JH. Sulindac sulfide—induced apoptosis in sinonasal cancer cells. Acta Otolaryngol 2005;125:201— 206
59 Cho KN, Choi JY, Kim CH, Baek SJ, Chung KC, Moon UY, Kim KS, Lee WJ, Koo JS, Yoon JH. Prostaglandin E2 induces MUC8 gene expression via a mechanism involving ERK MAPK/RSK1/cAMP response element binding protein activation in human airway epithelial cells. J Biol Chem 2005;280:6676— 6681
60 Choi JY, Ahn YE, Kim JY, Kim CW, Yoon JH. IL— 1beta promotes the ciliogenesis of human middle ear epithelial cells: possible linkage with the expression of mucin gene 8. Acta Otolaryngol 2005;125(3):260— 265
61 Ji Hyun Shin, Namkung W, Kim CH, Choi JY, Lee JG, Lee MG, Yoon JH. Expression of Na/H exchanger isoforms in human nasal epithelial cells and functional activity of Na/H exchanger 1 in intracellular pH regulation. Acta Otolaryngol 2005;125(3):286—292.
62 Kim KS, Rhee KH, Yoon JH, Lee JG, Lee JH, Yoo JB. Ginkgo biloba extract (EGb 761) induces apoptosis by the activation of caspase— 3 in oral cavity cancer cells. Oral Oncology 2005;41:383— 389
63 Kim JH, Yamaguchi K, Lee SH, Tithof PK, Sayler GS, Yoon JH, Baek SJ. Evaluation of polycyclic aromatic hydrocarbons in the activation of early growth response— 1 and peroxisome proliferator activated receptors. Toxicol Sci 2005;85:585— 593
64 Kim JY, Kim CH, Lee JG, Yoon JH. Optic nerve injury secondary to endoscopic sinus surgery. Yonsei Med J 2005;46:300— 304
65 Kim KS, Chun HS, Yoon JH, Lee JG, Lee JH, Yoo JB. Expression of 12— and 15—Lipoxygenase in Murine and Human Nasal Mucosa. Prostagl andins Leukot Essent Fatty Acids 2005;73:77— 83
66 Yoon JH, Baek SJ. Molecular targets of dietary polyphenols with anti— inflammatory property. Yonsei Med J 2005;46:585— 596
67 Choi JY, Shin JH, Jung SH, Park YD, Kim JL, Sohn EJ, Kim SH, Yoon JH. P2Y2 agonist induces mucin secretion via calcium and inositol 1,4,5— triphosphate— dependent pathway in human middle ear epithelial cells. Hearing Res 2005;209:24— 31
68 Kim CH, Song MH, Ahn YE, Lee JG, Yoon JH. Effect of hypotonic, normotonic and hypertonic saline irrigation on secretory mucins and morphology of cultured human nasal epithelial cells. Acta Otolaryngol 2005;125:1296— 1300
69 Choi JY, Son EJ, Kim JL, Lee JH, Park HY, Kim SH, Yoon JH. ENaC— and CFTR—dependent ion and fluid transport in human middle ear epithelial cells. Hearing Res 2006;211:16— 25
70 Kim JK, Kim CH, Kim KB, Jang HJ, Kim HJ, Yoon JH. Effects of prostaglandin E2 on gel— forming mucin secretion in normal human nasal epithelial cells. Acta Otolaryngol 2006;126:174— 179
71 Kim JK, Yoon JH, Kim CH, Nam TW, Shim DB, Shin HA. Particle Image Velocimetry Measurements for the Study of Nasal Airflow. Acta Otolaryngol 2006;126:282— 287
72 Kim HJ, Lee K, Yoo JB, Song JH, Yoon JH. Bacteriology and antibiotic susceptibility in chronic sinusitis with polypActa Otolaryngol 2006;126:489— 497

73 Choi JY, Sang Yub Kim, Sohn EJ, Shin JH, Moon UY, Kim JL, Yoon JH. Dexamethasone increases fluid absorption via Na— H exchanger 3 activation in normal human middle ear epithelial cells. Eur J Pharmacol 2006;536:12— 18
74 Kim CH, Bae JH, Son SY, Kim JH, Lee JG, Yoon JH. Use of poly— lactide— co— glycolic acid (PLGA) scaffold for mucociliary epithelium transfer in airway reconstruction: a preliminary study. Acta Otolaryngol 2006;126:594— 599
75 Kim HJ, Kim CH, Yoon JH. Retropharyngeal lymph node metastasis from olfactory neuroblastoma: A report of two cases. Eur Arch Oto— Rhino— Laryngol 2006;263(8):778— 782
76 Aggarwall S, Kim SW, Cheon K, Tabassam FH, Yoon JH, Koo JS. Nonclassical action of retinoic acid on the activation of the cAMP response element— binding protein in normal human bronchial epithelial cells. Mol Biol Cell 2006;17(2):566— 575
77 Kim CH, Kim K, Kim HJ, Kim JK, Lee JG, Yoon JH. Expression and regulation of PLUNC in human nasal mucosa. Acta Otolaryngol 2006;126:1073— 1078
78 Lee HY, Kim CH, Kim JY, Lim JK, Song MH, Kim KS, Chung IH, Lee JG, Yoon JH. Surgical anatomy of the middle turbinate. Clin Anatomy 2006;19:493— 496
79 Kim JH, Chang JH, Yoon JH, Lee JG, Bae JH, Kim KS. 15— lipoxygenase— 1 induced by interleukin— 4 mediates apoptosis in oral cavity cancer cells. Oral Oncol 2006;8:825— 830
80 Cho JH, Citardi MJ, Lee WT, Sautter NB, Lee HM, Yoon JH, Hong SC, Kim JK. Comparison of Frontal Pneumatization Patterns between Koreans and Caucasians. Otolaryngol Head Neck Surg 2006;135:780— 785
81 Lim YC, Lee SH, Song MH, Yamaguchi K, Yoon JH, Choi EC, Baek SJ. Growth inhibition and apoptosis by epicatechin gallate are mediated by cyclin D1 suppression in head and neck squamous carcinoma cells. Eur J Cancer 2006;42:3260— 3266
82 Cho SO, Kim KH, Yoon JH, Kim H. Signaling for integrin alpha 5 /beta 1 expression in Helicobacter pylori — infected gastric epithelial AGS cells. Ann NY Acad Sci 2006;1090:298— 304
83 Kim JH, Lee JH, Yoon JH, Chang JH, Bae JH, Kim KS. Antiadhesive effect of the mixed solution of sodium hyaluronate and sodium carboxymethylcellulose after endoscopic sinus surgery. Am J Rhinol 2007;21:95— 99
84 Kim SJ, Choi JY, Son EJ, Namkung W, Lee MG, Yoon JH. Interleukin— 1 upregulates Na+— K+— 2Cl— cotransporter in human middle ear epithelia. J Cell Biochem 2007;101:576— 586
85 Kim JK, Kim SS, Rha KW, Kim CH, Cho JH, Lee CH, Lee JG, Yoon JH. Expression and localization of surfactant proteins in human nasal epithelium. Am J Physiol; Lung Cell Mol Physiol 2007;92:L879— L884
86 Choi JY, Choi YS, Kim SJ, Choi HS, Yoon JH. IL— b suppresses epithelial sodium channel b— subunit expression and ENaC— dependent fluid absorption in human middle ear epithelial cells. Eur J Pharmacol 2007;567:19— 25
87 Lee SJ, Yoon JH, Song KS. Chrysin inhibited stem cell factor/c— Kit complex— induced proliferation in human myeloid leukemia cells. Biochem Pharmacol

2007;74:215— 225
88 Kim SW, Kim CH, Cheon K, Lee WS, Hawke D, Kobayashi R, Wistuba I, Lotan R, Yoon JH, Hong WK, Koo JS. Proteomics— based identification of proteins secreted in apical surface fluid of squamous metaplastic human tracheobronchial epithelial cells cultured by three— dimensional organotypic air— liquid interface culture. Cancer Res 2007;67(14):6565— 6573
89 Chung SH, Lee JH, Yoon JH, Lee HK, Seo KY Multi— layered culture of primary human conjunctival epithelial cells producing MUC5AC. Exp Eye Research 2007;85:226— 233
90 Xu JX, Hoshida Y, Yang WI, Inohara H, Kubo T, Kim GE, Yoon JH, Koiya S, Bandoh N, Harabuchi Y, Tsutsumi K, Koizuka I, Jia XS, Kirihata M, Tsukuma H, Aozasa K. Life— style and environmental factors in the development of nasal NK/T— cell lymphoma: a case— control study in East Asia. Int J Cancer 2007;120(2):406— 410
91 Kim HJ, Kim H, Yoon JH. Malignant peripheral nerve sheath tumour of the paranasal sinus. J Otolaryngol 2007;36:E8— E11
92 Ji Hyun Shin, Eun Jin Sohn, Hun Suk Lee, Kim JL, Choi JY, Yoon SH, Lee MG, Yoon JH. Molecular and functional expression of anion exchangers in human nasal epithelial cells. Acta Physiol 2007;191:99— 110
93 Kim SW, Hong JS, Ryu SH, Yoon JH, Koo JS. Regulation of mucin gene expression by CREB via a nonclassical retinoic acid signaling pathway. Mol Cell Biol 2007;27:6933— 6947
94 Park J, Yang EJ, Yoon JH, Chung KC. Dyrk1A overexpression in immortalized hippocampal cells produces the neuropathological features of Down syndrome. Mol Cell Neurosci 2007;36:270— 279
95 Koo JS, Kim CH, Lee JG, Kim KS, Yoon JH. Airway Reconstruction with Carrier— Free Cell Sheets Composed of Autologous Nasal Squamous Epithelium. Laryngoscope 2007;117:1750— 755
96 Cho KN, Sukhthankar M, Lee SH, Yoon JH, Baek SJ. Green tea catechin (—)— epicatechin gallate induces tumor suppressor protein ATF3 via EGR— 1 activation. Eur J Cancer 2007;43:2404— 2412
97 Kim HJ, Kim CH, Lee BJ, Chung YS, Kim JK, Choi YS, Yoon JH. Surgical treatment versus concurrent chemoradiotherapy as an initial treatment modality in advanced olfactory neuroblastoma. Auris Nasus Larynx 2007;34(4):4493— 4498
98 Kim HJ, Cho HJ, Kim KS, Lee HS, Kim HJ, Jung E, Yoon JH. Results of recurrence & salvage therapy after failure of initial treatment for advanced olfactory neuroblastoma. J Craniomaxillofac Surg 2008;36:47— 52
99 Kim JH, Chang JH, Rhee KH, Yoon JH, Kwon SH, Song K, Lee KW, Cho CI, Jeon JH, Kim KS. Cyclooxygenase inhibitors induce apoptosis in sinonasal cancer cells by increased expression of nonsteroidal anti— inflammatory drug— activated gene (NAG — 1). Int J Cancer 2008;122:1765— 1773
100 Cho HJ, Kim JK, Kim KS, Chun JY, Yoon JH. An inverted papilloma isolated to the sphenoid sinus in a pediatric patient. Int J Pediat Otolaryngol Extra 2008;3:124— 127

101 Kim HJ, Park SH, Park SY, Moon UY, Lee BD, Lee JG, Yoon SH, Baek SJ, Yoon JH. Epigallocatechin— 3— Gallate inhibits IL— 1β— induced MUC5AC gene expression and MUC5AC secretion in normal human nasal epithelial cells. J Nutr Biochem 2008;19:536— 544

102 Yamaguchi K, Cekanova M, McEntee MF, Yoon JH, Fischer SM, Renes IB, Van Seuningen I, Baek SJ. Peroxisome proliferator— activated receptor ligand MCC— 555 suppresses intestinal polyps in ApcMin/+ mice via extracellular signal— regulated kinase and peroxisome proliferator— activated receptor— dependent pathways. Mol Cancer Ther 2008;7(9):2779— 2787

103 Cho HJ, Kim K, Kim YS, Kim JK, Lee JG, Yoon JH. Endoscopic sinus surgery for inverted papilloma originating from the sphenoid sinus and clinical characteristics. Acta Otolaryngol 2008;128:1120— 1125

104 Kim HJ, Lee JG, Kang JW, Cho HJ, Byeon HK, Yoon JH. Effects of low concentration hypochlorous acid nasal irrigation solution on bacteria, fungi and virus. Laryngoscope 2008;118:1862— 1867

105 Song KS, Lee TJ, Kim K, Chung KC, Yoon JH. cAMP— responding element— binding protein and c— Ets1 interact in the regulation of ATP— dependent MUC5AC gene expression. J Biol Chem 2008;283:26869— 26878

106 Kim HJ, Park YD, Moon UY, Kim JH, Jeon JH, Lee JG, Bae YS, Yoon JH. The role of Nox4 in oxidative stress— induced MUC5AC overexpression in human airway epithelial cells. Am J Respir Cell Mol Biol 2008;39:598— 609

107 Song KS, Kyubo Kim, Kwang Chul Kim, Jae Hong Seol, Yoon JH. Interaction of SOCS3 with NonO attenuates IL— 1b— dependent MUC8 gene expression. Biochem Biophys Res Commun 2008;377:946— 951

108 Son EJ, Kim SH, Park HY, Kim SJ, Yoon JH, Chung HP, Choi JY. Activation of epithelial sodium channel in human middle ear epithelial cells by dexamethasone. Eur J Pharmacol 2009;602:383— 387

109 Choi HJ, Chung YS, Kim JK, Moon UY, Park YD, Van Seuningen I, Baek SJ, Yoon HG, Yoon JH. Signal pathway of 17b— estradiol— induced MUC5B expression in human airway epithelial cells. Am J Respir Cell Mol Biol 2009;40:168— 178

110 Cho JH, Jeong YS, Lee YJ, Hong SC, Yoon JH, Kim JK. The Korean version of the Sniffin' stick (KVSS) test and its validity in comparison with the cross— cultural smell identification test (CC— SIT). Auris Nasus Larynx 2009;36:280— 286

111 Kyung Seob Song, Kim HJ, Kim K, Lee JG, Yoon JH. Regulator of RGS4 suppresses LPS— induced MUC5AC overexpression in the airway. Am J Respir Cell Mol Biol 2009;41:40— 49

112 Song KS, Choi YH, Kim JM, Lee H, Lee TJ, Yoon JH. Suppression of Prostaglandin E2 — induced MUC5AC overproduction by RGS4 in the airway. Am J Physiol— Lung Cell Mol Physiol 2009;296:L684— L692

113 Seo JH, Lim JW, Yoon JH, Kim H. Proteinase— activated receptor— 2 mediates the expression of integrin alpha5 and beta1 in Helicobacter pylori— infected gastric epithelial AGS cells. Digestion 2009;80:40— 49

114 Kim JH, Chang JH, Yoon JH, Kwon SH, Bae JH, Kim KS. (6)— Gingerol suppresses interleukin— 1b— induced MUC5AC gene expression in human airway epithelial cells. Am J Rhinol Allergy 2009;23:385— 391

115 Kwon SH, Kim SH, Yoon JH. Anterior clinoid mucocele coexisting with sphenoid sinus mucocele. Auris Nasus Larynx 2009;36:598— 600

116 Kim CH, Kim KE, Yoon JH, Song KS. Upregulation of MUC5AC gene expression by IL — 4 through CREB in human airway epithelial cells. J Cell Biochem 2009;108:974— 981

117 Kwon SH, Nam JI, Kim SH, Kim JH, Yoon JH, Kim KS. Kaempferol and quercetin, essential ingredients in Ginko biloba extract, inhibit interleukin— 1b— induced MUC5AC gene expression in human airway epithelial cells. Phytother Res 2009;23:1708— 12

118 Lee JY, Lee HJ, Lee EJ, Jang SH, Kim H, Yoon JH, Chung KC. Down syndrome candidate region— 1 protein interacts with Tollip and positively modulates interleukin — 1 receptor— mediated signaling. Biochim Biophys Acta 2009;1790:1673— 1680

119 Kang S, Shim HS, Lee JS, Kim DS, Kim HY, Hong SJ, Kim PS, Yoon JH, Cho NH. Molecular proteomics imaging of tumor interfaces by mass spectrometry. J Proteome Res 2010;9:1157— 74

120 Kang JW, Kim CH, Yoon JH. Intranasal mycetoma— induced Splendore— Hoeppli phenomenon. Otolaryngol Head Neck Surg 2010;142:456— 457

121 Kang JW, Kim JH, Song K, Kim SH, Yoon JH, Kim KS. Kaempferol and quercetin, components of Ginko biloba extract (EGb 761), induce caspase— 3— dependent apoptosis in oral cavity cancer cells. Phytother Res 2010;S1:S77— 82

122 Kim WS, Hyun DW, Kim CH, Yoon JH. Treatment outcomes of the sinonasal inverted papillomas according to surgical approaches. Acta Otolaryngol 2010;130:493— 497

123 Kim CH, Jung DH, Park MN, Yoon JH. Surgical Anatomy of Cartilaginous Structures of the Asian Nose: Clinical Implications in Rhinoplasty. Laryngoscope 2010; 120:914— 919

124 Cho HJ, Choi JH, Hong JH, Kim CH, Gee HY, Lee HL, Shin DM, Yoon JH. House dust mite extract activates apical CT channels through protease— activated receptor 2 in human airway epithelia. J Cell Biochem 2010; 109:1254— 1263

125 Moon UY, Kim CH, Choi JY, Kim YJ, Choi YH, Yoon HG, Kim H, Yoon JH. AP2α is essential for MUC8 gene expression in human airway epithelial cells. J Cell Biochem 2010;110:1386— 1398

126 Kim HJ, Ryu JH, Kim CH, Lim JW, Moon UK, Lee GH, Lee JG, Baek SJ, Yoon JH. ECG suppresses oxidative stress— induced MUC5AC overexpression in human primary airway epithelial cells. Am J Respir Cell Mol Biol 2010;43:349— 357

127 Kim WS, Kim CH, Yoon JH. Premaxillary augmentation using autologous costal cartilage as an adjunct to rhinoplasty. J Plast Reconstr Aesthet Surg 2010;63:686— 690

128 Ryu JH, Kim CH, Yoon JH. Innate immune responses of the airway epithelium. Mol Cells 2010;30:173— 183

129 Moon UY, Bae JH, Kim CH, Kim HJ, Kang JW, Yoon JH. Activation of c— Myb

transcription factor is critical for PMA— induced lysozyme expression in airway epithelial cells. J Cell Biochem 2010;111:476— 487
130 Cho JH, Kim JK, Lee JG, Yoon JH. Sphenoid sinus pneumatization and its relation to the buldging of surrounding neurovascular structures. Ann Otol Rhinol Laryngol 2010;119:646— 650
131 Hyun DW, Ryu JH, Kim YS, Kim K, Kim WS, Kim CH, Yoon JH. Treatment outcomes of juvenile nasopharyngeal angiofibroma according to surgical approach. Int J Pediatr Otorhinolaryngol 2011;75:69— 73
132 Kim HJ, Kim CH, Ryu JH, Joo JH, Lee SM, Kim MJ, Lee JG, Bae YS, Yoon JH. The crosstalk between PDGF— induced Nox4 activation and MUC8 gene overexpression in human nasal epithelial cells. Free Radic Biol Med 2011;50:1039— 1052
133 Lee SN, Ryu JH, Joo JH, Choi YH, Lee HJ, Kim YJ, Kim KB, Yoon JH. α— melanocyte — stimulating hormone inhibits tumor necrosis factor— a— induced NF— kB activation and expression of MUC2 and MUC5AC in cultured normal human nasal epithelial cells. Am J Respir Cell Mol Biol 2011;44:716— 724
134 Kim HJ, Kim CH, Kang JW, Shin WC, Kim YS, Do YK, Lee JG, Yoon JH. A modified midfacial degloving approach for the treatment of unilateral paranasal sinus tumors. J Cranio Maxill Surg 2010;39:284— 288
135 Kim YS, Kim K, Lee JG, Yoon JH, Kim CH. Paranasal sinus mucoceles with ophthalmologic manifestations: A— 17 year review of 96 cases. Am J Rhinol Allergy 2011;25: 272— 275
136 Seo J, Kim J, Kim K, Lee JG, Kim CH, Yoon JH. Radiologic characteristics of sinonasal fungus ball: an analysis of 119 cases. Acta Radiol 2011;52:790— 795
137 Choi YH, Lee SM, Kim MJ, Yoo JY, Shin DM, Yoon JH. ERK MAPK/RSK1 cascade phosphorylates CREB to induce MUC5B gene expression via the DP1 receptor signaling. J Biol Chem 2011;286:34199— 34214
138 Kim K, Kim MJ, Ahn S, Bae SY, Kim WS, Yoon JH. Frontal sinus lymphoma presenting as multiple cranial nerve palsy. Yonsei Med J 2011;52:1044— 1047
139 Shin SC, Kim SH, You H, Kim B, Kim AC, Lee KA, Yoon JH, Ryu JH, Lee WJ. Drosophila microbiome modulates host developmental and metabolic homeostasis via insulin regulating. Science 2011:334:670— 674
140 Joo JH, Kim CH, Ryu JH, Kim HJ, Lee SN, Kim BS, Chung SY, Yoo JY, Suh MS, Kim JO, Bae YS, Yoon JH. DUOX2 is essential for the TRL5— mediated inflammatory responses in airway mucosa. Antioxid Redox Sign 2012;16:57— 70
141 Cho HJ, Lee HJ, Kim SC, Kim K, Kim YS, Kim CH, Lee JG, Yoon JH. Choi JY. PAR2— dependent fluid secretion from airway submucosal gland by house dust mite extract. J Allergy Clin Immunol 2012;129(2):529— 535
142 Lee JW, Kang HS, Lee JY, Lee EJ, Rhim H, Yoon JH, Seo SR, Chung KC. The transcription factor STAT2 enhances proteasomal degradation of RCAN1 through the ubiquitin E3 ligase FBW7. Biochem Biophys Res Comm 2012;420:404— 410
143 Kim SC, Lee HJ, Joo JH, Yoon JH, Choi JY. Vitamin A deficiency induces fluid hyposecretion from the airway submucosal glands of mice. J Nutr 2012;142:739— 743

144 Kim K, Kim D, Koo Y, Kim CH, Choi EC, Lee JG, Yoon JH. Sinonasal carcinoma associated with the inverted papilloma: a report of 16 cases. J Cranio Maxill Surg 2012;40:e125— 129

145 Hyun DW, Kim YS, Lee JG, Yoon JH, Kim CH Full— thickness horizontal mucosal incision to correct high septals deviation: our experience in ten patients. Clin Otolaryngol 2012;37:223— 228

146 Song KS, Yoon JH, Kim KS, Ahn DW. c— Ets1 inhibits the interaction of NF— κB and CREB and down— regulates IL— 1β— induced MUC5AC overproduction during airway inflammation. Mucosal Immunol 2012;5:207— 215

147 Lee HJ, Yang YM, Kim K, Shin DM, Yoon JH, Cho HJ, Choi JY. Protease— activated receptor 2 mediates mucus secretion in the airway submucosal gland. PLoS One 2012;7(8):e43188

148 Kim K, Petrova YM, Scott BL, Nigam R, Agrawal A, Evans CM, Azzegagh Z, Gomez A, Rodarte EM, Olkkonen VM, Bagirzadeh R, Piccotti L, Yoon JH, McNew JA, Adachi R, Tuvim MJ, Dickey BF Munc18b is an essential gene in mice whose expression is limiting for secretion by airway epithelial and mast cells. Biochem J 2012;446:383— 394

149 Lee HJ, Jang SH, Kim H, Yoon JH, Chung KC. PINK1 stimulates interleukin— 1β— mediated inflammatory signaling via the positive regulation of TRAF6 and TAK1. Cell Mol Life 2012;69:3301— 3315

150 Jung J, Nam JH, Park HW, Oh U, Yoon JH, Lee MG. Dynamic modulation of ANO1/ TMEM16A HCO3— permeability by Ca2+/calmodulin. Proc Natl Acad Sci USA 2013;110:360— 365

151 Ryu JH, Yoo JY, Kim MJ, Hwang SG, Ahn KC, Joo JH, Kim CH, Lee SN, Lee WJ, Kim J, Shin DM, Kwon MN, Bae YS, Yoon JH. Distinct TLR— mediated pathways regulate house dust mite— induced allergic disease in the upper and lower airways. J Allergy Clin Immunol 2013;131(2):549— 561

152 Seol JH, Kim J, Lee JD, Lee JG, Yoon JH, Kim CH. The feasibility of 18F— fluorodeoxyglucose— positron emission tomography uptake as a prognostic factor for paranasal sinus malignancy. Am J Rhinol Allergy 2013;27(2):118— 122

153 Ming— Qing Gao, Kim BG, Kanh S, Choi YP, Yoon JH, Cho NH. Human breast cancer — associated fibroblasts enhance cancer cell proliferation through increased TGF— α cleavage by ADAM17. Cancer Lett 2013;336(1):240— 246

154 Cho JH, Kim JK, Lee HY, Yoon JH. Surgical anatomy of human soft palate. Laryngoscope 2013;123(11):2900— 2904

155 Lee SN, Lee DH, Sohn MH, Yoon JH. Overexpressed proprotein convertase 1/3 induces an epithelial— mesenchymal transition in airway epithelium . Eur Respir J 2013;42:1379— 1390

156 Kim HJ, Kim CH, Ryu JH, Kim MJ, Park CY, Lee JM, Holtzman MJ, Yoon JH Reactive oxygen species induce antiviral innate immune response through IFN— λ regulation in human nasal epithelial cells. Am J Respir Cell Mol Biol 2013;49:855— 865

157 Chang SY, Lee SN, Yang JY, Kim DW, Yoon JH, Ko HJ, Ogawa M, Sasakawa C, Kweon

MN. Autophagy controls an intrinsic host defense to bacteria by promoting epithelial cell survival: a murine model. PLoS One 2013;8(11):e81095
158 Ha JG, Min HJ, Ahn SH, Kim CH, Yoon JH, Lee JG, Cho HJ. The dimension of hyoid bone is independently associated with the severity of obstructive sleep apnea. PLoS One 2013;8(12):e81590
159 Kang JW, Kim JH, Yoon JH, Kim CH. The association between serum vitamin D level and immunoglobulin E in Korean adolescents. Int J Pediatr Otorhinolaryngol 2014;78:817— 820
160 Seong SY, Hyun DW, Kim YS, Cho HJ, Lee JG, Yoon JH, Kim CH. Treatment outcomes of sinonasal adenoid cystic carcinoma: 30 cases from a single institution. J Craniomaxillofac Surg 2014;42:e171— e175
161 Kim YJ, Cho HJ, Shin WC, Song HA, Yoon JH, Kim CH. Hypoxia— Mediated Mechanism of MUC5AC Production in Human Nasal Epithelia and Its Implication in Rhinosinusitis. PLoS One 2014;9(5):e98136
162 Kim MJ, Ryu JC, Kwon YH, Lee S, Bae YS, Yoon JH, Ryu JH. Dual oxidase 2 in lung epithelia is essential for hyperoxia— induced acute lung injury in mice. Antioxid Redox Signal 2014;21:1803— 1818
163 Min HJ, Song H, Choi SY, Kim TH, Cho HJ, Yoon JH, Kim CH. Th2 cytokines differentially regulate psoriasin expression in human nasal epithelia. Am J Rhinol Allergy 2014;28:449— 453
164 Kim CH, Kim JK, Kim HJ, Cho JH, Kim JS, Kim YD, Lee HD, Kim SW, Cho KS, Lee SG, Rhee CS, Dhong HJ, Rha KS, Yoon JH. Comparison of intranasal ciclesonide, oral levocetirizine, and combination treatment for allergic rhinitis. Allergy Asthma Immunol Res 2015;7:158— 166
165 Kim YS, Park DY, Shin DH, Yang SM, Seong SY, Yoon JH, Kim CH. Surgical outcomes of primary and revision augmentation rhinoplasty using a processed fascia lata. Am J Rhinol Allergy 2015;29:141— 144
166 Min HJ, Kim TH, Yoon JH, Kim CH. Hypoxia increases epithelial permeability in human nasal epithelia. Yonsei Med J 2015;56:825— 831
167 Cha HJ, Jung MS, Ahn DW, Choi JK, Ock MS, Kim KS, Yoon JH, Song EJ, Song KS. Silencing of MUC8 by siRNA increases P2Y2— induced airway inflammation. Am J Physiol Lung Cell Mol Physiol 2015;308:L495— L502
168 Kim YS, Hyun DW, Seong SY, Park DY, Kim CH, Yoon JH. Immediate re— insertion of non— autologous materials in revision augmentation rhinoplasty. Ann Plast Surg 2015;74:524— 527
169 Kim S, Kim MJ, Park DY, Chung HJ, Kim CH, Yoon JH, Kim HJ. Mitochondrial reactive oxygen species modulate innate immune response to influenza A virus in human nasal epithelium. Antiviral Res 2015;119:78— 83
170 Hong ZY, Song KH, Yoon JH, Cho J, Story MD. An experimental model— based exploration of cytokines in ablative radiation— induced lung injury in vivo and in vitro. Lung 2015;193:409— 419
171 Lee SN, Lee DH, Lee MG, Yoon JH. Proprotein convertase 5/6A is associated with

BMP— 2— mediated squamous differentiation. Am J Respir Cell Mol Biol 2015;52:749 — 761

172 Min HJ, Kim SJ, Kim TH, Chung HJ, Yoon JH, Kim CH. Level of secreted HMGB1 correlates with severity of inflammation in chronic sinusitis. Laryngoscope 2015;125:E225— 230

173 Cho HJ, Kang JW, Min HJ, Chung HJ, Park DY, Ha JG, Baek SH, Yoon JH, Kim CH. Robotic nasopharyngectomy via combined endonasal and transantral port: a preliminary cadaveric study. Laryngoscope 2015;125:1839— 1843

174 Kim HJ, Kim CH, Kim MJ, Ryu JH, Seong SY, Kim S, Lim SJ, Holtzman M, Yoon JH. The induction of pattern recognition receptor's expression against Influenza A virus through Duox2— derived reactive oxygen species in nasal mucosa. Am J Respir Cell Mol Biol 2015;53:525— 535

175 Gi M, Lee KM, Kim SC, Yoon JH, Yoon SS, Choi JY. A novel siderophore system is essential for the growth of Pseudomonas aeruginosa in airway mucus. Sci Rep 2015;5:14644

176 Lee HJ, Yoo JE, Cho HJ, Kim K, Kang JW, Yoon JH, Choi JY. Thick airway surface liquid and weak mucin expression in pendrin— deficient human airway epithelia. Physiol Rep 2015;3:e12480

177 Seo KY, Han SJ, Min HJ, Yoon S, Ko EA, Yoon JH, Park SJ, Shin JS. HMGB1 in the pathogenesis of ultraviolet— induced ocular surface inflammation. Cell Death Dis 2015;6:e1863

178 Park DY, Kim S, Kim CH, Yoon JH, Kim HJ. Alternative method for primary nasal epithelial cell culture using intranasal brushing and feasibility for the study of epithelial functions in allergic rhinitis. Allergy Asthma Immunol Res 2016;8:69— 78

179 Kang JW, Kim JH, Kim HJ, Lee JG, Yoon JH, Kim CH. Association of serum 25— hydroxyvitamin D with serum IgE levels in Korean adults. Auris Nasus Larynx 2016;43(1):84— 88

180 Cho HJ, Min HJ, Chung HJ, Park DY, Seong SY, Yoon JH, Lee JG, Kim CH. Improved outcomes after low concentration hypochlorous acid nasal irrigation in pediatric chronic sinusitis. Laryngoscope 2016;126:791— 795

181 Park DY, Chung HJ, Shim NS, Cho KH, Kim DH, Kim CH, Yoon JH. Comparison of calcium alginate and carboxymethyl cellulose for nasal packing after endoscopic sinus surgery: a prospective, randomised, controlled single— blinded trial. Clin Otolarygol 2016;41:234— 240

182 Jun I, Cheng MH, Sim E, Jung J, Suh BL, Kim Y, Son H, Park K, Kim CH, Yoon JH, Whitcomb D, Bahar I, Lee MG. Pore dilatation increases the bicarbonate permeability of CFTR, ANO1 and glycine receptor anion channels. J Physiol (London) 2016;594:2929— 2955

183 Kim MJ, Bae SH, Ryu JC, Kwon Y, Oh JH, Kwon J, Moon JS, Kim K, Miyawaki A, Lee MG, Shin J, Kim YS, Ryter SW, Choi AMK, Rhee SG, Ryu JH, Yoon JH. Sestrin2 suppresses sepsis by inducing mitophagy and inhibiting NLRP3 inflammasome in macrophages. Autophagy 2016;12:1272— 1291

184 Min HJ, Yoon JH, Kim CH. HSP70 is associated with the severity of inflammation in chronic rhinosinusitis. Am J Rhinol Allergy 2016;30:101— 6

185 Moon JS, Stout— Delgado H, DeNicola GM, Koo MJ, Rooney KT, Yoon JH, Ryter SW, Nakahira K, Choi AMK. NOX4— dependent fatty acid oxidation promotes NLRP3 inflammasome activation in macrophages. Nature Med 2016;22(9):1002— 1012

186 Min HJ, Chung HJ, Seong SY, Shim NS, Yoon JH, Lee JG, Kim CH, Cho HJ. Differential characteristics of pediatric sinusitis who underwent endoscopic sinus surgery: children vs. adolescents. Clin Otolaryngol 2016;41:582— 587

187 Byeon HK, Ha HJ, Yang YJ, Kwon HJ, Chang JW, Ban MJ, Kim WS, Shin DY, Le EJ, Koh YW, Yoon JH, Chou EC. Ko YW. c— Met— mediated reactivation of PI3K/AKT signaling contributes to insensitivity of BRAF(V600E) mutant thyroid cancer to BRAF inhibition. Mol Carcinog 2016;55:1678— 1687

188 Kim MJ, Yoon JH, Ryu JH. Mitophagy: a balance regulator of NLRP3 inflammasome activation. BMB Rep 2016;49:529— 535

189 Hwang CS, Seo YW, Park SC, Cho HJ, Yoon JH, Kim CH. Role of surgical treatment of esthesioneuroblastomas: 31— year experience at a single institution. J Craniomaxillofac Surg 2017;45:120— 126

190 Byeon HK, Na HJ, Yang YJ, Ko S, Yoon SO, Ku M, Yang J, Kim JW, Ban MJ, Kim JH, Kim DH, Kim JM, Choi EC, Kim CH, Yoon JH, Koh YW. Acquired resistance to BRAF inhibition induces epithelial— to— mesenchymal transition in BRAF (V600E) mutant thyroid cancer by c— Met— mediated AKT activation. Oncotarget 2017;8:596— 609

191 Kim BG, Kim JY, Jung J, Moon IS, Yoon JH, Choi JY, Kim SH. β 1— and β 2— adrenergic stimulation— induced electrogenic transport by human endolymphatic sac epithelium and its clinical implications. Sci Reports 2017;7:42217

192 Kim S, Kim MJ, Kim CH, Kang JW, Shin HK, Kim DY, Won TB, Han DH, Rhee CS, Yoon JH, Kim HJ. The Superiority of IFN— λ as a Therapeutic Candidate to Control Acute Influenza Viral Lung Infection. Am J Respir Cell Mol Biol 2017;56:529— 535

193 Jung J, Lee JS, Cho KJ, Yoon JH, Gee HY, Choi JY. Genetic predisposition to sporadic congenital hearing loss in a pediatric population. Sci Reports 2017;7:45973

194 Hwang CS, Kim JW, Park SC, Chung HJ, Kim CH, Yoon JH, Cho HJ. Predictors of success in combination of tongue base resection and lateral pharyngoplasty for obstructive sleep apnea. Eur Arch Otorhinolaryngol 2017;274:2197— 2203

195 Min HJ, Kim JH, Yoo JE, Oh JH, Kim KS, Yoon JH, Kim CH. ROS— dependent HMGB1 secretion upregulates IL— 8 in upper airway epithelial cells under hypoxic condition. Mucosal Immunol 2017;10:685— 694

196 Min HJ, Kim KS, Yoon JH, Kim CH, Cho HJ. TH2 cytokine— induced Hsp70 secretion and its potential association with allergic rhinitis. Int Forum Allergy Rhinol 2017;7:530 — 535

197 Cho JH, Kim JW, Park HW, Jeffrey D Suh, Kim JK, Yoon JH. Arterial supply of the human soft palate. Surg Radiol Anat 2017;39:731— 734

198 Ryu JC, Kim MJ, Kwon Y, Oh JH, Yoon SS, Shin SJ, Yoon JH, Ryu JH. Neutrophil pyroptosis mediates pathology of P. aeruginosa lung infection in the absence of the

NADPH oxidase NOX2. Mucosal Immunol 2017;10:757— 774
199 Kang JW, Lee YH, Kang MJ, Lee HJ, Min HJ, Wan N, Choi JY, Lee SN, Kim CH, Yoon JH, Cho HJ. Synergistic mucus secretion by histamine and IL— 4 through TMEM16A in human airway epithelium. Am J Physiol Lung Cell Mol Physiol 2017;313:L466— L476
200 Lee SN, Choi IS, Kim HJ, Yang EJ, Min HJ, Kim HJ, Yoon JH. Proprotein convertase inhibition promotes airway ciliated cell differentiation — a potential mechanism for the inhibition of Notch1 signalling by decanoyl— RVKR— chloromethylketone. J Tissue Eng Regen Med 2017;11(9):2667— 2680
201 Wu D, Ryu JC, Chung YW, Ryu JH, Yoon JH, Yoon J. A far red emitting fluorescence probe for sensitive and selective detection of peroxynitrite in live cells and tissues. Anal Chem 2017;40(8):10924— 10931
202 Song HA, Kim YS, Cho HJ, Kim SI, Kang MJ, Kim JH, Min HJ, Kang JW, Yoon JH, Kim CH. Hypoxia Modulates Epithelial Permeability via Regulation of Vascular Endothelial Growth Factor in Airway Epithelia. Am J Respir Cell Mol Biol 2017;57(5):527— 535
203 Hwang CS, Sharhan SSA, Kim BR, Kim SI, Kim JW, Cho HJ, Yoon JH, Kim CH. Randomised controlled trial of steroid— soaked absorbable calcium alginate nasal packing following endoscopic sinus surgery. Laryngoscope 2018;128:311— 316
204 Lee EJ, Kim H, Heo W, Kim HC, Kim JY, Kang MJ, Kim BR, Kim JH, Park DY, Kim CH, Yoon JH, Cho HJ. Alteration of inflammatory mediators in the upper and lower airways under chronic intermittent hypoxia; preliminary animal study. Mediators Inflamm 2017;2017:4327237
205 Cho HJ, Heo W, Han JW, Lee YH, Park JM, Kim B, Kim JH, Yoon JH, Lee MG, Kim CH, Kim JY. Chronological changes of right ventricle by chronic intermittent hypoxia in mice. Sleep 2017;1:40(8)
206 Seo YJ, Ju HM, Lee SH, Kwak SH, Kang MJ, Yoon JH, Kim CH, Cho HJ. Damage of inner ear sensory hair cells via mitochondrial loss in a murine model of sleep apnea with chronic intermittent hypoxia. Sleep 2017;1:40(9)
207 Cho HJ, Lee YH, Kim BR, Chung HJ, Park SC, Seong JK, Yoon JH, Kim CH. Newly developed method for mouse olfactory behavior tests using an automatic video tracking system. Auris Nasus Larynx 2018;45:103— 110
208 Hwang CS, Kim JW, Kim JW, Lee EJ, Kim CH, Yoon JH, Cho HJ. Comparison of robotic and coblation tongue base resection for obstructive sleep apnea. Clin Otolaryngol 2018;43:249— 255
209 Hwang CS, Kim JW, Sharhan SS, Kim JW, Cho HJ, Yoon JH, Kim CH. Development of a gustatory function test for clinical application in Korean subjects. Yonsei Med J 2018;59:325— 330
210 Sharhan SSA, Lee EJ, Hwang CS, Nam JS, Yoon JH, Kim CH, Cho HJ. Radiological comparison of inferior turbinate hypertrophy between allergic and non— allergic rhinitis patients. Eur Arch Otorhinolaryngol 2018;275:923— 929
211 Hyun DW, Min HJ, Kim MS, Whon TW, Shin NR, Kim PS, Choi AMK, Yoon JH, Bae JW. Dysbiosis of Inferior Turbinate Microbiota Is Associated with High Total IgE Levels

in Patients with Allergic Rhinitis. Infect Immun 2018;86(4):e00934—17
212 Park DY, Chung HJ, Park SC, Kim JW, Yoon JH, Lee JG, Kimm CH, Cho HJ. Surgical outcomes of overlapping lateral pharyngoplasty with or without coblator tongue base resection for obstructive sleep apnea. Eur Arch Otorhinolaryngol 2018;275:1189—1196
213 Yoon JH, Ryu J, Baek SJ. Moonlighting activity of secreted inflammation—regulatory proteins. Yonsei Med J 2018;59(4):463—469
214 Ahn SH, Lee EJ, Kim JW, Baek KH, Cho HJ, Yoon JH, Kim CH. Better surgical outcome by image—guided navigation system in endoscopic removal of sinonasal inverted papilloma. J Craniomaxillofac Surg 2019;46:937—941
215 Park SC, Hwang CS, Chung HJ, Purev M, Al Sharhan SS, Cho HJ, Yoon JH, Kim CH. Geographic and demographic variations of inhalant allergen sensitization in Koreans and non—Koreans. Allergol Int 2019;68(1):68—76
216 Kwon KW, Kim SJ, Kim H, Kim WS, Kang SM, Choi E, Ha SJ, Yoon JH, and Sung Jae Shin. IL—15 generates IFN—γ—producing cells reciprocally expressing lymphoid—myeloid markers during dendritic cell differentiation. Int J Biol Sci 2019;15:464—450
217 Rha MS, Jeong S, Cho HJ, Yoon JH, Kim CH. Sinonasal pleomorphic adenoma: A single institution case series combined with a comprehensive review of literatures. Auris Nasus Larynx 2019;46(2):223—229
218 Lee SN, Ahn JS, Lee SG, Lee HS, Choi AMK, Yoon JH. Integrins α v β 5 and α v β 6 Mediate IL—4—induced Collective Migration in Human Airway Epithelial Cells. Am J Respir Cell Mol Biol 2019;60(4):420—433
219 Chung HJ, Moon IS, Lee WS, Cho HJ, Kim CH, Al Sharhan SS, Chang JH, Yoon JH. Analysis for surgical approaches of skull base tumors involving pterygopalatine fossa and infratemporal fossa. J Craniofac Surg 2019;30:589—595
220 Jung J, Yoo JE, Choe YH, Park SC, Lee HJ, Lee HJ, Jeong S, Park SA, Kim SH, Yoon JH, Hyun DM, Choi JY. Cleaved Cochlin Sequesters Pseudomonas aeruginosa and Activates Innate Immunity in the Inner Ear. Cell Host Microbe 2019;25:513—525
221 Ahn SH, Ha JG, Kim JW, Lee YW, Yoon JH, Kim CH, Cho HJ. Torus mandibularis affects the severity and position—dependent sleep apnea in non—obese patients. Clin Otolaryngol 2019;44:279—285
222 Kum J, Kim JW, Oliver Braubach, Ha JG, Cho HJ, Kim CH, Han HB, Choi JH, Yoon JH. Neural dynamics of olfactory perception: low—and high—frequency modulations of local field potential spectra in mice revealed by an oddball stimulus. Front Neurosci 2019;13:478
223 Hwang CS, Park CS, Cho HJ, Park DJ, Yoon JH, Kim CH. Eosinophil extracellular trap formation is closely associated with disease severity in chronic rhinosinusitis regardless of nasal polyp status. Sci Rep 2019;9:8061
224 Rha MS, Jeong S, Cho HJ, Yoon JH, Kim CH. Sinonasal pleomorphic adenoma: A single institution case series combined with a comprehensive review of literatures. Auris Nasus Larynx 2109:46:223—229
225 Park SC, Kim SI, Hwang CS, Cho HJ, Yoon JH, Kim CH. Multiple airborne allergen—

induced eosinophilic chronic rhinosinusitis murine model. Eur Arch Oto— Rhino— Laryngol 2019:276:2273— 2282
226 Rogers AJ, Guan J, Trtchounian A, Hunninghake GM, Kaimal R, Desai M, Kozikowski LA, DeSouza L, Mogan S, Liu KD, Matthay MA, Steingrub J, Wheeler A, Yoon JH, Nakahira K, Choi AM, Baron RM. Association of elevated plasma Interleukin 18 level with increased mortality in a clinical trial of Statin treatment for acute respiratory distress syndrome. Crit Care Med 2019;47:1089— 1096
227 Kim WS, Yoon JH, Shin MK, Shin SJ. Infection of dendritic cells with Mycobacterium avium subspecies hominissuis exhibits a functionally tolerogenic phenotype in response to Toll— like receptor agonists via IL— 10/Cox2/PGE2/EP2 axis. Front Microbiol 2019;10:1795
228 Chung YW, Cha J, Han S, Chen Y, Gucek M, Cho HJ, Choi AMK, Ryu JH, Yoon JH. Apolipoprotein E and Periostin Are Potential Biomarkers of Nasal Mucosal Inflammation. A Parallel Approach of In Vitro and In Vivo Secretomes.. Am J Respir Cell Mol Biol 2020;62:23— 34
229 Park SC, Kim H, Bak Y, Shim D, Kwon KW, Kim CH, Yoon JH, Shin SJ. An alternative dendritic cell— induced murine model of asthma exhibiting a robust Th2/Th17— skewed response. Allergy Asthma Immunol Res 2020;12(3):537— 555 8
230 Ha JG, Lee Y, Nam JS, Park JJ, Yoon JH, Kim CH, Cho HJ. Can drug— induced sleep endoscopy improve the success rates of tongue base surgery? J Otolaryngol Head Neck Surg 2020;49(1):8
231 Ahn SH, Lee EJ, Yoon JH, Kim CH, Cho HJ. Comparison of olfactory and taste functions between eosinophilic and non— eosinophilic rhinosinusitis. Auris Nasus Larynx 2020;47(5):820— 827
232 Rha MS, Kim CH, Yoon JH, Cho HJ. Association between the neutrophil to lymphocyte ration and obstructive sleep apnea: a meta— analysis. Sci Rep 2020;10(1):10862
233 Min HJ, Choe JW, Kim KS, Yoon JH, Kim CH. High— mobility group box 1 protein induces epithelial mesenchymal transition in upper airway epithelial cells. 2020;10(1):10862
234 Ha JG, Kim J, Nam JS, Park JJ, Cho HJ, Yoon JH, Kim CH. Development of a Korean Culture— Friendly Olfactory Function Test and Optimization of a Diagnostic Cutoff Value. Clin Exp Otorhinolaryngol 2020;13(3):274— 284
235 Park SC, Shim D, Kim H, Bak Y, Choi DY, Yoon JH, Kim CH, Shin SJ. Fms— like tyrosine kinase 3— independent dendritic cells are major mediators of Th2 immune response in allergen— induced asthmatic mice. Int J Mol Sci 2020;21(24):9508
236 Chung JM, Lee SG, Nam JS, Ha JG, Chung JH, Cho HJ, Kim CH, Lee SN, Lee H, Yoon JH. Compressive stress induces collective migration through cytoskeletal remodelling in human nasal polyp epithelium. Rhinology 2021;59— 1:49— 58
237 Lee SN, Kim SJ, Yoon SA, Song JM, Ahn JS, Kim HC, Choi AMK, Yoon JH. CD44v3— Positive Intermediate Progenitor Cells Contribute to Airway Goblet Cell Hyperplasia. Am J Respir Cell Mol Biol 2021;64(2):247— 259

238 Chang SW, Park JJ, Hwang CS, Nam JS, Ha JG, Almarzuoq WF, Kim CH, Yoon JH, Cho HJ. Role of specific IgE on staphylococcal enterotoxin B in chronic rhinosinusitis severity. Clin Otolaryngol 2021;46(2):304—310
239 Min H, Park JS, Kim KS, Choi H, Seo JH, Kang M, Yoon JH, Kim CH, Kim S, Cho HJ. Th2 cytokines—DUOX2—ROS—HMGB1 translocation axis is important in the pathogenesis of allergic rhinitis. Clin Sci(Lond) 2021;135(3):483—494
240 Park JY, Choi JH, Lee SN, Cho HJ, Ahn JS, Kim YB, Park DY, Park SC, Kim SI, Hong JJ, Kang MJ, Jang AR, Ahn JH, Lee TS, Kim DY, Yoon JH, Park JH. Protein arginine methyltransferase 1 contributes to the development of allergic rhinitis by promoting the production of epithelial—derived cytokines. J Allergy Clin Immunol 2021;147(5):1720—1731
241 Lee SG, Lee SN, Baek J, Yoon JH, Lee H. Mechanical compression enhances ciliary beating through cytoskeleton remodeling in human nasal epithelial cells.
242 Acta Biomater 2021;128:346—356
243 Nam JS, Roh YH, Kim J, Ha JG, Park JJ, Yoon JH, Kim CH, Cho HJ. Association between obesity and chronic rhinosinusitis with nasal polyps: a national population—based study. BMJ Open 2021;11:e047230
244 Ahn SH, Jeong Y, Shin GC, Yoon JH, Kim CH, Cho HJ. Outcomes of multilevel upper airway surgery including tongue base resection in sleep apnea patients with torus mandibularis. J Craniomaxillofacial Surg 2021;49(8):682—687
245 Lee EJ, Kim CH, Yoon JH, Cho HJ, Hwang CS, Park DJ. Can the sensitisation to staphylococcal enterotoxin predict the severity of chronic rhinosinusitis?
246 Eur Arch Otorhinolaryngol 2021;278(8):2829—2836
247 Bak Y, Park SC, Shim D, Ha Y, Lee J, Kim H, Kwon KW, Yoon JH, Shin SJ. Exacerbation of Mycobacterium avium pulmonary infection by comorbid allergic asthma is associated with diminished mycobacterium—specific Th17 responses. Virulence 2021;12:2546—2561
248 Cho HJ, Ha JG, Lee SN, Kim CH, Wang DY, Yoon JH. Differences and similarities between the upper and lower airway: focusing on innate immunity. Rhinology 2021;59:441—450
249 Nam JS, Ahn SH, Ha JG, Park JJ, Noh HE, Yoon JH, Kim CH, Cho HJ. Differential correlations among allergy tests according to indoor allergens in allergic rhinitis. Ann Otol Rhinol Laryngol 2022;131(1):71—77
250 Nam JS, Roh YH, Kim J, Ha JG, Yoon JH, Kim CH, Cho HJ. Association between diabetes mellitus and chronic rhinosinusitis with nasal polyps: a national population—based study. Clin Otolaryngol 2022;47:167—173
251 Rha MS, Chung YS, Kim CK, Kim CH, Yoon JH, Cho HJ. Is obstructive sleep apnea associated with erythrocytosis? A systematic and meta—analysis. Laryngoscope Investigative Otolaryngology. 2022;7:627—635
252 Chang SW, Nam JS, Ha JG, Kim NW, Almarzoug WF, Kim CH, Yoon JH, Cho HJ. Detecting serum galactomannan to diagnose acute invasive Aspergillus sinusitis: a meta—analysis. Eur Arch Otorhinolaryngol. 2022;279(2):793—800

253 Rha MS, Kim CH, Yoon JH, Cho HJ. Association of the human papillomavirus infection with the recurrence of sinonasal inverted papilloma. Rhinology. 2022;60(1):2—10

254 Rha MS, Cho HJ, Yoon JH, Kim CH. Association between the use of electronic cigarettes and the prevalence of chronic rhinosinusitis and allergic rhinitis: a nationwide cross— sectional study. Rhinology 2022;60(1):20— 28

255 Nam JS, Park SC, Lee KI, Lee YW, Park JJ, Ha JG, Cho HJ, Yoon JH, Kim CH. Effectiveness of cross— linked human acellular dermal matrix in primary and revision augmentation rhinoplasty. J Plastic Recon Aethetic Surg 2022;75(4):1447— 1454

256 Min HJ, Park JS, Kim KS, Kang M, Seo JH, Yoon JH, Kim CH, Cho HJ. Serum high—mobility group box 1 correlates with the lowest SaO2 in patients with sleep apnea: a preliminary study. Brazilian J Otorhinolaryngol 2002, in press

257 Lee SN, Yoon JH. The role of proprotein convertases on upper airway remodeling. Mol Cells 2022;45(6):353-361

258 Lee SN, Yoon SA, Song JM, Kim HC, Cho HJ, Choi AMK, Yoon JH. Cell type— specific expression of hyaluronan synthases HAS2 and HAS3 promote goblet cell hyperplasia in allergic airway inflammation. Am J Respir Cell Mol Biol 2022, in press

정상 코 상피세포 최초 배양 의학자

닥터 윤주헌 이야기

지은이_ 문형렬
펴낸이_ 조현석
펴낸곳_ 북인
디자인_ 푸른영토

1판 1쇄_ 2022년 09월 20일

출판등록번호_ 313 - 2004 - 000111
주소_ 121 - 842 서울 마포구 서교동 460-34, 501호
전화_ 02 - 323 - 7767
팩스_ 02 - 323 - 7845

ISBN 979-11-6512-056-6 03810

책값은 뒤표지에 있습니다.
저자와 협의 아래 인지를 생략합니다.